БОЛЬШЕ ЧЕМ
ДЕТЕКТИВ

ЧИТАЙТЕ ВСЕ РОМАНЫ АЛЕКСАНДРЫ МАРИНИНОЙ:

Адрес официального сайта Александры Марининой в Интернете
http://www.marinina.ru

МАЛЕКСАНДРА МАРИНИНА

Ангелы на льду не выживают

Том 2

ЭКСМО

МОСКВА

2014

УДК 821.161.1-312.4
ББК 84(2Рос=Рус)6-44
М 26

Разработка серии *А. Саукова, Ф. Барбышева*

Иллюстрация на обложке *И. Хивренко*

Маринина, Александра.

М 26   Ангелы на льду не выживают : роман в 2 т. Т. 2 / Александра Маринина. — Москва : Эксмо, 2014. — 352 с. — (А. Маринина. Больше чем детектив).

ISBN 978-5-699-73881-6

Прыжок. Еще прыжок. Холодная сталь коньков молнией рассекает голубой лед... Фигурное катание — красивый и изящный спорт. Миллионы людей с замиранием сердца внимают выступлениям наших фигуристов.

И вот в этот сказочный мир мрачной тенью врывается жестокое убийство. Застрелен Михаил Валентинович Болтенков — тренер высшей категории, человек-легенда, мастер, взрастивший не одного чемпиона. Тело обнаружено у дома его коллеги Валерия Ламзина. Свидетели подтверждают: тренеры встречались перед убийством, они ругались и угрожали друг другу... Дело, как говорится, «в шляпе». Но у Насти Каменской и ее друзей с Петровки — Антона Сташиса и Романа Дзюбы — свое мнение на этот счет. Им открывается правда о бесчеловечности и цинизме, пропитавших голубой лед. Лед, на котором ангелы не выживают...

УДК 821.161.1-312.4
ББК 84(2Рос=Рус)6-44

ISBN 978-5-699-73881-6

АНГЕЛЫ
НА ЛЬДУ НЕ ВЫЖИВАЮТ

ТОМ ВТОРОЙ

* * *

Антону с трудом удавалось заставить себя сосредоточиться на дорожной ситуации. Он чувствовал, что очень устал. Просто смертельно. И непонятно, от чего больше — от работы или от никак не решаемой, какой-то тупиковой личной ситуации. Он уже позвонил Эле и пообещал ей, что через час она сможет уйти домой. В принципе, время позволяло сделать еще что-нибудь полезное по работе, еще нет десяти вечера, но сил совсем не осталось. День сложился суетно, а начался вообще черт знает как...

С утра Сташиса вместе с Зарубиным вызвал начальник отдела и почти слово в слово повторил то, что накануне говорил руководитель следственно-оперативной группы, только в более резких выражениях. Общий пафос его речи сводился к тому, что нечего изображать видимость активности, разрабатывая тухлую версию, лучше делом заниматься, вон убийство тренера висит нераскрытое, а по нему, между прочим, не с ФСБ спрашивают, как по Ефимовой, а с МВД, то есть с них.

— И почему это у тебя реально один Дзюба работает, я тебя старшим назначил, а ты дурака валяешь! — выговаривал он Антону. — И ты, Сергей Кузьмич, куда смотришь?

Сергей Кузьмич во время этой тирады смотрел в потолок. Но когда они вернулись в свой кабинет, который делили на троих — Зарубин, Сташис и Дзюба, высказал Антону все, что думал. В том числе и насчет того, что молодого и не особо опытного Ромчика оставили один на один с делом об убийстве. Опер с территории, Федор Ульянцев, особо не убивается, поскольку земля — она и есть земля, на ней каждый час что-то происходит, и нет у него времени.

Антон понимал, что Зарубин прав. Сташис действительно подключился к делу Болтенкова только накануне, подробно выспросив у Дзюбы все, что тому удалось выяснить, и съездив вместе с ним к спортивной журналистке Тамиле Аласания. После встречи с журналисткой они поделили направления, Ромка отправился разрабатывать линию обвиненного в педофилии покойного Аникеева, а Антон занялся поиском информации об упомянутом Тамилой молодом спортсмене, занимавшемся танцами.

Каждая беседа с потенциальным свидетелем приносила урожай в виде все новых и новых имен: спортсменов, тренеров, функционеров Москомспорта, Федерации фигурного катания РФ и Министерства спорта, журналистов, администрации спорткомплексов... Свидетельская база разрасталась не по дням, а буквально по минутам. А ведь помимо мотива для убийства оставался неразрешенным вопрос об оружии, из которого застрелили Болтенкова и которое так и не было найдено. Если убийца Ламзин, то где он его взял и, самое главное, куда дел? На сегодняшний день Ульянцеву, как утверждал

Дзюба, не удалось получить ни одного свидетеля, который рассказал бы, что Ламзин действительно собирался купить пистолет и искал возможности это осуществить. И ни в одной оружейной мастерской, даже обладавшей самой дурной репутацией, Ламзина по фотографии не опознали как человека, который там появлялся хотя бы единожды. Не у себя же на кухне он собственноручно переделывал ствол травматика под стрельбу боевыми патронами! Бедный Ромка в самом деле разрывался на части, хорошо еще, что часть работы со свидетелями взяла на себя Каменская, которую адвокат привлек в качестве частного детектива.

За день Антону удалось опросить несколько человек, и к вечеру сложилась очередная история о Болтенкове, которая могла бы показаться чрезвычайно любопытной, если бы не закончилась трагически. Много лет назад в группе у Михаила Валентиновича Болтенкова тренировался мальчик по имени Евгений Зеленов. Хороший был мальчик, старательный, обладавший изумительным скольжением, в «школе», то есть в обязательных фигурах, ему не было равных. Он был одним из немногих, если не единственным, кто мог повторить фигуры Панина-Коломенкина. А это говорило о многом. Но увы... У него не было прыжка. Пластичный, артистичный, выразительный спортсмен, но если до тринадцати—четырнадцати лет он был технически вполне оснащен, то потом к 16 годам вдруг за короткий период сильно вытянулся в росте, мышцы стали длинными, и выполнять тройные прыжки он больше не мог. Не получалось ничего. Прыжок он потерял. И когда Евгению исполнилось семнадцать лет и стало понятно окончательно, что карьера одиночника у него никогда не сложится, тренер

Болтенков посоветовал ему перейти в другую группу и заняться танцами на льду.

Зеленов очень любил фигурное катание и совету тренера последовал. Его поставили в пару, дали очень хорошую партнершу, ребята быстро прогрессировали и, что называется, выстрелили, с самого начала занимая достаточно высокие для новой, нескатанной танцевальной пары места на соревнованиях, как на внутрироссийских, так и на международных юниорских. Они сменили тренера, и вроде бы все шло к успеху. А потом что-то пошло наперекосяк, не сложилось, не получилось...

История была печальной, но неудачная попытка сделать карьеру в танцах на льду при помощи нового тренера не была в ней главным. Главным было то, что, к сожалению, суицидальная попытка Жени Зеленова закончилась смертью юноши. Несмотря на то, что врачи сделали все возможное, чтобы его спасти. У него не выдержало сердце. И вот в этом оказался виновным не кто иной, как Михаил Валентинович Болтенков.

Чтобы это выяснить, Сташису пришлось разыскать и разговорить еще трех человек. Но в конце концов он получил более или менее цельную картинку.

В те времена, когда Зеленов тренировался у Болтенкова, Женя не восстановился после тяжелой ангины, однако тренер, Михаил Валентинович, заставил его поехать на соревнования. Так, как выяснилось, делают довольно часто, чтобы спортсмена, находящегося далеко не в лучшей форме, «подложить» под кого-то: либо другому спортсмену надо было мастера спорта получать, а для этого необходимо обыграть на соревнованиях двух уже действующих мастеров спорта, либо очки набирать. Изначально было понятно, что не оправившийся после ангины и пропустивший почти месяц тренировок пятнадцатилетний Евгений Зеленов выступит плохо, но зато тот, в ком заинтересованы, займет более высокое место и, соответственно, поднимется в рейтинге. Женя ехать на соревнования не хотел, говорил, что не в форме, что выступит плохо, что не готов... Но Михаил Валентинович настоял, велел не придуриваться и пригрозил, что если будет выкобениваться — не поедет на международные соревнования. Или еще чем-то припугнул. Мальчик поехал и выступил, действительно выступил плохо, пропустив вперед себя откровенно слабого спортсмена, то есть свою функцию выполнил. И свалился с осложнением на сердце. Потом, конечно, выздоровел, начал снова тренироваться, но проблемы с сердцем остались, оно после того случая заметно ослабело. В принципе, после попытки покончить с собой мог бы выжить, если бы сердце не подвело.

Вот и еще кандидаты на роль убийцы Болтенкова появились. Наверняка у Жени Зеленова остались родители, друзья, может быть — братья и сестры. Правда, непонятно, почему нужно было ждать столько лет, ведь история эта началась, когда Жене было пятнадцать лет, закончилась через четыре года, и миновало с тех пор больше десятка лет. Хотя... если речь идет о, например, младшем брате, то вполне может быть... Мальчик вырос. Или девочка, сестра.

Надо в первую очередь искать родителей Жени Зеленова и разговаривать с ними. Посмотреть, что за семья, узнать, были ли у Жени друзья, готовые мстить. Ведь друзей тоже нельзя сбрасывать со счетов: когда все случилось, они еще были в спорте, занимались собственной карьерой, а если не в спорте, то учились в институтах, получали образование, профессию. И вот прошли годы, бывшие мальчики оперились, превратились в сильных молодых мужчин, почему бы не поквитаться за смерть друга?

Да, все это хорошо. Только сил у Антона Сташиса нет совершенно. И домой надо ехать, няню отпустить. И к родителям Зеленова. Хотя... Кое-какие справки он уже успел навести по телефону и знал, что отец Жени умер несколько месяцев назад, а мать допоздна будет занята на работе. Даже если поехать сейчас к ней, а не домой, к детям, то дверь Антону никто не откроет.

Но есть человек, которого можно попросить помочь. И ничего страшного, если он немного слукавит. Лукавство — это не ложь, а всего лишь вторая сторона правды.

Он достал телефон и быстро нашел номер Каменской.

— Анастасия Павловна, поможете? Замотался совсем, а у меня есть наводка на свидетеля, который может быть полезен в оправдании Ламзина. Только ехать нужно поздно вечером. А у меня дети, вы же в курсе.

Как он и надеялся, Каменская сразу согласилась поехать к матери Жени Зеленова, народной артистке России Алле Владимировне Томашкевич.

— А я уж подумала было, что вы меня избегаете, — усмехнулась Каменская. — Я ведь позвонила вам после встречи с Романом и ясно дала понять, что открыта для любого сотрудничества и мешать вам ни в коем случае не буду. А вы все не звоните и не звоните. Я решила, что вы меня игнорируете. Нет?

— Да вы что! — Антон даже задохнулся от негодования. Справедливости ради надо заметить, что негодование было наигранным и ничего подобного он на самом деле не испытывал.

Но его следующие слова были совершенно искренними.

— Я счастлив снова работать с вами! Просто, если честно, я только сегодня плотно подключился к делу Ламзина–Болтенкова, а до этого другим убийством занимался.

— Прощаю, — засмеялась Каменская. — Так вы говорите, Томашкевич сейчас на съемке? Где, не знаете? В павильоне или на натуре?

— Не знаю, — признался Антон. — А как это можно узнать? Мне только сказали, что до конца месяца она каждый день, кроме воскресенья, занята с семнадцати часов до позднего вечера, снимается в каком-то бесконечном сериале.

— Я узнаю, — пообещала Каменская. — И сегодня же попробую ее выловить. В крайнем случае — завтра с самого утра.

Антон с облегчением вздохнул. На сегодня все. А завтра с утра он отправится в Федерацию фигурного катания и поговорит с тем чиновником, который так трогательно опекал тренера Болтенкова, всячески помогал ему и расправлялся с его недоброжелателями.

* * *

К Игорю Эдуардовичу Шнитову, члену исполкома Федерации фигурного катания, Антон Сташис поехал без предварительной договоренности. Имя Шнитова Каменская назвала Дзюбе, и Ромка уже съездил к нему, но, конечно, никакого результата не добился: молод еще разговаривать с чиновниками такого уровня. Или такого характера. Нужно предпринять вторую попытку, тем более что помимо характеристики Ламзина можно получить у Шнитова и детали истории о том, как Болтенков выживал Аникеева.

Конечно, Антон ехал не на авось, выяснил предварительно по своим каналам, в котором часу Игоря Эдуардовича можно застать, но все равно пришлось потратить некоторое время на то, чтобы отловить чиновника. Никакой радости от визита оперативника Игорь Эдуардович, полный и слегка даже обрюзгший мужчина лет сорока пяти, разумеется, не выказал. О Валерии Петровиче Ламзине отозвался негативно и даже выражений особо не выбирал.

— Да он сволочь та еще и вполне мог убить, он еще с юности склонен к насилию и очень агрессивен, — заявил Шнитов безапелляционно.

Антон сделал вид, что впервые слышит об этом, хотя Ромка ему все подробно пересказал, и не только то, что слышал своими ушами, но и то, чем поделилась с ним Каменская.

— Агрессивен? А в чем это выражается?

— Ну как же! Болтенкову челюсть сломал, это вам что, не насилие?

— Но это было много лет назад, и всего один раз, они оба были, в сущности, мальчишками, детьми, — возразил Антон.

Голос Шнитова стал назидательным, и лицо приобрело соответствующее выражение.

— Знаете, у спортсменов детство заканчивается в пять лет. А в пятнадцать это уже взрослые самостоятельные люди, и, кстати, весьма и весьма физически сильные, многие уже деньги зарабатывают и родителям помогают в этом возрасте, а вы говорите — дети! — Он начал злиться и теперь уже заговорил с нескрываемым раздражением: — Я вообще не понимаю, зачем вы ко мне опять пришли! Ко мне уже приходил рыженький такой мальчик, теперь вот вы пришли, и все про Ламзина спрашивают, как будто я через два-три дня могу рассказать о нем что-то другое! Вам что, совсем заняться нечем? Ходите тут, одно и то же спрашиваете... Зря я понадеялся, что на Петровке сыщики получше, чем в округе Москвы. Такие же бездельники оказались. А может, и еще хуже. Извините, мне пора, у меня совещание.

Понадеялся он... Значит, именно Шнитов поднял волну вокруг убийства Болтенкова и звонил в Министерство внутренних дел с требованием подключить к расследованию самых лучших сотрудников.

Ну, совещание — так совещание. Коридор тоже хорошее место для продолжения разговора. Антон вышел из кабинета вместе со Шнитовым, продолжая задавать вопросы, на которые Игорю Эдуардовичу все-таки пришлось отвечать. Впрочем, о Ламзине он рассказывал весьма охотно:

— Вы бы слышали, как он орет на всех, в том числе и на спортсменов, обзывает их! Лошади, коровы, кабаны, хряки, кнуры — это еще самое мягкое из его богатого лексикона. Короче, в выражениях не стесняется.

Зато когда Антон спросил об Аникееве, Шнитов раздраженно ответил:

— При чем тут Болтенков и Ламзин? Это не имеет к ним никакого отношения.

Понятно. Стало быть, Шнитов ничего рассказывать не собирается.

Все, кто попадался им на пути, здоровались с чиновником, заискивающе заглядывали в глаза, подобострастно улыбались. Все до единого. Кроме одной женщины в строгом деловом костюме, которая шла им навстречу с папкой в руках. Она смотрела мимо Шнитова, Шнитов же демонстративно отвернулся.

Распрощавшись с Игорем Эдуардовичем, Антон внизу, в вестибюле, внимательно оглядел стенд с фотографиями. Вот и она, та самая женщина в деловом костюме. Только на снимке она была в спортивной форме, стояла на пьедестале, на груди широкая лента с золотой медалью. Фотография примерно двадцатилетней давности, а то и больше. Сейчас этой женщине под пятьдесят. Людмила Волынец.

Все трепещут перед могущественным функционером. Все, кроме Людмилы Волынец. Вот и славно, трам-пам-пам!

* * *

От удушливого запаха есть только одно спасение — прохлада и свежесть. Ничего теплого, ничего, вызывающего ассоциации со сладкой душной тяжестью. Пятна масляной пастели выбраны холодных тонов, покрывающая их акриловая краска — бледно-голубая со стальным оттенком. А в ушах назойливо звучит неприятный, резкий голос женщины, которую он едва не сбил с ног, несясь по длинному коридору и не видя ничего вокруг.

«Смотри, куда бежишь! Совсем нюх потерял! Идиот! Тебя завтра же из команды вышвырнут! Хоть бы извинился, дегенерат чертов!»

Она стояла и кричала ему вслед, а он бежал, не оборачиваясь, и все никак не мог отделаться от отвратительного приторно-сладкого запаха ее духов. С тех пор этот запах преследует его уже много лет. До рвоты, до головной боли. Эти духи до сих пор «носят» многие женщины, и часто в общественном транспорте он грубо и насильно забивается в ноздри, не давая дышать. В такие дни он ходит больной.

Сегодня запах ему нигде не попался, но он вспомнил голос, слова, безвкусные аляпистые цветы на платье, и духи вернулись сами собой. Его начало подташнивать. Единственное спасение — холодные свежие оттенки пастели и акрила.

Звонок в дверь заставил художника вздрогнуть, но он тут же вспомнил: это, наверное, Ольга, они договорились, что она придет и сделает несколько фотографий новой работы, чтобы Алла Владимировна определилась: будет она ее покупать или нет. Они всегда так делали. Художник рисовал по собственному настроению, а Алла выбирала то, что ей нравится. Нравилось ей не все. Но многое. Во всяком случае, на те деньги, которые он получал за картины от своего единственного покупателя, вполне можно было жить, и помогать матери, и делать недорогие, но приятные подарки своей подруге.

Ольга стояла на пороге, деловая, собранная, подтянутая, серьезная. Явно не расположенная к неспешным беседам и уютному чаепитию. Вот и хорошо. Ему сейчас не до бесед и не до угощений. Впрочем, Ольга никогда не задерживалась в его квартире.

— Привет, ну как дела? — спросила она, открывая сумку и доставая фотоаппарат.

Художник пожал плечами.

— Все нормально, как обычно.

Ольга деловито прошла в комнату, сразу пересекла «жилую» часть и направилась к стоящим вдоль стены картинам, лишь мельком глянув на незаконченную работу на мольберте.

— Я много времени не отниму, мне на встречу надо успеть. Что можно сфотографировать?

— Вот это.

Он показал на две новые работы и смотрел, как Ольга делает снимки с разных ракурсов. Двигалась она быстро, мягко, напоминая дикую кошку. Общий план, средний план, «макро», чтобы можно было увидеть перелив красок в процарапанных линиях.

— А это? — она кивком головы указала на мольберт.

— Это я только начал.

Ольга внимательно смотрела на бледно-голубой со стальным оттенком акрил. Краска еще подсыхала, на ней не было процарапано ни одной линии.

— А что внутри?

— Ну... — Он подошел к столику, заставленному коробками с палочками масляной пастели и бутылками с терпентином.

На второй полочке кучей лежали испачканные краской тряпки, которыми художник вытирал пальцы после растушевки, на третьей, самой нижней, листы с пробами цвета.

Достав самый верхний лист, протянул Ольге.

— Вот такое.

— Замерзнуть можно от таких оттенков, — она едва улыбнулась кончиками губ, покрытых темной помадой. — Я сфотографирую? Вдруг ей понравится?

— Да, конечно, — безразлично ответил художник. — Интересно, как долго еще Алла Владимировна будет покупать мои работы? Я же не идиот, я понимаю, что ценность они имеют только для меня.

— И для нее тоже.

Разговор с Ольгой отвлек его на несколько минут, но теперь она делает фотографии незаконченной работы, и в его голове снова всплывает мерзкий незабываемый голос: «Смотри, куда бежишь! Идиот! Дегенерат! Завтра же вылетишь!..» И запах, от которого мгновенно замутило. Он непроизвольно закрыл глаза и покачнулся. Ольга заметила и встревожилась. От нее ничего не скроешь, черт бы ее взял!

— Что случилось?

— Ничего, голова закружилась.

— Может, нужен врач? Или лекарство? Может, мне в аптеку сбегать? — Она спрашивала спокойно и деловито, никакой паники или даже беспокойства в голосе не слышно.

— Ничего не нужно, уже прошло.

Ольга с сомнением посмотрела на него и направилась к двери.

* * *

Алла Владимировна Томашкевич жила в самом центре Москвы, внутри Бульварного кольца, прорваться через которое по пробкам порой бывало очень непросто, поэтому Каменская выехала из дома заранее, взяв время с большим запасом. Накануне, когда Антон попросил ее встретиться к актрисой, Настя довольно быстро выяснила, что съемка, на которой занята Алла Владимировна, проходит в одном из подмосковных клубов и будет длиться до трех часов ночи. Номер мобильного телефона актрисы ей тоже сказали, и когда Настя дозвонилась до нее, они договорились на двенадцать часов дня: Алле Владимировне нужно время, чтобы выспаться и отдохнуть, поскольку вечером ей опять предстоит съемка с семнадцати часов до середины ночи — так составлен съемочный график.

Как обычно, сработал закон подлости: если время рассчитано впритык — непременно застрянешь в плотном потоке и опоздаешь, а если выезжаешь загодя, с расчетом на пробки, почему-то всюду проезжаешь свободно и прибываешь к месту назначения раньше времени. У Насти образовалось сорок минут до назначенной встречи с Томашкевич, и эти минуты она провела в большом книжном магазине, быстро найдя нужный ей словарь и остальное время с удовольствием листая учебники и справочники по юриспруденции.

Алла Владимировна, очень полная женщина с красивым гладким лицом, в свободном домашнем балахоне и с длинными, только что вымытыми и еще влажными волосами, рассыпанными по плечам, улыбнулась ей приветливо и обаятельно.

— В ум не возьму, зачем я вам понадобилась, — говорила она, провожая Настю в гостиную, обставленную мягкой мебелью с обивкой «прованский цветочек», — я уж все в голове перебрала: может, с кем-то из съемочной группы что-то случилось, или в театре у нас, или в нашем доме? Но вроде никого не убили и не ограбили. А вы правда частный детектив? Или вы все-таки в полиции работаете, а меня обманули, чтобы я вас не боялась?

На первый взгляд, Томашкевич была слишком спокойной и веселой для человека, знающего о том, что совсем недавно кто-то, кого она, вероятно, знает, жестоко отомстил за смерть ее единственного сына. Но ведь она профессиональная актриса... Сыграть может все, что угодно.

На слова Каменской о смерти Михаила Валентиновича Болтенкова актриса отреагировала таким изумлением, что можно было не сомневаться: она слышит об этом впервые.

— Почему вы пришли ко мне с этим? — недоумевающе спросила Томашкевич. — Что я могу вам рассказать об этом человеке? Я о нем ничего не знаю уже много лет.

А вот когда Настя задала первый вопрос о сыне, Алла Владимировна изменилась в лице, от милой обаятельной улыбки не осталось и следа.

— Мне трудно говорить о Женечке, до сих пор трудно. Может быть, можно обойтись без этого? — тихо попросила она, глядя на Настю глазами, полными слез.

Настя мягко настаивала, внимательно вглядываясь в актрису и пытаясь безошибочно считывать ее реакцию. Нет, пожалуй, для нее этот разговор действительно неожиданность. Алла Владимировна вскоре поняла, что отделаться от гостьи уговорами и мольбами не удастся, и начала рассказывать.

Женя в пятнадцать лет перенес тяжелую фолликулярную ангину, и вдруг заявил, что едет на соревнования. Так решил тренер, Михаил Валентинович. Но это Женя сказал ей уже потом, а в тот момент просто заявил, что едет, потому что эти соревнования для него очень важны, а чувствует он себя вполне неплохо. Алла сомневалась, не хотела отпускать сына, ведь он еще не окончательно выздоровел, но Женя поклялся ей, что и чувствует себя хорошо, и врач спортшколы сказал, что все в порядке и можно ехать. Вернулся с соревнований совершенно убитый: и выступил плохо, занял самое низкое место, и сердце начало болеть. Свалился с осложнением — боли в сердце, одышка, температура, слабость. Диагноз — инфекционный миокардит плюс ревматизм суставов. Отлежав в больнице положенный срок, Женя начал восстанавливаться, усиленно тренировался, но тут одно наложилось на другое: за следующий год он сильно вырос, и прыгать стало трудно: с одной стороны — мышцы длинные, с другой — больно очень, ревматизм суставов дает сильные боли при движении и физических нагрузках. Но о том, чтобы бросить фигурное катание, не могло быть и речи, мальчик готов был терпеть постоянную боль. Только прыжок он уже потерял. И Женя перешел к другому тренеру, в танцы, где прыжки не нужны и где особенно ценится мастерство скольжения, владения коньком, а это именно то, в чем мастер спорта Евгений Зеленов был всегда на голову сильнее других спортсменов. Он даже мог выполнять некоторые фигуры Панина-Коломенкина, чем неизменно вызывал восхищение товарищей по спортшколе.

Его поставили в пару с очень хорошей партнершей, и спустя некоторое время у них возник страстный роман. Настолько страстный, что когда восемнадцатилетняя девушка забеременела, Евгений даже предложил ей бросить спорт, родить ребенка и жить нормальной семейной жизнью. Но любимая отказалась: она хотела кататься, она хотела добиться больших успехов в спорте, она стремилась к вершинам и не собиралась ради ребенка отказываться от карьеры фигуристки. И сделала аборт. А вскоре после этого подала идею перейти к другому тренеру, который сможет сделать из них настоящих звезд.

Этот другой тренер действительно был в тот момент чрезвычайно популярным: молодой, красивый, обладающий обаянием и харизмой, он начинал когда-то как спортсмен, потом стал хореографом, и с придуманной и поставленной им программой российская спортсменка-одиночница поднялась на пьедестал почета чемпионата мира, что было для российского женского фигурного катания огромным успехом. К молодому и до того дня мало кому известному хореографу повалили спортсмены с просьбами их тренировать. Какое-то время хореограф отнекивался и отказывался, ведь он всего лишь хореограф-постановщик, а вовсе не тренер, это совсем другая специальность, потом набрался смелости и решил попробовать себя на новом поприще.

Попробовал. Не сказать, чтобы феерически удачно, тренировать он все-таки не умел, но программы ставил красивые, эффектные, и если к нему приходили спортсмены с хорошей базой, то с его программами добивались успеха. И как-то все сразу забывали, что базу-то им дал другой тренер... Главное — успех сегодняшний, а на лед победителей выводил сегодня именно он. Ему вся честь и слава. И новые ученики.

Евгений поддался на уговоры и поехал в Санкт-Петербург, где жил и работал модный молодой тренер. Он очень любил свою партнершу и готов был ради нее сделать все, что угодно, хотя бывший хореограф ему не нравился. И, как оказалось, не напрасно. Новый тренер девушку совратил, она влюбилась в него до потери пульса.

Когда ребята приехали в Питер, они стали снимать квартиру, жили вместе и собирались пожениться, им было по девятнадцать лет. И вдруг создалась команда «партнерша и тренер», которая играла против Жени Зеленова. Женя знал, что его любимая девушка спит с тренером, но все равно должен был каждый день брать ее в пару, выполнять с ней элементы, изображать на льду то нежные, то страстные чувства, и при этом все время помнил: «Она с ним, у нее любовь, я полностью от него зависим, я не могу отказаться от соревнований, к которым шел всю жизнь, на это положено столько лет труда, а я здесь на птичьих правах и должен его слушаться».

Затем ситуация обострилась: партнерша забеременела, на этот раз уже от тренера, и сказала, что будет рожать, потому что так сильно хочет от него ребенка и так его любит, что готова даже спорт бросить. При этом сам тренер, молодой и красивый, но глубоко женатый, жениться на ней не обещал и не собирался, и она это прекрасно знала. Может быть, надеялась, что ребенок его привяжет, потому что своих детей у него пока не было. Но эту ситуацию Женя Зеленов уже не перенес, это был слишком сильный удар по самолюбию. Он мужественно докатался до последних соревнований в том сезоне, объявил партнерше, что уходит из пары, собрал вещи и вернулся в Москву.

— На похоронах один его товарищ мне рассказывал, что Женя незадолго до смерти говорил ему: «Я пережил такое мужское унижение, которое никогда не забуду». — Алла Владимировна не замечала слез, ручьями текущих по ее щекам. — Я даже представить себе не могла, что мой сын так страдает, он ведь ничем со мной не делился. Просто констатировал факты: Соня теперь с нашим тренером, Соня собирается рожать... Спокойно так говорил, без эмоций. Я и подумать не могла, что все так серьезно. А Женя достал где-то таблетки, много... Меня даже в Москве в это время не было, я была в экспедиции, на Валааме, на съемках. Его муж нашел, когда вернулся с работы. Конечно, меня вызвали, я сразу же примчалась, уже утром следующего дня была дома, подняла на ноги самых лучших врачей, но они ничего не смогли сделать. Вернее, они сделали все, что могли. Но Женечка все равно умер. Доктор сказал, что, если бы не то осложнение на сердце, его бы вытащили.

Каменская переждала пару минут, давая Алле Владимировне возможность успокоиться.

— Вы говорили, что на похоронах Жени были его друзья, — осторожно начала она подбираться к самому главному. — Вы с кем-нибудь из них были раньше знакомы?

— Ну конечно, — кивнула Томашкевич. — Иногда кто-то из товарищей по спорту приходил к Женечке, партнерша его, Соня, приходила тоже. Но я с ними редко сталкивалась, ведь свободного времени у ребят было совсем мало, и оно обычно не совпадало со временем, когда я дома. На похоронах было много народу, но я мало на что обращала внимание тогда и мало что помню. Вот только слова Жениного товарища запомнила, очень больно они меня ударили.

— А после смерти сына кто-то из его друзей поддерживал с вами отношения?

Томашкевич отрицательно покачала головой и горько расплакалась.

«Все, — сказала себе Настя, — пора прекращать эту пытку воспоминаниями, надо совесть иметь».

Она встала с неудобного низкого пуфика без спинки и почувствовала, как мучительно заныла спина. Уперев кисти рук в поясницу, она сделала несколько шагов по комнате, повернувшись спиной к плачущей актрисе, и только теперь обратила внимание на большое количество висящих на стенах однотипных картин, без сюжета, похожих на орнамент и выполненных в какой-то неизвестной ей технике.

— Какие интересные работы, — вежливо сказала Настя, чтобы сменить тяжелую для Аллы Владимировны тему разговора на что-нибудь более нейтральное. — Никогда ничего подобного не видела. Эти орнаменты что-то означают? В них есть какой-то смысл?

Томашкевич перестала плакать.

— Они мне нравятся, — ответила она, вставая с кресла. — Я специально покупаю работы этого художника, они вносят успокоение в мою душу. Даже не могу объяснить почему.

Актриса казалась вполне успокоившейся, глаза были сухими, и только пальцы, судорожно мявшие мокрый платочек, выдавали недавние горькие слезы. Надо уходить, подумала Настя. Но все-таки нужно еще раз спросить. Потому что внятного и точного ответа на самый главный свой вопрос она так и не получила. Не знает ли Алла Владимировна, может быть, кто-то из друзей ее сына до сих пор горюет о Жене и хотел бы отомстить тренеру, который «посадил» ему сердце?

Томашкевич пожала плечами. Похоже, вопрос ее не испугал, во всяком случае, никаких новых признаков волнения Настя в ее лице не заметила.

— Я вам уже говорила, что ни с какими друзьями сына не общаюсь. Да и в те времена, когда Женя тренировался, почти не знала их. Горько это признавать, но я вообще мало вникала в Женечкину жизнь, потому что как раз в то время меня вдруг после многих лет застоя начали активно приглашать сниматься, у меня был очень плотный график, много поездок, ведь тогда денег ни у кого не было, и снимали, где подешевле — в провинции, в сельской местности, в бывших союзных республиках. Я постоянно была в экспедициях. Так что — увы — ничем вам помочь не могу.

— Алла Владимировна, — Настя уже взялась за ручку двери, собираясь уходить, но все-таки решила задать еще один, самый последний вопрос, — вы считаете тренера Болтенкова виновным в смерти вашего сына?

Актриса смотрела на нее задумчиво и спокойно.

— Да, — твердо ответила она, — считаю. Он, безусловно, виновен.

«Да уж, — озадаченно думала Настя Каменская, идя по извилистому переулку в сторону Мясницкой, где оставила машину, — вот как раз про такие результаты и говорят: ни два — ни полтора».

* * *

До дома оставалось еще минут пятнадцать езды по относительно свободным вечерним улицам, и когда позвонила Эля, Антон легкомысленно сказал:

— Конечно, вы можете уходить, я буду через пятнадцать минут. За пятнадцать минут с ребятами ничего не случится.

— Я могла бы дождаться вас, — неуверенно проговорила няня, — но нам надо успеть в аэропорт встретить рейс, мама Александра возвращается...

Антону совершенно неинтересно было выслушивать, откуда там возвращается мама Александра Андреевича Трущева и почему заботливому сыну непременно нужно встречать ее вместе с будущей новой женой.

— Поезжайте, Эля, — раздраженно перебил он ее. — Все будет в порядке, я скоро подъеду.

Когда Сташис парковался возле своего дома, машины Трущева уже не было. Значит, уехали. Вот и ладно. Встречаться с женихом своей няни у Антона не было ни малейшего желания, хотя они и были знакомы, и отношения у мужчин сложились вполне доброжелательные. Антон привычно поднял голову и бросил взгляд на окна своей квартиры: на кухне свет погашен, в его комнате тоже, и окно детской темное. Горели только окна гостиной.

«Небось мультики смотрят или в компьютерные игрушки играют», — с нежностью подумал он.

В подъезде, обычно хорошо освещенном, почему-то было темно. Опять какой-то обормот выкрутил лампочку. А может, перегорела, просто заменить не успели.

Ощущение чего-то твердого, упиравшегося в спину и диаметром весьма напоминавшего ствол пистолета, пришло одновременно с тихим сдавленным шепотом:

— Не суйся в это дело, не копай. Оставь все, как есть. Иначе пожалеешь.

Ах, как хорошо сценаристам, придумывающим истории для художественных фильмов! И писателям в общем-то тоже неплохо. Разворот, удар, быстрое приседание, проведение приема... Красота! Зритель доволен, читатель счастлив. Только почему-то никто не придумывает истории об отце-одиночке, которого дома ждут двое маленьких детей и который обязательно, ну просто обязательно должен как можно быстрее вернуться, пока малышня, во-первых, не начала бояться и, во-вторых, ничего не натворила. Можно, конечно, проявить геройство и ввязаться в драку. И даже вполне возможно, что в этой драке майор полиции Сташис одержит верх. Возможно, но не гарантировано. Потому что непонятно, кто стоит у него за спиной, какого он роста и веса, какова его подготовка и какое у него имеется оружие. Отец, у которого двое маленьких детей, не имеет права идти на такой бессмысленный риск. Если с ним что-то случится, дети окажутся на попечении государства, ибо никаких близких родственников у Сташиса давно уже нет.

— Тебя кто прислал? — негромко спросил он, стараясь говорить спокойно, чтобы не нервировать стоящего за спиной мужчину.

— Не твое дело. Твое дело — сидеть тихо и не соваться, куда не надо. Все понял, многодетный папаша?

— Конечно, — усмехнулся Антон, — не тупой же. Может, уберешь волыну, нормально поговорим?

— Не о чем мне с тобой говорить. Будешь вести себя правильно — будешь в порядке. Договорились?

— Договорились. Да мне не больно-то и надо, своя шкура дороже. Иди, не бойся, оборачиваться не стану.

За невидимым незнакомцем закрылась дверь, а Антон еще некоторое время постоял в неосвещенном подъезде, пытаясь проанализировать впечатления. В каком направлении шел звук голоса? Сколько шагов сделал незнакомец, прежде чем закрылась дверь? С какой частотой он дышал? На какой высоте держал пистолет? По всему выходило, что роста он пониже среднего, во всяком случае, намного ниже рослого Антона. Примерно, 165—167 сантиметров. И количество шагов, по которому легко рассчитывается длина ног, соответствует.

Он посмотрел на часы. Дети ждут. Им пообещали, что папа вернется через пятнадцать минут, а прошло уже двадцать с лишним.

Но он все равно достал телефон и позвонил Эле.

— Когда вы выходили, свет в подъезде был? — спросил он.

— Нет, лампочка, наверное, перегорела, — спокойно ответила няня. — Когда я привела Васю с тренировки, все было в порядке.

— Дайте, пожалуйста, телефон Александру Андреевичу, — попросил Антон.

Эля умела не задавать ненужных вопросов, и уже через мгновение в трубке раздался низкий твердый голос Трущева:

— Слушаю вас, Антон.

— Пока вы ждали Элю — не заметили, в подъезд не входил невысокий мужчина, рост примерно сто шестьдесят пять, возможно, оглядывался или вел себя нервозно?

Трущев задумался буквально на пару секунд.

— Был такой. Видел я его.

— Описать можете?

— Ну, я же не старался его запомнить... Обычный. Куртка объемная такая, ветровка, капюшон. Да, правда, я еще подумал, зачем в такую теплынь капюшон надвигать, и решил, что это, скорее всего, наркот. Они обычно так ходят в любую погоду. Невысокий, худой. Дернул дверь, она не открылась, у вас же домофон. Постоял, дождался, когда кто-нибудь будет выходить. Вот Эля вышла, а он как раз вошел. А что, что-то случилось?

— Ничего, все в порядке, спасибо, Александр Андреевич, — быстро проговорил Антон. — Удачной вам поездки.

Странно это все как-то... Если Трущев видел именно того, кто наехал на Антона, то как этот тип мог так точно знать, в котором часу Сташис будет возвращаться домой? Следил за ним? Понял по маршруту движения, что майор направляется домой? Возможно. Но тогда ему нужно было очень постараться, чтобы успеть доехать до дома, где живет

Антон, хотя бы на несколько минут раньше, чтобы успеть дождаться возможности проникнуть в подъезд, выкрутить лампочку и занять позицию. Хотя нет, Эля говорит, что лампочка не горела уже тогда, когда она выходила, а незнакомец в этот момент только входил. Значит, либо он уже был здесь раньше и позаботился об отсутствии освещения, либо у него есть сообщник. Тот, кто наехал на Антона, пришел, обеспечил темноту и ждал где-то неподалеку, может, в сквере, может, в баре или кафе, а может, просто на лавочке у автобусной остановки отсиживался. А кто-то другой на машине колесил следом за Антоном и, поняв, что тот направляется в сторону дома, дал отмашку. Да, скорее всего, так и было.

Ну и кто это у нас такой умный? Не иначе как полицейские из Раздоров. Типа решили подстраховаться, мало им того, что начальство по своим каналам уже ему кислород перекрывает. А может, и не знают они об этом, действуют на свой страх и риск. Антон попытался восстановить в памяти всех сотрудников полиции, с которыми он общался, работая по делу Ефимовой. Много их было, и были среди них и невысокие, и худощавые. Кстати, следователь, который вел дело о пожаре в доме Маклыгиных, в точности подходит под описание. И опер один... Нет, пожалуй, даже двое. Вот и поди пойми теперь, кто из них.

С другой стороны, какая разница: кто именно? Задействованы все способы влияния, чтобы прекратить попытки Антона разработать конкретную линию, начиная от мелкого наезда и заканчивая гаубицами в виде генеральских указаний.

Он решительно вошел в лифт и уже через минуту открывал дверь своей квартиры. Дети с радостным визгом вихрем налетели на него и повисли — рослая, в отца, Василиса на руке, а шестилетний Степка пока еще на ноге.

— Пап, ну чего ты так долго? — с упреком ныла Вася. — Эля сказала, что ты вот прямо скоро совсем придешь, а тебя все нет и нет. А по телику такое страшное кино показывают, американское, там полицейского убили как раз в его день рождения, представляешь, дома гости его ждут, радуются, а он уже убитый... Я так испугалась. Заплакала даже.

Антону стало не по себе. Ну вот, оставили детей на полчаса одних — и они уже смотрят по телевизору совсем не то, что нужно.

— Тебе стало жалко полицейского? — он ласково обнял девочку, поднял на руки и поцеловал.

— Нет, я про тебя подумала, — призналась Василиса дрогнувшим голосом. — Тебя нет и нет, а Эля сказала, что ты сейчас придешь. А вдруг ты тоже лежишь где-нибудь убитый, а мы со Степкой тебя ждем и ничего не знаем...

И она снова разрыдалась.

Успокаивая напуганную и расстроенную дочку, Антон снова подумал о том, что геройство — не его стезя. Кино — это, конечно, замечательно, но жизнь есть жизнь.

* * *

К утру Антон Сташис так и не пришел к окончательному выводу: чего конкретно хотел от него вчерашний незнакомец. Если речь идет о деле Ефимовой, то можно предположить, что это затеи братьев по оружию, полицейских из Раздоров. Но ведь кроме убийства Ефимовой есть и другие преступления, по которым идет работа. И то, жертвой которого стал тренер Болтенков, и еще несколько, более ранних. «Не суйся в это дело, не копай...» Хотелось бы как-то поконкретнее, что ли. И если вчера вечером Антон был совершенно убежден, что причина наезда — пожар в доме Маклыгиных, то сегодня он начал в этом сомневаться.

Передав детей с рук на руки Эле, он машинально съел свой обычный завтрак — чашка кофе и бутерброд с сыром — и отправился в Федерацию фигурного катания. На этот раз целью его был не член исполкома Шнитов, а та самая Людмила Волынец, тоже, кстати, член исполкома, которая так явно не любит и даже открыто игнорирует этого Шнитова. За все время сбора информации в среде тех, кто так или иначе связан с фигурным катанием, постоянно звучали слова о покровительстве, но Антон не вполне ясно представлял себе, что они означают применительно к данному виду спорта. Игорь Эдуардович Шнитов покровительствовал убитому тренеру Болтенкову... Как это происходит? В чем выражается? Может быть, именно в этих отношениях и вытекающих из них коллизиях и кроется мотив убийства?

В Федерации Антону сказали, что Людмилы Всеволодовны сегодня не будет, она уехала на спортивную базу в Новогорск. Разумеется, номер ее мобильного телефона Сташису не дали. И разумеется, минут через десять он его раздобыл. Волынец ответила на его звонок далеко не сразу, дозвониться удалось только с четвертой или пятой попытки. Судя по тому, каким приглушенным почти до шепота голосом она разговаривала и как коротко и отрывисто произносила слова, Людмила Всеволодовна находилась на каком-то совещании.

— Я буду в Москве через два часа, не раньше. Возможно, позже. В пять я должна быть в Сити. В три часа на парковке у ЭКСПО-центра вас устроит?

Ровно в три часа пополудни Антон Сташис, показав охраннику служебное удостоверение, въехал на парковку. Людмила Волынец появилась спустя двадцать минут, даже не подумав извиниться за опоздание. Впрочем, при нынешней ситуации с трафиком двадцать минут опоздания — это, считай, человек раньше времени приехал. Рукопожатие у нее было крепким и энергичным. Антон не очень понимал, где Волынец собирается с ним разговаривать, но она словно угадала его вопрос и сама предложила побеседовать в машине.

— Здесь в каждой башне полно всяких заведений, но в тех, где удобно разговаривать, цены просто-таки нечеловеческие, а там, где подешевле, не поговорить нормально — шумно и суетно, — усмехнулась она. — Да и время на переходы тратить не хочется.

Антон молча кивнул и распахнул перед ней переднюю пассажирскую дверь своей машины.

— Я так понимаю, вы по поводу Михаила Валентиновича хотите поговорить? Или по поводу Валерия Петровича? — спросила Людмила, когда он уселся рядом, на водительское место.

Судя по ее интонациям, идея обвинения Ламзина ей не близка. Может, у нее есть какие-то свои соображения?

— Меня, честно говоря, интересует и ваше мнение по поводу Ламзина, и один вопрос, который может показаться вам странным, но мне как дилетанту он непонятен. Какое влияние может оказывать Федерация на конкретного спортсмена?

— А что же тут непонятного? — искренне удивилась Волынец.

— Я не так выразился... Вот мне все говорят, что Игорь Эдуардович Шнитов покровительствовал Болтенкову и его спортсменам. Это так?

— Конечно, это всем известно.

— Но в чем смысл? В чем может выражаться это покровительство? Ведь чиновник из Федерации не может выполнить элементы за спортсмена, и если фигурист упал, Шнитов же не может сделать так, чтобы он не упал. Или я чего-то не понимаю?

Волынец мягко улыбнулась.

— Просто вы многого не знаете. Если бы знали, вы бы сразу все поняли.

И начала рассказывать о влиянии чиновников на спортивные результаты и о важности поддержания хороших отношений с функционерами.

— Видите ли, функционеры имеют большие возможности, они могут сильно пакостить и ставить палки в колеса не только тренерам, но и конкретным спортсменам, если они их невзлюбили почему-то. Например, вы слышали такой термин «посеяться»?

— Никогда, — признался Антон. — «Сеять» — да, это понятно. А «посеяться»? Это что?

— Этот термин пришел в фигурное катание из тенниса, и означает он «заявиться на правильные соревнования».

Та-а-к... С каждым словом появляются все новые вводные. Антон внутренне поежился: сколько еще информации придется пропустить через свою голову, прежде чем отсеется ненужное и останется только то, что имеет значение для раскрытия убийства?

— На правильные? Это как?

— Понимаете, соревнований очень много в течение сезона, и ни один спортсмен не участвует во всех, он должен выбрать, в каких именно будет участвовать. И не только выбрать, но и добиться того, чтобы быть включенным в состав участников. А это, поверьте мне, жуткая головная боль. У нас даже прямо говорят: «Это такая возня — посеяться на правильные турниры». Вы же понимаете, что ни один спортсмен не хочет проигрывать и оказываться на низких местах. Все хотят повыше. Потому что чем выше место ты занял, тем больше баллов тебе начисляется, а это рейтинг и возможность участвовать потом в финале. А для этого нужно выбрать такие соревнования, состав участников которых дает тебе хорошие шансы. Или состав участников, или страна, в которой соревнования проводятся. Потому что понятно, что страна-организатор будет всячески пропихивать своих спортсменов в чемпионы или хотя бы на пьедестал, если у нее, конечно, такие спортсмены есть. Например, ты одиночник, а этап турнира проводится в стране, где есть два-три очень сильных одиночника, и понятно, что тебе в этой стране чемпионом не стать. Даже бессмысленно сеяться на этот этап, заработаешь мало баллов. А вот парников в этой стране, к примеру, нет сильных, там ребята претендуют максимум на десятое место, так что у тебя есть вполне приличный шанс. Но при условии, что на этот этап не посеются другие сильные пары. В общем, там своя математика, очень сложная. Договариваются Федерации между собой, каких спортсменов на какие турниры заявлять. Стараются, чтобы всем было выгодно.

— И что, вот как они договорятся, так и будет? — не поверил Антон.

— Не всегда. Иногда случается, что Федерации все утрясли между собой, все довольны раскладом, а ИСУ или оргкомитет той страны, где проводится конкретный этап, могут заявить: нет, нас не устраивает кандидатура вашего спортсмена на данном этапе Гран-при, у нас уже есть первый номер от этой страны, и нам по качеству соревнований нужен ваш второй или третий номер. Я понятно объясняю?

— Нет, — честно признался Антон. — Я ничего не понял насчет качества и первых-вторых-третьих номеров.

Волынец вздохнула.

— Ну смотрите. Первое место все равно только одно. Это понятно?

— Да.

— За каждое место начисляются баллы, чем место выше — тем баллов больше, у первого места баллы наивысшие. Это тоже понятно?

— Да, — засмеялся Антон. — Вы очень хорошо объясняете. Вы, наверное, могли бы быть прекрасным преподавателем.

— Почему «могла бы»? Я и есть преподаватель, я много лет была тренером, да и сейчас у меня есть ученики. Идем дальше. Если на одном этапе столкнутся все самые сильные номера от стран, то есть самые сильные спортсмены, то первым все равно станет только кто-то один, а кто-то окажется шестым или восьмым, соответственно баллов у него будет мало за этот этап. А на другом этапе соберутся потом самые слабые, но все равно кто-то из них окажется первым, как бы плохо он ни катался, и получит высшие баллы. В результате по сумме баллов за все этапы он опередит того сильного спортсмена, который неудачно посеялся и стал восьмым или даже четвертым. Сильный спортсмен реально катается в сто раз лучше того, кто стал первым на «слабом» этапе, но из-за недостаточной суммы баллов он не попадает в финал турнира. Это несправедливо и неправильно. Поэтому участников надо так распределить, чтобы на каждом этапе были и топовые спортсмены, и послабее. Вот тогда в финал Гран-при попадают действительно самые сильные фигуристы. И все это решают Федерация, тренеры, ИСУ.

— Понял. То есть они заранее договариваются, кого куда заявляют, так?

— Совершенно верно.

— И за какое время до соревнований это нужно решать? За месяц? За два?

— Да ну что вы, — рассмеялась Волынец, — это решается уже сейчас, хотя соревнования начнутся только осенью. Брожение в массах уже началось.

— А еще каким-то образом Федерация может влиять на спортсменов?

— Сколько угодно. Например, деньги. Это очень болезненный вопрос, наш вид спорта достаточно дорогой. Вы знаете, сколько стоят хорошие коньки? Не знаете? Так вот, комплект хороших ботинок с коньками стоит около полутора тысяч евро. Откуда у подростка такие деньги? Если состоятельные родители — другой вопрос. Но ведь талантливые фигуристы не все сплошь из состоятельных семей. Членам сборной ботинки с коньками положены бесплатные, их оплачивает Федерация, а остальным как быть? Костюмы тоже весьма недешевы, один костюм стоит от семисот до тысячи евро, а их на сезон нужно не меньше трех-четырех, на каждую программу, на каждый показательный номер. Так что за год набегает очень прилично. Топ-спортсменам положены деньги на костюмы, они их получают в Федерации и расплачиваются ими в ателье или у частных портних, кто где шьется. Но положены — не значит выделены, вы же понимаете. Денег у Федерации всегда не хватает на то, чтобы сразу и вовремя выплатить их всем, кому положено. И начинается борьба за деньги. Тут очень важно, как Федерация относится либо к самому спортсмену, либо к его тренеру. Ведь на то, чтобы пошить костюм, нужно время, если портниха не очень загружена — то все равно не меньше двух недель, а если загружена — то и месяц, и два. И вот что спортсмену делать, если у него через три недели соревнования, а Федерация ему до сих пор не выделила деньги? Кого она любит — тот денежки давно уже получил и костюмчик пошил, а кого не любит — тот решает вопрос самостоятельно. Как именно — никого не волнует. То есть если тебе положены деньги — ты их рано или поздно, конечно, получишь, но иногда это бывает, к сожалению, поздно.

— Понятно. А еще какие есть варианты?

— Есть еще очень распространенный и неприятный конфликт талантливых юниоров и лидеров взрослой сборной. Дело в том, что девочки тринадцати-четырнадцати лет лучше технически оснащены, чем взрослые спортсменки.

— Это как? — удивился Антон. — С трудом верится.

— И тем не менее. Взрослые девушки и молодые женщины в силу веса и форм уже не могут так много, как легкие и худенькие девочки-подростки. С прошлого года запретили девочкам до определенного возраста участвовать во взрослых соревнованиях, а раньше это разрешалось. И вот представьте: девочка-юниорка настолько сильная, что на чемпионате России обыгрывает первые-вторые номера взрослой сборной. Стране и Федерации от этого ни холодно ни горячо, потому что участвовать в международных соревнованиях она по правилам не может в силу возраста. А тем фактом, что она обошла лидеров сборной, она сильно понизила их рейтинг и статус. Спортсмены недовольны, их тренеры тоже, само собой, злятся. И вот в этой ситуации очень опасно, если лидеры сборной катаются у тренера, имеющего хорошие завязки в Федерации или в Спорткомитете, а тренер талантливого юниора административно слабее. Самое ужасное, что страдать от сведения счетов будут не только спортсменка и ее тренер, но и вся группа, в которой девочка катается. С группой можно сводить счеты при помощи, например, информационного вакуума.

— То есть?

— Не сообщить, что можно получить форму. Или премию. Всем спортшколам полагаются бесплатно какие-то спортивные вещи. Членам сборной, конечно, полагается намного больше, но и то, что дают школам, тоже довольно существенно. Можно льдом ущемлять, это самый действенный и самый широко распространенный способ влияния. Вообще у Федерации много возможностей изгадить человеку жизнь, начиная с расстановки мест на соревнованиях и заканчивая вообще всей последующей судьбой. Именно поэтому спортсмены часто при выборе тренера ориентируются не столько на тренерский талант, сколько на наличие покровителей в Федерации.

— Даже судьбой? — не поверил Сташис. — Это в каком же смысле?

— Да в самом прямом! Например, выдача разрешения на выступление за другую страну. Это же страшно доходная штука! Вы не знали?

— Нет, — признался Антон, — в первый раз слышу.

— Я вам расскажу конкретную историю, но таких историй — десятки, если не сотни, и все одинаковые, как под копирку. У меня был много лет назад ученик, хороший мальчик, парник, остался без партнерши, мыкался на тренировках один, и вдруг ему предложили уехать в другую страну и встать в пару с девочкой, которая искала партнера. Парень пришел в Федерацию и попросил его отпустить. А ему ответили: «Никуда ты не поедешь. А если ты уедешь самовольно, мы тебя дисквалифицируем на два года». Вы представляете, что такое для фигуриста два года не участвовать в соревнованиях? Два сезона — это очень много, ты просто уходишь на дно. А по правилам — все верно, если нет разрешения Федерации, то ты должен пропустить два сезона.

— Но почему? Почему не отпустить, если парень все равно не выступает за Россию, у него же нет партнерши!

— Почему? Да потому! Федерация хочет денег. И вымогает их всеми доступными способами. Либо у Федерации той страны, которая приглашает спортсмена, либо у родителей девочки, если они богатые и готовы купить партнера своей дочке. Это тоже сплошь и рядом. Либо сам спортсмен может откупиться. А бывает, что и просто откровенно вредничают, демагогию разводят: «Я тебя не отпускаю — и все!» Спортсмен возмущается: «Да зачем я вам? Я все равно в России только четвертый-пятый, я вам золотые медали не принесу». — «Ну и что? Ты — наш спортсмен, российский. Зачем мы будем способствовать конкуренции? Мы тебя вырастили, вложили в тебя деньги, а ты теперь выйдешь на лед за другую страну и будешь конкурировать с нашими фигуристами. Нет и нет!» И что спортсменам делать? Если они находят деньги или Федерация приглашающей страны платит за них, то все в порядке. А если нет, то и нет. Зачем другой стране нужен спортсмен, который вынужден будет пропустить два сезона? Да и девочка ждать два сезона не будет.

— Вашему ученику именно так и сказали? «Не пускаю — и все!»?

— Да нет, с моим парнем как раз вышло совсем по-дурацки. Федерация готова была его отпустить, видно, он попал под хорошее настроение того, кто принимал решение. Но этот человек имел тесные дружеские связи с одной дамой из Москомспорта, жадной до темноты в глазах. Видно, он с ней постоянно делился доходами, а может, они и еще какие-то дела вместе проворачивали. Одним словом, он ей рассказал, что к нему приходил мой ученик и просил отпустить его. Диалог между ними состоялся весьма примечательный, их встреча имела место во время соревнований, когда кругом была масса журналистов, и один из них, мой хороший знакомый, все слышал и мне пересказал. Звучало это примерно так: «И что нам за него дают?» — «Да ничего, я его так отпускаю, пусть едет. Я думал отдать его так, чтобы не ссориться, голоса этой страны нам при решении вопросов в ИСУ очень пригодятся». — «Да ты что, с ума сошел? Да никогда в жизни не нужно этого делать! Это же прецедент! Одного отпустишь просто так — потом ни с кого больше ни копейки взять не сможешь». — «Ну ладно, ладно, не кипятись, не пущу я его, раз ты против». Вроде бы шуточный разговор, трудно себе представить, чтобы взрослые серьезные люди вот так, походя, на пути между трибунами могли за несколько секунд решить судьбу человека.

— Ничего себе! Неужели эта дама из Москомспорта рассчитывала получить большие деньги за вашего ученика? Вы же сами сказали, что он не чемпион, а всего лишь четвертый-пятый.

— Как знать... Она настолько любила деньги, что не отказывалась даже от крохотных финансовых вливаний. Но возможно, дело и не в деньгах.

— А в чем?

— В данном конкретном случае дело было, пожалуй, наверняка не в деньгах. Просто она не любила меня, а следовательно, терпеть не могла всех моих учеников и пакостила им всюду, где только можно. Вы теперь, наверное, спросите, почему она меня не любила? — усмехнулась Волынец.

— Конечно, спрошу. Ну грех ведь не спросить, когда такие интересные подробности вдруг открываются. Так за что дама из Москомспорта вас невзлюбила?

К чиновнице из Москомспорта обратилась ее подруга, бывшая одноклассница, живущая в том же сибирском городе, откуда родом была сама дама. Дочь одноклассницы занималась парным катанием, а ее партнер приходился им каким-то родственником, кажется, был троюродным братом самой девочки. Родители юниоров решили, что надо продвигать детей в Москву, к самому лучшему тренеру. Лучший, по их представлениям, был как раз тот, кто имел регалии. Волынец не была самым сильным тренеров юниоров, но она была чемпионкой, у нее было имя. И они хотели попасть именно в ее группу. Обратились к чиновнице из Москомспорта, та заверила, что все будет в порядке, у нее есть влияние, связи и возможности и она вопрос решит. Почему-то она была уверена, что Людмиле Волынец пара понравится и проблем никаких не возникнет.

Однако результаты просмотра оказались не такими, на которые рассчитывали сибиряки и их родители. Девочка Людмиле Волынец понравилась, тренер сочла ее перспективной, а вот мальчик ей категорически не был нужен. О чем она прямо и сказала родителям. Те пытались уговаривать, но Волынец проявила твердость: мальчика из пары она взять не готова. Или только девочку, или вообще никого. А ребята не захотели расставаться, девочка проявила великодушие и сказала, что без своего партнера она в Москве не останется и лучше вернется домой. Родители, разгневанные, заявились в Москомспорт к той чиновнице и орали, что та их обманула, что никаких возможностей у нее на самом деле нет, что она дутая величина и пустое место, полное фуфло, которая дает пустые обещания и строит из себя невесть что, а сама сволочь и обманщица. В общем, скандал был некрасивый и громкий, и все, естественно, узнали, в чем причина.

— Вообще эта ситуация очень болезненная, — задумчиво говорила Людмила. Было заметно, что воспоминания ее расстроили. — Очень часто ведь бывает, что приводят на просмотр пару, а тренеру нужен только кто-то один. Тренер видит сразу, какой спортсмен может вырасти профессионально, а какой — нет, не вырастет уже. Но они пришли парой. Они пришли вместе. Некоторые берут обоих, прекрасно понимая, что пройдет совсем немного времени — и он пару разобьет и все равно оставит у себя только кого-то одного из них.

— А как это делается технически? Как можно разбить пару?

— Ну, есть разные методы. Один из них — плохо готовить к соревнованиям или совсем не готовить. Равнодушно отнестись. Пусть уж там сами как-нибудь выплывают. Ребята будут стараться, но все равно им трудно, и результаты будут плохими, а тренер потом скажет: «Ну, ты, конечно, понимаешь, что в этом составе у тебя ничего не получится, надо тебе менять партнера или партнершу на более сильного, чтобы добиться какого-то результата».

— Ничего себе! А еще какие есть варианты?

— Можно действовать через родителей, это тоже достаточно эффективно. Приглашают родителей того спортсмена, который больше нужен тренеру, и начинают им дуть в уши, что, дескать, понимаете, они, конечно, пришли вместе, но у вас такой чудесный мальчик, у него такие перспективы, а с этой девочкой у него не получается, я вам найду партнершу более сильную, или она у меня уже есть, но вы там между собой решайте ваши проблемы сами. Но самый травматичный способ, как ни странно, это честный. Сразу после просмотра тренер говорит, что ему нужен мальчик, а девочка не нужна, или наоборот. Если вы готовы расстаться — значит, готовы, а если нет — значит, мне никто из вас не нужен. Как пара вы мне не нужны. Дети страдают, плачут, переживают, кто-то один должен предать другого и сказать: «Я остаюсь в этой группе, а ты иди куда хочешь». Это очень трудно, особенно если у них хорошие отношения. Бывает, что мальчик ведет себя по-джентльменски и говорит: «Нет, я с ней не расстанусь» — и не уходит к новому тренеру, пара остается у прежнего тренера, но потом он всю жизнь ее этим будет попрекать. Он ради нее отказался, а мог бы согласиться, остаться у нового тренера и занимать высокие места, а с тобой у нас ничего не получилось... Или наоборот, девочка остается с мальчиком, не бросает его и потом попрекает несложившейся спортивной карьерой и принесенной жертвой.

— Вы так откровенно обо всем рассказываете... Не боитесь? — поинтересовался Сташис.

— А чего мне бояться?

— Понимаете, мы уже со многими тренерами и функционерами встречались, но все как один повторяют: я надеюсь на вашу сдержанность, мне еще в этой сфере работать... Ну, вы понимаете.

— Ах вот вы о чем... А мне осталось в этой сфере работать всего неделю, — усмехнулась Волынец. — Меня уже предупредили. Кстати, ваш знакомый, Игорь Эдуардович, постарался. Очень он меня не любит. Впрочем, как и я его.

— А ему-то вы чем насолили?

— Ничем конкретным. Просто у меня репутация испорченная. После того случая, о котором я вам рассказала, после отказа взять пару, присланную на просмотр влиятельным человеком из Москомспорта, обо мне стали говорить: она осмелилась пойти против самой Ефимовой! У Ефимовой такие завязки в Федерации, на самом верху, а эта дура Волынец ухитрилась с ней поссориться. Так что у меня репутация не только склочницы, но и дуры, — грустно закончила Людмила. — А кто захочет иметь среди коллег склочников и дураков?

Ефимова из Москомспорта... Ефимова...

— Вы не знаете, эта дама, Ефимова, осталась в сфере спорта? — осторожно спросил он.

— Инна Викторовна? Нет, она сделала блестящую карьеру, из спортивных функционеров давно ушла, теперь она где-то не то в Госдуме, не то в Совете Федерации. Там тоже, наверное, нашла, как деньги заработать.

Вот оно как... Так может быть, Инну Викторовну Ефимову убили вовсе не за ее деятельность в качестве сотрудника аппарата Госдумы? И не в поджоге дома на вожделенном участке дело? Может быть, корни этой истории уходят в прошлое намного глубже? Интересно, почему никому в голову не пришло поинтересоваться, чем Ефимова занималась десять-пятнадцать лет назад? Выяснили только, что в аппарате Госдумы она трудится уже пять лет, а до этого занималась примерно теми же вопросами, но на уровне Мосгордумы. Этим и удовлетворились.

Но за что Инне Викторовне могли так жестоко отомстить спустя столько лет? Может быть, за то же, за что и Болтенкова застрелили? Надо срочно искать точки соприкосновения тренера и бывшего функционера Москомспорта. На сегодняшний день о Болтенкове собрано огромное количество информации, но нигде и никогда не мелькало имя Инны Ефимовой.

Без десяти пять Людмила Волынец попрощалась с Антоном, вышла из его машины и пересела в свой автомобиль, чтобы подъехать к другому зданию комплекса. Сташис задумчиво смотрел ей вслед, потом, не выезжая с парковки, достал телефон и позвонил Каменской. Да, Ромка свалял дурака, обратившись к Киргану, это понятно. И в этом смысле Антон его, само собой, не одобряет. Но после нескольких дней, проведенных в сборе информации о мире фигурного катания, Антон уже засомневался в безошибочности решения следователя. В таком клубке интриг и конфликтов наверняка водятся самые разные ядовитые змеи, готовые вонзить жало в тренера Болтенкова. И ограничивать внимание обвинения только одним Ламзиным как-то неправильно.

Каменская сразу согласилась с тем, что хорошо бы встретиться и обменяться информацией, чтобы подвести хотя бы промежуточные итоги.

— У нас с вами уже получаются Лебедь, Рак и Щука, — заметила она. — Ходим по одному и тому же кругу, обращаемся к одним и тем же людям. Делить нам нечего, а вот работу надо распределять рационально. Так что у меня встречное предложение: давайте пообщаемся втроем, вы, я и Роман.

Антон пообещал привезти Дзюбу и стал записывать адрес, куда ехать, и ориентиры.

— Не хило вы живете, Анастасия Павловна, — хмыкнул Антон. — Это частные детективы теперь так хорошо зарабатывают? Может, мне снять погоны и переквалифицироваться?

— Если бы... — она насмешливо вздохнула. — Это дом моего брата. Они с женой младшего ребенка повезли за границу на лечение, а меня попросили пожить со старшим, чтобы он совсем уж безнадзорным не оставался.

* * *

На зрительную память Роман Дзюба никогда не жаловался и дорогу до дома, где временно обитала Анастасия Каменская, показывал Антону безошибочно, хотя и приезжал сюда отнюдь не на машине.

— Ну и хоромы! — покачал головой Антон, когда они зашли на участок. — Кто у нее брат-то? Олигарх-банкир какой-нибудь?

— Банкир, — кивнул Дзюба, — но не олигарх. Я в интернете про него посмотрел, он нормальный мужик, и жена у него нормальная, дома не сидит у мужа на шее, сама работает.

Анастасия Каменская приветливо махнула им рукой с высокого крыльца.

— Мальчики, давайте быстрее, ужин стынет!

И в этот момент Роман Дзюба окончательно перестал ее бояться.

Он даже не понял, вкусной ли была еда, которой накормила их хозяйка. Ромка постоянно хотел есть, и от этого любая пища казалась ему вкусной. Тем более внимание его было привлечено не к тому, что находилось в тарелках, а к тому, что рассказывал Антон, который за все время, что они провели в дороге, ни словом не обмолвился о полученной в течение дня новой информации.

На прямой вопрос Ромки он так же прямо ответил:

— Вот приедем — все равно рассказывать придется, а два раза одно и то же повторять мне в лом.

— Вредный ты, — вздохнул Дзюба. — Я-то тебе все рассказал, как дурак, а ты...

— Ты не дурак, — рассудительно заметил Антон, пряча улыбку. — Ты настоящий надежный товарищ. И слушать твои рассказы во второй раз я не собираюсь. Мы обсудим с Каменской то, что необходимо, и я поеду домой, а ты останешься и будешь ей рассказывать все, что захочешь. А уж обратно добираться будешь на электрическом поезде. И попробуй не обижаться на меня, ладно, Ромчик? Ты же понимаешь, что мне нужно домой. И ждать, пока ты все расскажешь Каменской, я просто не могу. При всем моем уважении к ней.

Роман несколько секунд колебался, обижаться или не стоит, и решил, что, пожалуй, смысла в этом никакого нет. Теперь же он с большим интересом слушал, как Антон рассказывает о продажах спортсменов.

— Это прямо рабство какое-то! — удивился Дзюба. — Ну как это так: взять и продать человека, как будто он кукла. А почем берут — не сказали?

— Я не спросил, — рассмеялся Антон, — но, наверное, недешево. Во всяком случае, как мне сказала Волынец, иногда деньги брали официально, типа на нужды Федерации, но чаще — наличными, себе в карман.

— Два сезона пропустить, — удрученно покачал головой Дзюба. — Могу себе представить...

— Или один, если тебя отпустили и дали разрешение, — заметил Антон. — Пропускать-то в любом случае придется, вопрос только в том, сколько: год или два.

— А что будет, если все-таки самовольно уйти? — спросила Каменская. — Что Федерация может сделать? Ловить его по всей Европе или Америке? Какой механизм воздействия?

— Насколько я понял, Федерация пишет протест в ИСУ с требованием дисквалифицировать спортсмена на два года за самовольный переход в другую Федерацию.

— А если они не напишут? — продолжала допытываться Настя.

— Тогда никто не узнает, наверное, — пожал плечами Антон.

— То есть получается, что Федерация банально стучит на своего бывшего спортсмена? — возмутился Дзюба. — Ничего себе нравы у них там! Выходит, даже если спортсмен нашей стране не сильно нужен, с него либо сдерут три шкуры, либо накатают ябеду.

— Ну, или с него самого, или с другой Федерации, или с родителей заинтересованной стороны. Но в целом ты прав, так и получается.

— Все равно я не понимаю, — заупрямился Роман. — Ну, парник там или танцор — понятно, если партнерши нет у нас, а где-то там за границей она есть. Но одиночники-то зачем уходят? Неужели для того, чтобы стать чемпионом какой-нибудь маленькой страны?

— Вот я тоже об этом спросил у Волынец, а она мне объяснила, что золотая медаль — это не цель, что первым местом в маленькой стране никого не обмануть, все равно весь спортивный мир понимает, что ты катаешься плохо, если ты катаешься плохо. Но если ты первый в своей стране, то как чемпион имеешь право выехать на международные соревнования. А это дорогого стоит. Тебя увидят и заметят судьи... В общем, для них это важно. Но это важно и для самой страны: показаться на международном турнире, название страны будет звучать, а то ведь многие даже и не знают о том, где эта страна находится и вообще такая есть на карте, — объяснил Антон и в очередной раз посмотрел на часы.

По тому, как изменилось выражение его лица, Роман понял, что его товарищу пора уезжать. Еще минут десять они договаривались, кто из них и что именно будет делать для поиска связи между Михаилом Болтенковым и Инной Ефимовой, после чего Антон уехал в Москву, к детям.

* * *

Этот добродушный рыжеволосый голубоглазый мальчик вызывал у Насти Каменской глубокую симпатию и какие-то почти материнские чувства: он был таким искренним и, при всей специфике своей

работы, так хотел верить в торжество добра и справедливости!

— Анастасия Павловна, что-то у меня сомнения
насчет того, что Антон рассказал со слов этой Волынец. Ну не может такого быть! Ну правда же, рабство какое-то!

— Давай проверим, — согласилась она.

Хорошее качество у мальчика — во всем сомнева-
ется, все перепроверяет, не ленивый, любит искать
информацию. Чем-то он напоминал Насте ее саму
в двадцать пять лет. Только у Ромки уверенности в
себе побольше. Она в его возрасте всех боялась, и
начальников, и коллег. Но больше всего на свете Настя Каменская тогда боялась совершить ошибку.

А вот Ромка совсем другой, ошибка для него — не
катастрофа, а просто источник извлечения нового
полезного опыта. Эх, если бы она в молодости была
такой же умной, как это Рыжик! Сколько нервных
клеток удалось бы сохранить...

Она принесла свой компьютер, и Дзюба уселся искать информацию, а Настя принялась мыть
оставшуюся после ужина грязную посуду. Со второго этажа не доносилось ни звука: Санек и Петруччо
ухитрялись проводить время совершенно бесшумно, сидя каждый за своим компьютером и почти не
разговаривая. Только изредка раздавались тяжелые
Петины шаги, когда парень выходил в туалет.

— Вот, сейчас посмотрим документы Междуна-
родного союза конькобежцев, — приговаривал Роман, открывая по очереди ссылки. — Их тут целых
три штуки: Конституция ИСУ; Общие правила ИСУ;
Специальные и технические правила по одиночно-
му и парному катанию и танцам на льду. Прикиньте,
Анастасия Павловна, у них своя конституция есть.

Прямо настоящее отдельное суверенное государство это ИСУ.

Перспектива изучать нормативные документы, регулирующие фигурное катание, ее отчего-то не вдохновила, пусть Ромка читает, если ему интересно, а она пока позаботится о племяннике: его пора накормить и заставить принять лекарства. Кормить Саню, когда рядом Петруччо, — задача не для слабонервных. И за все время, что Настя жила здесь, решить ее не удалось ни разу. Как, скажите, люди добрые, можно заставить восемнадцатилетнего компьютерного гения съесть манную кашу, если рядом целый день находится еще более крутой гений программинга, который принес с собой целый огромный пакет чипсов, жареной картошки, гамбургеров и колы? Тут объединяются психологический и физиологический моменты: и в лом, и неохота. Настя все прекрасно понимала, но ведь она обещала брату и его жене... Задача казалась невыполнимой. Но, тем не менее, она предпринимала все новые и новые попытки, искала варианты и подходы, и в конце концов проблема «накормить Саню в присутствии Псти» превратилась для нее в веселую шараду, которую она разгадывала с азартом и увлечением.

Она разогрела в микроволновой печи кашу, на этот раз рисовую, а на сковороде — изрядную порцию жаркого с бараниной, положила на тарелку нарезанные крупными дольками помидоры и маринованные огурцы, поставила все на поднос, не забыв хлеб, приборы и салфетки, и поднялась на второй этаж. Саня и Петруччо увлеченно занимались чем-то, сидя рядом за одним компьютером.

— Петя, вот твоя каша, — механическим голосом, чтобы не было понятно, что она давится от смеха, произнесла Настя. — Съешь, пожалуйста, все, у тебя диета, тебе нужно следить за здоровьем.

— Ага, — машинально бросил толстяк Петруччо, не поворачивая головы.

Он, похоже, даже не расслышал, что именно сказала ему Санькина бабка-пенсионерка, но на всякий случай агакнул, чтобы та быстрее отвязалась.

— Саня, тебе жаркое, у тебя ограничений по питанию нет. И не забудь дать Пете таблетки.

Племянник оказался более внимательным, и какое-то несоответствие в порядке слов все-таки задело его слух.

— Питеру кашу, а мне? — спросил он, однако глаз от экрана не оторвал.

— А тебе ничего, — ответила Настя. — Я же сказала: Пете кашу и таблетки. А ты перебьешься.

Оставив Саню в полном недоумении, она быстро повернулась и сбежала вниз по лестнице. Ромка в кухне-столовой тоже сидел, уткнувшись в компьютер, и на какой-то момент Насте показалось, что она живет в сюрреалистическом мире, в котором ее поколение доживает свой век на помойке, никому не нужное с наивными и бесполезными представлениями о чувствах, переживаниях и страданиях, а следующее поколение вообще не живет, углубившись в мир бездушного железа и лживой информации. А кто же тогда дышит на Земле, если одни уже заканчивают свой путь, а другие его и не думают начинать?

— Анастасия Павловна, а давайте я вам вслух технические правила почитаю, — неожиданно предложил Дзюба.

Она опешила.

— Зачем?

— Интересно же!

Вот какой парень, и все-то ему интересно...

— Ну, давай, — согласилась Настя. — А я пока картошку начищу, чтобы на завтра своим мужчинам отваренную оставить.

Дзюба начал читать.

— ...Правило триста два, пункт один: парное катание состоит из короткой программы и произвольного катания.

— Очень познавательно, — фыркнула Настя. — Можно подумать, никто об этом не знает.

Она на несколько секунд отвлеклась в поисках обычного ножа — специальный нож для чистки картофеля основательно затупился, и очнулась только тогда, когда ей показалось, что она ослышалась.

— Повтори! — потребовала Настя. — Или я чего-то не поняла?

— Правило триста два, пункт четыре, — послушно повторил Роман. — Состав пары: одна женщина и один мужчина.

Настя расхохоталась так, что даже нож выронила.

— Это что, Рома? Для кого эти правила пишут? Для дебилов? Одна женщина и один мужчина! Подумать только! Какое откровение! А что, есть варианты? Пара может состоять из двух женщин и трех мужчин?

Дзюба дал ей отсмеяться и совершенно серьезно пояснил:

— Вот напрасно вы так хохочете, Анастасия Павловна. Между прочим, там дальше, в правиле триста три, то же самое написано про танцевальные пары. И не зря.

— То есть?

— Я тут случайно узнал, что в первой половине двадцатого века были попытки выступать однополыми парами, две женщины или двое мужчин. Вот чтобы этого не было, они и ввели это отдельным пунктом в правила.

Настя оторопела.

— Ты серьезно? Да быть такого не может! Выдумки это!

— Никакие не выдумки, — обиделся Дзюба. — Я специально фильм смотрел документальный про историю фигурного катания, там про это сказано и даже кадры есть. Своими глазами видел.

— Ромка, ты фантазируешь.

— Ну век воли не видать, Анастасия Павловна! Хотите, найду сейчас в сети и покажу вам?

— Ну, покажи.

Она была на сто процентов уверена, что Ромка что-то путает, и спокойно продолжала чистить картошку. Начистить нужно было много: во-первых, часа через два явится Чистяков, голодный как волк, а последнюю порцию жаркого она только что отдала мальчишкам. Осталось еще немного молочной каши, но кормить ею мужа совесть не позволяет. Во-вторых, завтра Лешка будет дома и ему, Саньку и Петруччо (как же без Петруччо-то, наверняка придет часов в двенадцать дня и просидит у них до глубокого вечера) нужно будет чем-то питаться.

Еще со времен своей молодости Настя Каменская твердо знала, что спасти ситуацию всегда можно отваренным заранее картофелем, который потом либо разжаривается в виде гарнира, либо заливается яйцами (а хорошо бы и колбаски порезанной туда добавить), либо используется в качестве основы для незамысловатого салата, либо поедается в холодном виде с подсолнечным маслом и крупной солью.

Ромка искал долго, и это еще раз уверило Настю, что ему приснилась эта глупость и никаких таких кадров в том фильме нет.

— Вот, нашел. Идите смотрите.

Настя положила в раковину недочищенную картофелину и нож и подошла. И правда, двое мужчин.

— Сейчас я еще пару из двух девушек вам найду.

Она осталась стоять за спиной у Дзюбы, наблюдая, как тот ищет нужное место, периодически нажимая на «стоп». Неожиданно глаз зацепился за нечто странное и в то же время знакомое.

— Стой, — скомандовала она. — Верни то, что сейчас было.

На экране замерли линии и петли, образовавшие красивый элемент орнамента. Те же самые линии и петли, из которых состояли изображения на картинах, висящих на стенах в квартире Аллы Томашкевич.

— Что это? — напряженно спросила она.

Дзюба запустил воспроизведение, и Настя стала слушать текст диктора:

«Знаменитые фигуры, которые чертил на льду выдающийся русский фигурист Николай Панин-Коломенкин, и по сей день никто не может повторить».

Интересно получается. И Антон, рассказывая ей о Жене Зеленове, и мать Зеленова, актриса Томашкевич, упоминали имя великого спортсмена, выполнявшего сложнейшие фигуры с одного толчка. А талантливый мальчик Женя сумел их повторить, вызывая тем самым и восторг, и зависть других фигуристов. И в то же время Алла Владимировна на вопрос Насти о картинах небрежно ответила, что автор — какой-то художник, а картины ей просто нравятся, потому что успокаивают ее.

Могла Алла Владимировна не знать, что изображенные на картинах рисунки являются фигурами Панина-Коломенкина? Вряд ли, потому что с гордостью говорила о таланте своего сына, о том, что в «школе» ему не было равных и он, в отличие от многих других, мог повторить фигуры Панина-Коломенкина. Значит, знала. И при этом даже не подумала о том, что художник, который рисует эти фигуры, тоже наверняка фигурист. Она вообще ничего об этом художнике не знает. Почему-то он ей неинтересен. А вот почему?

Какая-то во всем этом есть неправильность. Мать трагически погибшего фигуриста покупает картины художника, бывшего фигуриста, и при этом не знает о том, что он спортсмен... Впрочем, сам художник вовсе не обязательно должен быть бывшим фигуристом, он просто рисует то, что ему заказывают. Заказывает та же Алла Владимировна в память о погибшем сыне. Но тогда никак не получается правдивым утверждение о том, что это какой-то художник, о котором Томашкевич ничего не знает и вообще не знакома с ним.

— Рома, а ты почему этот фильм смотрел? Зачем?

Дзюба пожал плечами.

— Так интересно же! Я про фигурное катание совсем ничего не знаю, кроме названия. Как-то повода не было интересоваться. А тут приходится заниматься. Надо же понимать, с чем мы дело имеем. И потом, мне просто любопытно. А что? Почему вы спросили? Не надо было?

— Надо, — улыбнулась Настя. — Ох, как надо! Ромка, ты или гений, или у тебя потрясающее чутье. Или тобой руководит невидимая длань. С актрисой Томашкевич у нас большие проблемы, оказывается.

Она рассказала Роману про картины в квартире Аллы Владимировны. Дзюба озадаченно покрутил головой, взъерошил рыжие вихры на макушке.

— И как вы считаете, когда мне об этом рассказать следаку? Или, может, пока вообще не рассказывать?

— Это зависит от того, есть ли тебе чем отчитаться, — засмеялась Настя. — Если совсем пусто, то придется рассказывать, иначе получится, что ты бездельник и ничего полезного для дела не сделал за отчетный период. Тебе что велено было делать?

— Искать свидетелей в доме Ламзина. Баглаев надеется, что Ламзин предоставил для экспертизы не ту одежду, в которой выбегал следом за Болтенковым и которая находилась на нем в момент выстрела. Ну а я, соответственно, надеюсь на обратное.

— И как? Нашел кого-нибудь?

Роман сокрушенно вздохнул.

— Никого пока. Ни да ни нет, ни туда ни сюда. Но вы же сами знаете, какой это геморрой — отлавливать жильцов и их гостей...

— Да знаю я, знаю, — успокоила его Настя. — Чего ты передо мной оправдываешься? Я тебе не начальник. А про травлю Аникеева ты ему докладывал?

— Нет еще. Я Виталию Николаевичу сказал. Но Баглаев его послал с этой версией подальше. Так что и я соваться не буду, пусть думает, что это частные детективы нарыли, а я честно делаю то, что следак велит. Агентуру поднимаю, всяких подпольных оружейников за нервные окончания дергаю, короче, ищу следы травматика, из которого Болтенкова застрелили, и связь этого травматика с Ламзиным.

— Вот и славно, — улыбнулась она. — И молодец. Правильное дозирование информации — залог хорошей репутации опера в глазах следствия и руководства розыска. Учись, Ромка. Кстати, про Баглаева. Я когда-то имела с ним дело, раза два или три, но, правда, давно, еще когда служила. Он вообще-то настоящий профи в своем деле, даже странно, что у вас с ним не сложилось. Я понимаю, что тайна следствия и все такое... Но может, ты объяснишь, из-за чего весь сыр-бор?

Она видела, что Роман мнется, жмется и не может решить, рассказывать ли ей о следователе или воздержаться.

— Анастасия Павловна, я не могу, — наконец выдавил он, жутко покраснев при этом. — Не обижайтесь, ладно? Но вы же работаете на адвоката, вы ему обязательно об этом расскажете, он может показать Баглаеву свою осведомленность, и с меня так башку сорвут, что даже следов не останется, что она вообще у меня была.

— Ладно, — вздохнула Настя. — Я не обижаюсь, я понимаю. Правда, на твоем месте мне бывать не приходилось, я, пока опером была, с частным сыском не сталкивалась, но твои соображения мне в целом понятны. Тогда я сама расскажу тебе про Тимура все, что помню. А помню я две вещи. Первая: он страшно не любит, когда на него кричат и когда его подгоняют.

— Так кто ж это любит! — заметил Дзюба. — Никому такое не нравится. Анастасия Павловна, а можно мне еще кусочек хлеба?

Настя с улыбкой посмотрела на парня. Голодный, молодой, увлеченный работой. Она уж думала, что в нынешних теплицах таких не выращивают. Быстро сделала огромный бутерброд, положив на кусок хлеба все подряд — и колбасу, и сыр, и тонко отрезанный кусок отварной говядины, приготовленной для Саньки — все равно ведь не съест, паршивец!

— Может, чайку? — предложила она, глядя на жующего оперативника.

— Да не надо, не морочьтесь, можно просто стакан воды.

Но Настя, конечно же, налила ему чаю.

— Продолжаем разговор, — сказала она, снова усаживаясь за стол напротив Дзюбы. — Никто не любит, когда орут и подгоняют, это ты верно заметил. Но Тимур не любит особенно. У него наступает аффективная дезорганизация мышления. Слышал такое определение?

— А как же, — кивнул Роман. — Мы в курсе судебной психологии проходили. Я даже в научной работе, которую на слушательский конкурс подавал, чуть-чуть про это писал. Неужели у Тимура Ахмедовича эта штука? А с виду не скажешь, он такой спокойный, собранный, у него все по порядочку, все аккуратненько...

— Так вот именно! Ты все правильно заметил! Человек в нормальном состоянии, вне стресса, именно такой, каким ему комфортно быть. Тимуру комфортно, когда все спокойно, размеренно, по плану, по порядку, по закону, по правилам. Но как только возникает стресс, он теряет возможность быть таким, потому что на него кричат, его ругают, от него требуют чего-то такого, что этим его порядком не предусмотрено. И он начинает делать ошибки. Это я не к тому, чтобы ты умышленно этим пользовался и выводил его из себя, ни в коем случае! — Она предостерегающе подняла руку. — Я говорю это тебе только для того, чтобы ты лучше понимал его поступки.

— Я понял, Анастасия Павловна. А второе?

— Что — второе?

Увлекшись, она совершенно забыла о том, что сказала вначале.

— Ну, вы говорили, что помните о Баглаеве две вещи, — напомнил Дзюба.

Настя ощутила болезненный укол. Возраст, возраст... Когда-то она гордилась своей памятью, из недр которой в любой момент могла извлечь любую информацию, которая хоть когда-нибудь в нее попадала. Теперь не то. Всего несколько минут прошло, а она уже потеряла нить разговора, забыла, с чего начала. Плохо. С этим надо что-то делать.

— Да, — рассеянно кивнула она, пытаясь отогнать расстроившие ее несвоевременные мысли. И повторила уже тверже: — Да. Второе. Наш друг Тимур Ахмедович коллекционирует филологические ляпы. Ты об этом знал?

Голубые глаза Ромки заблестели и приобрели поистине неописуемый цвет.

— Филологические ляпы? Это что? Несуразицы? Глупости?

— Именно. Так что если хочешь его порадовать, неси в клювике что-нибудь эдакое, — посоветовала Настя.

— А где это можно взять? — растерянно спросил он.

— А ты в памяти покопайся, ты же массу наших служебных документов читал, — произнесла Настя и тут же прикусила язык.

«Наших служебных документов»... Каких таких «наших»? Она уже давно потеряла право на это слово. Она пенсионерка. Она в отставке.

— Он только юридические ляпы собирает, что ли? — уточнил Дзюба.

— Только юридические, — подтвердила она.

Ромка закатил глаза, наморщил лоб и зашевелил губами, пытаясь вспомнить что-нибудь эдакое, потом огорченно посмотрел на Настю.

— Ничего в голову не приходит. Разве что вот это: «След представляет из себя человека, обутого в еще нерастоптанные валенки». Это из протокола осмотра места происшествия. Помню, мы с ребятами дико ржали, когда это прочитали. Больше ничего вспомнить не могу.

А вот Настя Каменская могла вспомнить. И еще как могла! Неужели правда, что с возрастом ослабевает только кратковременная память, а долговременная сохраняется? Она через несколько минут ухитрилась забыть собственные же слова, зато отлично помнит замечательные по своей несуразности фразы из виденных когда-то документов. И сейчас эти фразы могут здорово помочь молодому оперу Ромке.

— Записывай, — сказала она с улыбкой.

Дзюба тут же схватил в руки лежащий на столе планшет.

— «При осмотре места происшествия установлено, что Дорина покончила жизнь самоубийством без признаков насилия, то есть повесилась правильно», — начала она диктовать. — Это из осмотра. Теперь из рапортов сотрудников милиции: «В парке был обнаружен труп Сизова, который через час скончался в больнице». Еще, тоже из рапортов: «Я обратился к Карпову с просьбой прекратить хулиганские действия, но на мои уговоры он не реагировал правильно, а при помощи гитары ругался матом и грозил мне убийством».

Палец Романа порхал над сенсорной клавиатурой, набирая текст. Было видно, что навык в этом деле у парня изрядный.

— Послушать бы, как это звучало, — мечтательно произнес он, услышав последний пассаж.

— И вот еще, — продолжала Настя, — из протокола эксгумации трупа: «Эксгумированный труп для производства повторного исследования был передан судебно-медицинскому эксперту Сергееву, который после окончания исследования был помещен в гроб, закрыт крышкой, забит гвоздями, гроб опущен в могилу, засыпан землей и могиле придан первоначальный вид».

— Бедный Йорик, — притворно вздохнул Дзюба. — Несчастный эксперт Сергеев. Каково ему было узнать про себя такое...

— Это у вас что тут? — раздался зычный голос Чистякова. — Диктант на экзамене по русскому языку?

Настя вздрогнула и обернулась. Увлеченная разговором, она не услышала, как вошел муж. Впрочем, Лешка всегда отличался завидной способностью ходить и вообще двигаться совершенно бесшумно. Не то что она, нескладная и неуклюжая: вечно что-нибудь заденет, на что-то наткнется...

— Ой, здравствуйте, — испуганно проговорил Роман, вскакивая со стула.

Настя подошла к мужу, поцеловала.

— Привет, супруг мой. Зачем честной народ пугаешь? Крадешься, яко тать в нощи.

— Так мне же интересно, чем драгоценная супруга в мое отсутствие занимается, — улыбнулся Леша. — Вот, вижу — молодых людей привечаешь, грамотности обучаешь. Похвально. А поесть дадут?

— Конечно.

Ромка начал торопливо собираться.

— Анастасия Павловна, спасибо вам большое, я поеду.

Она вышла вместе с Дзюбой из дома, проводила его до ворот, сделала несколько глубоких вдохов, чтобы полнее ощутить вкус пусть сырого и прохладного, но все-таки весеннего, даже уже почти летнего воздуха.

— Спасибо вам, — еще раз повторил Ромка. — А вы не боитесь одна по вечерам в таком доме оставаться? Темно вокруг, соседи далеко, участки-то вон какие огромные, если что — не докричитесь. Ваш муж всегда так поздно возвращается?

— Да нет, — рассмеялась Настя. — Как раз наоборот, он чаще всего сидит здесь, работает дома, но когда выбирается в свой институт, то старается сделать как можно больше и решить все текущие проблемы, чтобы обеспечить себе возможность еще несколько дней посидеть дома. Поэтому если уж уезжает на работу, то возвращается к полуночи. И потом, я не одна в доме, у меня наверху два оглоеда торчат, одному восемнадцать, другому чуть побольше, да ты его видел, ты же вместе с ним в прошлый раз пришел.

— Я помню, — усмехнулся Ромка. — Видел я вашего Петю, даже разговаривал с ним. Если второй такой же отмороженный на железе, то защитники из них те еще. У вас хоть оружие-то есть дома?

— Не-а, — весело ответила Настя.

— А стреляете хорошо?

— Вот стреляю я действительно хорошо, — засмеялась она. — Но только для собственного удовольствия, в тир езжу регулярно на тренировки. А для жизни все равно вряд ли пригодится.

Она посмотрела на часы:

— Рома, если ты хочешь успеть на электричку в двадцать три семнадцать, то тебе надо двигаться в быстром темпе.

Опа нажал на кнопку брелока, открывающего изнутри калитку в воротах, но Дзюба все стоял и мялся, будто хотел что-то еще сказать.

— Что, Рома?

— Анастасия Павловна, а вы не скажете мне, где проходят ночные съемки у Томашкевич? Вы же вроде узнавали.

Настя с интересом посмотрела на оперативника. А ведь он прав, зачем время терять? Если известно, где находится в данный момент Алла Владимировна, то почему не поехать и не поговорить с ней прямо сейчас? Соблазн оказался столь велик, что Настя Каменская противостоять ему не смогла.

— Постой минутку, — попросила она. — Не уходи, я сейчас вернусь.

Она бегом вернулась в дом, где Чистяков, уже переодевшись, восседал за столом, ожидая ужин.

— Лешик, мне надо съездить с Ромкой в одно место, — торопливо проговорила она, доставая из холодильника то, чем намеревалась кормить мужа.

— Уж кто бы сомневался, — фыркнул Чистяков. — Когда есть выбор между молодым мужиком и старым, то никаких вариантов нет.

— Ну, Леш, — проныла она, ставя пластиковый контейнер в микроволновку, а сковороду на плиту, — ну мне правда надо, это же моя версия, мой результат. Не сердись, пожалуйста.

— Да не сержусь я, не сержусь, — расхохотался Алексей. — Просто всегда интересно понаблюдать за тобой, когда ты чувствуешь себя виноватой. Редкое зрелище. Ты же всегда права.

— Вот и неправда. — Настя с облегчением поняла, что Лешка и в самом деле не в претензии. — Я чаще всего не права, поэтому у меня непреходящее чувство вины и собственной неполноценности. Я побежала?

— Беги, — кивнул Чистяков, открывая книгу. — Ребенок в порядке? Указания будут?

— Ребенок с Петей, еду отнесла, но не уверена, что они поели. Про лекарства напомнила. Микроволновка стоит на три минуты, конфорку под сковородкой выключить через пять минут, — отрапортовала Настя, зашнуровывая кроссовки. — Хлеб не забудь взять. Горчица к мясу в холодильнике.

— Слушай, иди уже, а? — шутливо взмолился Алексей. — А то я без тебя не разберусь...

Она выскочила на крыльцо, держа в руке ключи от машины. Дзюба послушно стоял у самой калитки, ровно в том месте, где Настя его оставила. Через несколько минут они уже выезжали из поселка на шоссе, ведущее к МКАД. До подмосковного города, в одном из клубов которого проходила ночная съемка сериала с участием Аллы Томашкевич, им придется добираться около часа. Если повезет, конечно, и Кольцевая не окажется забита фурами, которым проезд разрешен только после 22 часов.

* * *

Поставить машину перед клубом, где проходили съемки, было не так-то просто: подъезд перекрывали «гелендвагены», автобусы и множество автомобилей. Пришлось припарковаться метрах в трехстах от нужного места и дальше идти своим ходом.

— Рома, с боями будешь прорываться ты, у тебя ксива есть, а разговаривать с Аллой буду я, ладно?

— Конечно, Анастасия Павловна, — безропотно согласился Дзюба.

Когда им удалось наконец добраться до собственно съемочной площадки, выяснилось, что Алла Владимировна «на гриме»: запланированные на сегодня сцены, относящиеся к одной серии, уже отсняли, теперь предстояло снимать то, что будет происходить в другой серии, и актриса должна выглядеть по-другому. Пришлось ждать.

Увидев Настю, Томашкевич приветливо помахала ей рукой:

— Пришли посмотреть, как снимают сериалы? — Она выглядела собранной, деловитой и ничуть не уставшей.

«Ужасная профессия, — подумала Настя, глядя на актрису. — Час ночи, впереди еще два часа съемок, с точки зрения физиологии — самое неподходящее время для активной деятельности. Работа в ночное время всегда считалась вредной для здоровья, за ночные смены платили больше, даже если это было просто тупое отсиживание для галочки, без особой нагрузки. А тут не отсидишься. Как они выдерживают?»

— Алла Владимировна, я хотела спросить у вас: что изображено на тех картинах, которые висят у вас дома? — спросила Настя, решив не тратить время на реверансы.

В глазах актрисы мелькнуло напряжение и словно бы неудовольствие.

— Это просто рисунки, я же вам сказала.

— Но они ведь должны что-то обозначать, символизировать, — настойчиво говорила Настя. — И я спрашиваю вас: что они обозначают?

— Ровным счетом ничего, — Томашкевич отвечала спокойным голосом, но Настя отчетливо слышала проступающую растерянность, смешанную со злостью.

— Алла Владимировна, кто автор этих картин?

— Вы уже спрашивали. И я вам ответила: я не знаю. Какой-то художник.

— Какой? У него есть имя?

— Имя? Есть, наверное... Я не помню. Какое-то простое. Я не понимаю, при чем тут картины и какой-то художник! Вы приходили ко мне домой, говорили про убийство Женечкиного тренера, и это я хотя бы могла понять! — Злость звучала все отчетливее, и Настя Каменская уже не сомневалась в том, что они на правильном пути. — Какое отношение к тренеру имеют эти картины?!

— Не сердитесь, Алла Владимировна, — примирительно произнесла Настя. — На этих картинах изображены фигуры выдающегося фигуриста Панина-Коломенкина. И именно ваш сын был одним из немногих, если вообще не единственным, кто сумел повторить их. Вы не можете этого не знать. Так кто автор? Как имя этого художника?

Томашкевич, казалось, немного успокоилась, во всяком случае, голос ее звучал глуше и мягче.

— Но я действительно не знаю.

— Хорошо, откуда у вас берутся эти картины? Ведь не с неба же они падают, правда? Вы их где-то находите, покупаете...

— Нет! — почти выкрикнула актриса, тут же снова взяла себя в руки и заговорила тише: — Я их не нахожу и не покупаю. Мне их привозят.

— Кто привозит?

— Одна моя знакомая.

— Алла Владимировна, вас в любой момент могут позвать на площадку, — с укором сказала Настя, — а вы тянете время, вероятно, в надежде, что я не успею задать все свои вопросы. Давайте закончим этот детский сад. Кто привозит картины?

— Ну... Оля привозит.

Опять двадцать пять! Ну неужели взрослый человек, немолодой, за пятьдесят уже, продолжает надеяться, что все как-нибудь обойдется, рассосется и полиция уйдет, не получив нужных ответов? Конечно, Анастасия Каменская — далеко не полиция, Алла прекрасно знает, что она всего лишь частный детектив, существо бесправное и ни для кого не опасное. Но вот же рядом стоит старший лейтенант Дзюба, настоящий полицейский с настоящим удостоверением, которое Алле Томашкевич, конечно же, показали. Так на что она рассчитывает? На авось? Или на глупость собеседников?

— Какая Оля? — терпеливо спросила Настя. — Фамилия у нее есть? Год рождения? Адрес? Номер телефона?

— Виторт. Ольга Виторт, — выдавила Томашкевич крайне неохотно. — Год рождения точно не знаю, ей чуть больше тридцати, по-моему. Адреса тоже не знаю, я никогда не была у нее дома.

— А телефон?

— Я не помню наизусть, он в мобильник забит.

— Посмотрите, пожалуйста, — настойчиво попросила Настя. — Окажите нам любезность.

— У меня нет с собой телефона, вы же видите, я одета для съемки.

— Хорошо, — согласилась Настя. — Нет — так нет. Спасибо, Алла Владимировна. Если что — я еще раз к вам наведаюсь. — Она помолчала, потом хитро улыбнулась и добавила: — Или не я. И это будет хуже для вас.

Как только они вышли из здания клуба, Настя достала из сумки телефон.

— Ты еще не спишь?

— Не-а, — послышался рассеянный ответ.

— Петя ушел?

— Не-а.

— Попроси его не уходить, я буду минут через сорок, — сказала она.

— Где будешь? — Племянник, казалось, очнулся.

Все-таки она правильно подметила: он не реагирует только на предсказуемые вещи. Любое нарушение привычного порядка информации заставляет Санька хоть как-то встряхиваться.

— Дома буду, — засмеялась Настя, быстро идя вместе с Дзюбой к машине.

— А ты где? Не дома, что ли?

— На свидании я. С молодым любовником. Сейчас привезу его домой, с тобой познакомлю.

— Ой... — На этот раз парня удалось по-настоящему озадачить. — А дядя Леша где?

— Дома, дома, успокойся. Короче: Петю не отпускай, сам не ложись, вы оба мне будете нужны. Все понял?

— А дядя Леша как же? — спросил Санек совершенно растерянно.

— А так же, — коротко ответила Настя и отключилась.

Очень хорошо. Во-первых, Санек на собственной шкуре прочувствует, каково это, когда с тобой разговаривают междометиями и ничего не объясняют. А во-вторых, сейчас она приедет и впряжет юных компьютерных гениев в работу. Пусть принесут пользу если не Отечеству, то хотя бы тем, кто раскрывает преступления.

— Надеюсь, что Санек и Петруччо сильно облегчат нашу задачу, — сказала она, садясь в машину. — Тебя куда подбросить? Где ты живешь?

Ромка молчал, уставившись взглядом на собственные колени, обтянутые «потертыми» джинсами.

— Ро-ом! — окликнула его Настя чуть громче. — Ты меня слышишь? Я спрашиваю, куда тебя подбросить?

Он поднял на нее глаза.

— Анастасия Павловна, можно мне с вами? Или это неудобно?

— Это удобно, — без колебаний ответила она. — И не только удобно, но и правильно. Можно будет сразу обсудить все, что узнаем, и составить план действий, чтобы утром не терять время.

— Ваш муж не будет возражать?

Она насмешливо посмотрела на Романа.

— Для того чтобы мой муж начал возражать и вообще хоть как-то беспокоиться, я должна привести в дом Пласидо Доминго или Энтони Хопкинса. Фигуры более мелкого калибра у моего мужа ревность вызвать не могут. Он слишком хорошо и давно меня знает.

Судя по смущенному молчанию Дзюбы, он прикидывал, может ли старший лейтенант полиции соперничать с великим певцом или великим актером. И по всему выходило, что нет, никак не может.

* * *

К утру комната Саши Каменского напоминала свалку эпохи техногенных катастроф. По всему полу разбросаны пакеты из-под фастфуда и пустые пластиковые бутылки, поверх которых красовались исчерканные цветными фломастерами листы распечаток: Санек и его друг Петруччо искали информацию об Ольге Виторт, нахально вскрывали ее почту, залезали на ее странички на сайтах, читали переписку, шли дальше по адресам ее собеседников, копировали отрывки обсуждений, в которых участвовала Ольга, распечатывали... Настя и Роман быстро читали то, что находили ребята, отчеркивали фломастерами все, показавшееся интересным и значимым, и юные знатоки продолжали поиски. То и дело в комнату заходил Чистяков, приносил свежесваренный кофе для Насти и очередную бутылку холодной минеральной воды для Дзюбы.

Каждый раз, увидев мужа, Настя просила:

— Леш, вот послушай...

— Леш, вот посмотри, а то у нас уже глаз замылился...

— Леш, прикинь, пожалуйста...

В конце концов Алексей тоже притащил свой ноутбук и включился в процесс. Через какое-то время Настя заметила, что Петр с уважением поглядывает на ее мужа.

— Юное дарование заценило старого зубра, — шепотом сказала она Дзюбе.

— Это хорошо, — так же тихо откликнулся он. — А то он вас вообще в бабки записал.

Она прыснула и тут же испуганно оглянулась: не видит ли кто, как она веселится в то время, как все заняты серьезным делом. Но никто не видел, потому что все действительно были заняты.

В начале восьмого утра весь комплект информации, которую только можно было выудить из интернета, лежал перед Настей в виде аккуратно отпечатанного текста. Место жительства Ольги Виторт, место работы, образование, список ближайших родственников, которых оказалось весьма немного, имена друзей, с которыми она вела наиболее активную переписку. И даже анализ данных об этих друзьях, позволяющий выделить тех, с кем имеет смысл поговорить в первую очередь. Ольгу Виторт следовало изучить как следует еще до того, как знакомиться с ней лично.

Настя отправила Романа домой отсыпаться, а сама уселась за стол, положив перед собой информацию об интернет-собеседниках Ольги. В чатах она подписывается разными именами, иногда — «Ольгой», но чаще никами, один из которых «Лара Крофт». Это показательно. Значит, молодая женщина, которая привозит Алле Томашкевич картины загадочного художника, не чуждого фигурному катанию, позиционирует себя как решительную, жесткую и отлично физически развитую особу. Настоящая Лара Крофт из популярного фильма не знает жалости к врагу и легко убивает, если считает, что это справедливо. А Ольга Виторт? Насколько она похожа на свою любимую героиню?

Нужно попытаться узнать об Ольге побольше, но так, чтобы не спугнуть ее. Настя еще раз пробежала глазами сведения о друзьях и остановила свой выбор на некоей Альбине, которая, если верить тому, что она писала в сообщениях, сидит дома с маленьким ребенком. Значит, есть шанс застать ее по месту жительства без предварительной договоренности и побеседовать без посторонних ушей, ведь никаких упоминаний ни о няне, ни о маме или свекрови, которые помогают ей с малышом, в ее переписке не было.

Расчет себя оправдал, и Альбину удалось застать дома. Симпатичная улыбчивая молодая женщина не спускала девятимесячного младенца с рук и смотрела на него с таким выражением лица, что впору было писать с нее Мадонну.

Настя представилась, показала удостоверение частного детектива и сказала, что Ольгой Виторт заинтересовалась одна крупная фирма, название которой разглашать не положено. Фирма намерена сделать ей предложение о переходе к ним на работу, но предварительно хочет собрать сведения о кандидате. Ложь безобидная и никак не проверяемая: даже если Альбина расскажет об этом Ольге, то название фирмы Настя имеет право не разглашать.

Молодая мама понимающе кивнула.

— Вот хорошо-то! Оля такая способная, такая труженица, она заслуживает лучшей работы, чем та, на которой она сейчас. Только вряд ли я вам про Олю что-то интересное расскажу, в последнее время мы стали совсем редко встречаться, хотя раньше очень дружили, были неразлучны.

— А что случилось? Почему стали реже общаться?

— Ничего не случилось, просто я родила, и мне стало уже не до подружек, вы же знаете, сколько сил отнимают новорожденные.

Альбина тут же уткнулась носом в макушку ребенка и блаженно прикрыла глаза, вдыхая младенческий запах.

— Если выдавалась свободная минутка, я ее тратила на сон, знаете, я все время хочу спать, до сих пор хочу. — Альбина смущенно улыбнулась и снова поцеловала малыша. — А Оля много времени уделяет Алле Владимировне, так что нам стало трудно находить пару часов для того, чтобы встретиться. Но перезваниваемся, конечно, регулярно. И переписываемся в сети, это почти каждый день, хоть парой фраз перекинемся.

Настя сделала удивленное лицо:

— Алла Владимировна? Кто это? Ее мама?

— Нет, что вы, родители Оли погибли давно, никакой мамы у нее нет. То есть я так думаю, что теперь ей Алла Владимировна маму заменяет. Или замещает. Как посмотреть.

— Так кто это — Алла Владимировна?

— Алла Томашкевич, актриса. Знаете такую?

— Слышала, — осторожно ответила Настя. — Только я не поняла: они родственники?

— Ну что вы, какие родственники! Олька фанатично влюблена в Аллу Владимировну, давно еще, чуть ли не с детства. Алла для нее кумир. И Оля старается быть ей полезной, помогать как-то. Алла в сущности несчастный человек, несмотря на то что знаменитая актриса, и денег много, и узнают все на улице. Сначала сына потеряла, потом мужа. А до этого лет двадцать нигде не снималась, в театре только эпизодически роли получала, да и те третьего плана. В общем, не позавидуешь. Олька Аллу жалеет, поддерживает.

— Какой у Ольги характер?

— А вам зачем? — вдруг спохватилась Альбина. — Вы же сказали, что с Олей все в порядке и вы просто собираете сведения о ней как о кандидате на работу. Вы меня обманули? Она что-то натворила?

— Ничего не натворила, не беспокойтесь, — поспешно проговорила Настя. — Просто фирме очень хочется взять Ольгу на работу, но дело такое деликатное, что не хотелось бы ошибиться. Должность ответственная, высокооплачиваемая, но связанная с высокими нагрузками, сохранением конфиденциальной информации и требующая кристальной честности и чистой биографии.

— О, в этом смысле можете не сомневаться! Если нужно много работать, то лучше Оли вы никого не найдете. В лепешку расшибется, сделает невозможное, но выполнит все, что нужно.

— А как у нее с физической формой? Она может, например, двое-трое суток подряд не спать? А то у заказчика такие авралы бывают...

— Ой, да конечно! Олька вообще сильная и выносливая, как верблюд, она фитнесом уже много лет занимается регулярно, мышцы железные.

— А чужие секреты хранить умеет?

— Конечно! — горячо заверила ее Альбина.

Было видно, что она изо всех сил старается помочь подруге получить новую высокооплачиваемую работу и искренне переживает за нее.

Значит, физически развитая, выносливая, с хорошим интеллектом и к тому же «влюбленная» в Аллу Томашкевич... Еще ночью, выискивая и отсматривая все сообщения, подписанные «Лара Крофт», Настя и Дзюба обратили внимание, что в блогах, посвященных театру и кино, без комментария Лары не оставалось ни одно упоминание об Алле Томашкевич. Она немедленно вступала в дискуссию и яростно защищала актрису от нападок и даже от намеков на критику. Да, Ольга Виторт была по-настоящему преданной поклонницей актрисы. И, похоже, вполне годилась на роль убийцы человека, пусть и косвенно, но виновного в смерти Жени Зеленова, сына Аллы Владимировны.

Однако если это так, то должна быть последовательность... Болтенков виновен в том, что Женя получил заболевание сердца. Но ведь в том же самом можно обвинить и спортивного врача, который сказал, что Зеленов по состоянию здоровья может тренироваться и участвовать в соревнованиях. А потом можно обвинить и его партнершу Соню, предавшую любимого. И заодно тренера — большого любителя спать со своими ученицами. Они все

виновны косвснно. Почсму выбран только Болтенков?

«А с чего я, собственно говоря, решила, что выбран только Болтенков? — спросила сама себя Настя. — Может, остальные уже давно убиты. Я ведь
даже фамилий их не знаю... Вот и хорошо, Ромка
проспится, позвонит мне, и я его нагружу».

* * *

Если Анастасия Каменская полагала, что после ночной вахты Ромка Дзюба будет дрыхнуть до
полудня, то она заблуждалась. Молодому старлею
вполне хватило времени подремать в электричке и
потом в метро, и в десять утра он был готов к новым
подвигам. Например, к визиту в офис компании
«Оксиджен», где Ольга Геннадьевна Виторт занимала должность начальника отдела закупок по непродовольственной группе товаров.

Прорваться через суровых охранников и несго-
ворчивых девушек на ресепшене многоэтажного
офисного здания оказалось делом непростым, но
Ромка включил все имеющееся в наличии обаяние,
подкрепил его удостоверением и сверху присыпал
каким-то враньем, чтобы, с одной стороны, пропустили, но с другой — не просочилась информация
о том, что он интересуется конкретной Ольгой Виторт из «Оксиджена».

В здании располагались офисы десятков компаний и фирм, и ему удалось убедить весь персонал
первого этажа в том, что он в рамках какого-то ми-
фического уголовного дела занимается изучением
цен на бразильский кофе. Пока шел процесс угово-
ров, он успел осмотреть и запомнить вывешенный

на стене перечень арендаторов офисных помещений с указанием этажей, на которых располагались фирмы.

Поднявшись на нужный этаж, он нос к носу столкнулся с симпатичным парнем с веселым открытым лицом.

— Не подскажешь, где отдел закупки? — спросил Дзюба.

— Которой? — Парень насмешливо посмотрел на него. — Тут этих отделов как грязи. Каждый по своей группе.

Роман вспомнил, что отдел, который возглавляла Виторт, имел какое-то длинное название, во всяком случае, после слова «закупки» шли еще какие-то слова. Выходит, это имеет значение...

— По непродовольственной... — начал было он, радуясь, что удалось вспомнить.

— В конец коридора иди, дверь справа, там написано, — тут же ответил парень. — Девчонки на месте, а ее как раз нет, так что иди смело, тебя никто не укусит.

— Кого — ее? — не понял Дзюба.

— Ну как кого... Лары. Ты же к Ларе в отдел идешь? Или к кому?

— А... Да, к Ларе. Спасибо, — торопливо проговорил Роман.

Значит, Ольгу Виторт даже на работе называют Ларой Крофт... Интересная у нее репутация!

Он дошел до двери, рядом с которой на стене висела табличка, уведомляющая, что именно здесь находится отдел закупки по непродовольственной группе товаров, и вошел без стука. За тремя рабочими столами и компьютерами сидели две девушки и один молодой мужчина. Девушки о чем-то увлеченно болтали, мужчина задумчиво смотрел на экран компьютера, где висела какая-то набитая цифрами таблица.

Девушки заметили посетителя и одарили его ослепительными улыбками.

— Вы к нам, молодой человек? — кокетливо спросила одна из них, а вторая тут же заметила:

— Потому что если не к нам, то вы зря пришли. Ольги Геннадьевны сегодня не будет, она вместе с шефом уехала на переговоры.

— Ох, извините, ради бога, — Роман изобразил смущение. — Я, наверное, дверью ошибся. Мне в «Мега-мед» нужно. Это не у вас?

Он прекрасно знал, что офис фирмы «Мега-мед» находится на другом этаже. Но ведь нельзя обнаружить свой истинный интерес...

— Это вы не дверью ошиблись, а этажом, — захихикали девушки. — «Мега-мед» на два этажа выше.

— Спасибо!

В общем и целом он остался доволен визитом в «Оксиджен». Во-первых, он убедился в том, что информация в интернете не устарела. Ольга Виторт действительно там работает. Более того, она не в отпуске, не в командировке и не на больничном. Во-вторых, он получил первое представление о репутации Ольги в среде ее коллег. А вот теперь можно двигаться дальше. Хорошо бы, конечно, негласно осмотреть ее квартиру, но для начала следует проверить ее алиби на момент убийства Михаила Валентиновича Болтенкова.

И Роман позвонил Каменской.

— А ты чего не спишь? — удивилась та. — Я думала, ты отсыпаешься после ночи.

— Выспался уже. Можно мне воспользоваться помощью вашего племянника?

— Да ради бога, если он дома. А что ты собрался делать с помощью Саньки?

— Проверять алиби Ольги Виторт. Есть только один способ сделать это так, чтобы она не узнала, что ее проверяют.

— Понятно, — засмеялась Каменская. — Давай. Я сейчас подъезжаю к площади Гагарина, а ты где находишься?

Оказалось, что находится он далеко не рядом, но им быстро удалось составить маршруты обоих таким образом, чтобы одновременно оказаться в точке пересечения, где Каменская встретит Дзюбу и на своей машине довезет до «фаната программинга».

— Понимаете, я придумал вот такую схему, — говорил Роман, пока машина ползла по забитой транспортом Кольцевой дороге, — найти в интернете список сотрудников «Оксиджена», если повезет — то конкретно список сотрудников отдела, где работает Виторт, потом найти их странички и хакнуть. И посмотреть только переписку друг с другом, понимаете? Если найти личную переписку сотрудников компании друг с другом, то там вполне могут оказаться всякие сплетни и прочие сведения. Например, о совещаниях или каких-то командировках с участием Ольги. То есть сначала надо вскрыть странички Ольги еще раз и внимательно почитать, что она и кому писала в интервале плюс-минус день вокруг убийства Болтенкова. Если она куда-то ходила, где-то была, то надо это проверить. И потом перепроверить по переписке ее сотрудников между собой и по переписке ее друзей, тоже между собой. Я плохо объясняю?

Ему показалось, что на лице Каменской отразилась скука, словно он нес какую-то околесицу. И Ромке стало не по себе.

— Объяснясшь ты действительно фигово, — улыбнулась она, — но я поняла. Теперь послушай мои соображения. Алиби Ольги проверять надо обязательно, тут ты прав. И проверять надо так, чтобы она ни в коем случае об этом не узнала. Но прежде чем заниматься Ольгой, нужно установить еще трех человек: спортивного врача, который разрешил Евгению Зеленову участвовать в соревнованиях, партнершу Зеленова по имени Соня и их последнего тренера, проживавшего в тот момент в Санкт-Петербурге. Необходимо выяснить их имена и фамилии и местонахождение. Если все они живы и здоровы, то, возможно, насчет Ольги мы с тобой погорячились. А вот если хоть один из них стал жертвой преступления, то Ольгу придется брать в жесткий оборот. Поэтому мы с тобой едем ко мне домой и валяемся в ногах у Санька, если он дома. Для того чтобы сделать все это быстро, нужен очень мощный комп, набитый разными хитрыми программами. Открытую информацию мы с тобой и сами нашли бы, правда, не так быстро, но нашли бы. А вот вскрыть ни ты, ни я ничего не можем. — Она покосилась на него и уточнила: — Ведь не можем же, правда?

— Не можем, — заверил ее Ромка, отчетливо понимая, что кривит душой.

Очень даже он может. Но и в самом деле для этого нужен комп, набитый нужными программами, такой, как у Санька или у его друга Педро. Таких программ у Дзюбы нет в компьютере ни дома, ни тем более в рабочем кабинете на Петровке.

Когда открылись ворота, ведущие на участок дома Каменских, Ромкиному взору предстала поистине идиллическая картина: толстяк Петя сидел на каменных ступеньках крыльца и с мечтательным выражением на лице жевал не то гамбургер, не то чизбургер — издалека было не разглядеть. Дзюба вышел из машины и направился к Пете, пока Каменская загоняла автомобиль в гараж.

— Ты чего тут сидишь?

— Саньку жду, — неторопливо ответил Петруччо.

— А что, в доме нет никого? А Алексей Михайлович где?

— Репу плющит, — равнодушно бросил Питер. — Не все же такие ломовые, как мы с Саньком. Он старый, ему отдыхать надо.

«Старый, — укоризненно подумал Роман. — Какой же он старый? Ты же сам видел, что он не меньше тебя умеет, а то и побольше».

Но вслух сказал совсем другое:

— Санька где? В институте?

— К соседям поплинтовал, его попросили комп почистить, шнягу какую-то поймали.

— Когда он вернется?

— Хрен знает... — Петя пожал плечами. — Как пойдет.

— А ты его комп можешь включить? — допытывался Дзюба.

— Да не вопрос. А надо?

— Надо. И срочно.

— Оки-доки.

Петр помолчал, потом спросил:

— Слушай, а чего мы вообще целую ночь делали-то?

Роман оторопел.

— Как это — что? Ты всю ночь искал инфу для нас и не понял, что ты делал? У тебя с головой как?

— Не, ну я понял, что искал, но я не вкурил зачем. Вы попросили — мы сделали, не вопрос, ближнему-то помочь... Так зачем мы все это делали-то?

Дзюба внимательно посмотрел на Петра и неодобрительно покачал головой.

— Вообще-то мы все помогали Анастасии Павловне. Это нужно для ее работы.

— Для какой работы, ты чего? — расхохотался Петя. — Она ж пенсионерка! Чего ты гонишь?

— Она не пенсионерка, — поправил его Роман. — Она офицер полиции в отставке. И сейчас работает в другом месте.

— Да ладно, брось ты! — махнул рукой Петр. — Ну и кем она может работать, когда ей сто лет в обед?

— Частным детективом.

Петруччо выпучил глаза и забыл прожевать очередной только что откушенный кусок.

— Да иди ты! Обалдайс! В рот носки! Правда, что ли? Или прикалываешься?

— Истинный крест! — шутливо поклялся Дзюба, в глубине души искренне веселясь. — А чего ты так удивляешься-то? Тебе разве Саня не говорил, где и кем работает его тетка?

— Не-а... Но если честно, то я и не спрашивал. Он мне сказал, что, мол, на пенсии, ну и чего дальше спрашивать-то? Понятно же, что раз старуха и на пенсии, значит, не работает.

Роман увидел, что из гаража вышла Каменская, поднялся со ступеньки, на которой сидел рядом с Петруччо, наклонился к нему и негромко проговорил:

— Прими совет, дружище: обрати внимание на то, что кроме твоего железа и прогсов в мире еще есть люди. И они далеко не всегда такие, какими ты их себе представляешь. Пошли комп включать, дело не ждет.

Петруччо молча отряхнул крошки с джинсов и свитера и вслед за Романом и Каменской вошел в дом.

* * *

Саня Каменский вернулся примерно через час, еще через полтора часа проснулся Чистяков, вежливо намекнул насчет обеда, и Настя с сожалением спустилась вниз, чтобы приготовить какую-нибудь еду для мужа, Романа и Пети и — отдельно — «правильную» еду для Санька.

«Толку-то от этого, — сердито думала она, нарезая овощи для диетического супа, — все равно ведь не съест, выливать придется. Но есть два больших плюса: во-первых, совесть моя будет чиста, во-вторых, я научусь хоть что-то готовить. Молочные каши и супы я уже освоила, пора продвигаться дальше. Хорошо, что картошку вчера сварила, как чуяла, что времени готовить полноценный обед не будет».

Чистяков обследовал продуктовые запасы в холодильнике, вытащил какую-то упаковку, изучил мелко отпечатанные цифры, свидетельствующие о сроке годности, потом зачем-то понюхал, хотя что можно унюхать в замороженном товаре?

— Могу мясо пожарить, — предложил он, с сомнением глядя на упаковку. — Оно уже давно лежит, пора его израсходовать.

— Долго. — Настя покачала головой. — Я что-нибудь попроще сделаю, чтобы побыстрее. Леш, глянь, пожалуйста, там колбаса нигде не завалялась?

Алексей внимательно обозрел все полки и достал завернутый в фирменную бумажку дорогого магазина кусочек чего-то непонятного, но в любом случае изрядно засохшего.

— Вот это, кажется, в доисторические времена было колбасой, — изрек он. — Ничего более юного я не вижу. А ты что планируешь?

— Хотела картошечку с колбаской яйцом залить, помнишь, как мы с тобой всю жизнь делали? — Она сняла шумовкой пену с воды, в которой варилась курица — Санькино диетпитание.

— Помню, — улыбнулся Леша. — Вкусно было. Давай я сгоняю в магазин, на машине за десять минут обернусь.

— Давай, — согласилась она с благодарностью. — Правда, захотелось тряхнуть стариной почему-то, вспомнить, как мы с тобой были молодыми и вечно занятыми. Помнишь, как нам с тобой казалось, что важнее работы в этой жизни ничего нет?

Чистяков посмотрел на нее насмешливо, но тепло.

— Можно подумать, что сейчас тебе кажется что-то другое. Все, я поехал. К сорту колбасы требования есть?

— Любая, только чтобы вареная, — ответила Настя. — Ой, Лешик, еще кетчуп захвати, ладно? Уж если вспомнить молодость, то во всех деталях.

— Кетчуп? — удивился он. — У нас же его полно было, я пару дней назад видел в холодильнике не то две, не то три бутылки.

— Так Педро же, — вздохнула Настя. — Он постоянно ест бутерброды с кетчупом, сначала съедает то, что приносит с собой, и Саньку этим кормит, потом они начинают шакалить по холодильнику и делать бутерброды, и кетчуп у них — обязательный ингредиент. Сегодня за ночь все и доели.

Она услышала, как за мужем закрылась дверь, и через короткое время в открытое окно донесся звук выезжающего из гаража автомобиля.

По звуку шагов по деревянной лестнице Настя определила, что спускаются Питер и Дзюба.

— Анастасия Павловна! — Ромка ворвался в кухню-столовую, размахивая распечатками. — У Ольги Виторт стопроцентное алиби! Мы все проверили, вот, смотрите!

Петя, не говоря ни слова, полез в холодильник. Взять там было нечего; по крайней мере, того, что можно было бы положить на бутерброд, не нашлось. И немудрено, после такой ночи-то... Парень молча взял кусок хлеба и снова открыл дверцу холодильника.

— Петя, кетчупа тоже нет, — заметила Настя. — Потерпи, скоро будем обедать.

Питер тяжело вздохнул, открыл шкафчик, достал банку меда, намазал на хлеб и уселся за стол. Он ориентировался в этой кухне не хуже хорошей хозяйки, точно знал, где что лежит.

Настя убавила огонь под кастрюлей, в которой варилась курица, и снова удивилась Дашиной причуде: поставить в современном доме газовую плиту.

«Блюда, приготовленные на газовой плите, имеют совершенно другой вкус, — уверяла жена брата. — На электрическом тепле такого вкуса никогда не получить».

Настя Каменская, честно говоря, никакой разницы не ощущала, но спорить не решалась.

Из распечатанных текстов следовало, что Ольга Виторт в день убийства Михаила Болтенкова находилась в Иркутске в деловой поездке, причем не одна, а с двумя коллегами. В вечер убийства (в Иркутске в это время уже наступила глубокая ночь) она сидела у себя в номере, в гостинице, в обществе менеджера своего отдела по имени Ксюша и начальника другого отдела компании «Оксиджен». Им к десяти утра нужно было проанализировать предложение партнеров и принять решение о стратегии и тактике ведения переговоров с ними. Дважды в течение этих посиделок устраивались получасовые перерывы, во время которых Ольга и Ксюша выходили в сеть и общались, а начальник дружественного отдела, как и подобает мужчине, читал новости мировой политики и экономики. Ольга за два перерыва успела написать три письма по электронной почте, причем одно из них довольно длинное, адресованное бывшей однокласснице, ныне проживающей в Австралии, обменяться сообщениями с кучей собеседников на «Фейсбуке», «Одноклассниках» и «ВКонтакте», а также проверить, не появилось ли новых комментариев об Алле Томашкевич, вероятно, чтобы немедленно кинуться в бой и защитить любимую актрису. При этом многим Ольга написала, что находится в Иркутске, что у них сейчас ночь и что они втроем готовятся к завтрашним переговорам. Проверка показала, что мобильное устройство, с которого Виторт выходила в интернет, находилось в тот момент действительно в Иркутске, а вовсе не в Москве.

Но это еще ни о чем не говорило...

— Рома, мы можем быть уверены в том, что она действительно была в Сибири в тот вечер? — недоверчиво спросила Настя. — Она ведь могла дать свой планшет или телефон кому угодно, кто улетал в Иркутск, дала все пароли и попросила выходить в сеть и оставлять сообщения от ее имени. А сама оставалась в Москве.

Эта мысль, совершенно очевидно, посещала и самого Дзюбу, потому что он молча протянул ей вторую пачку распечаток, состоящую из нескольких листов.

«**Ксюша-Ксана**

Да она совсем опупела, даже продаблиться надо отпрашиваться. Сама сидит, как пришитая, и никому выйти не дает.

Михаил

Ну ты что, на пять минут выйти в коридор не можешь? Позвони, я хоть голосок твой послушаю.

Ксюша-Ксана

Не хочу нарываться. С нашей Ларой Крофт не забалуешь. Она терпеть не может, когда во время мозговых штурмов кто-то выходит из комнаты.

Михаил

Почему? Что за блажь?

Ксюша-Ксана

Подозрительная очень. Наверное, были случаи, когда кто-то выходил во время обсуждения и сливал инфу. Можно подумать, что ее в интернете слить нельзя. Короче, таракан у нее такой. Ну ее на фиг совсем, связываться себе дороже.

Михаил

Что, она сама тоже не выходит?

Ксюша-Ксана

Нет. Только если позвонить суслику. Ладно, пошла она... Расскажи лучше, как сильно ты меня любишь».

— Ну, там дальше неинтересно, — пробормотал Дзюба.

«Ясен пень, что неинтересно, — подумала Настя. — Но, вероятно, весьма эротично».

— А что за суслик, которому Ольга звонит? — спросила она.

Петруччо презрительно фыркнул.

— Позвонить суслику, — это то же самое, что продаблиться, — пояснил он. — В туалет сходить.

На других листках оказались выдержки из переписки все той же Ксюши с другими адресатами, из которых неумолимо вытекало, что Ольга постоянно была в одной комнате с девушкой и никуда не выходила. Если только в туалет.

— А что насчет сообщника? — спросила Настя. — Если она захотела отомстить за сына Томашкевич, то не обязательно же самой убивать. Кого она могла привлечь к делу? Любовника, например... Рома, у этой Виторт есть любовник?

Дзюба почесал в затылке и неуверенно кивнул.

— Мне такая инфа попадалась, но я ее не распечатывал, она к алиби отношения не имеет.

— Но сама любовная переписка у Виторт есть? — уточнила она.

— Нету. — Он развел руками. — Ни одного раза. Есть переписки сотрудников «Оксиджена», в которой они сплетничают о том, что Лара Крофт спит со своим сотрудником, менеджером ее отдела, которого она взяла на работу около полутора лет назад.

— Угу, — задумчиво пробормотала Настя. — Если она спит со своим подчиненным, то понятно, почему нет переписки. Они и так каждый день видятся на работе. А возможно, и живут вместе. Причем любовники они давние, настолько давние, что острота чувств уже прошла. Она и на работу его взяла, когда у них уже был роман.

— Откуда вы знаете? — изумился Дзюба.

— Давно живу, — усмехнулась она. — В разгар отношений, на пике, невозможно представить, чтобы один человек был в командировке целых три дня и ни разу не написал своему любимому.

— А может, они друг другу по телефону звонят, а не переписываются, — возразил Ромка. — Или эсэмэсками перебрасываются. Мы же оператора мобильной связи не...

И осекся. Невозможно было произнести вслух, да еще в присутствии Пети, слова, из которых следует, что офицер полиции, вступив в сговор с частным детективом и привлекая «иных гражданских лиц», грубо нарушает закон, взламывая компьютерные базы данных, сайты и вообще все, что только можно взломать. Вот ведь выверты человеческой натуры! Делать — нормально, но сказать об этом вслух — ужасно. Ни Петя, ни Саня, конечно, даже не думают о том, что занимаются противозаконными вещами. Ну глупо же париться из-за того, чем занимается каждый второй «спец программинга». Все так делают, и чего? Никто же не ворует, так, развлекаются... Кое-кто этим зарабатывает, вскрывая чужую личную переписку по чьему-то заказу, ну и что? Все есть хотят, всем деньги нужны. Насте еще не приходилось встречать хакера, который в полной мере осознавал бы, что поступает плохо.

«Ну а я? — спросила она себя. — Что я вообще творю? Все началось так невинно, просто с поиска открытой информации, вот мы с Ромкой сидели на кухне, я чистила картошку, он читал мне вслух технические правила, полная идиллия и торжество закона. И вдруг спустя очень короткое время мы оба вовлеклись в поиск конфиденциальной информации, Санек с Питером стали взламывать сайты... И ни я, ни Ромка даже не заметили, как переступили грань. Мы же ничего плохого не хотим сделать, мы не собираемся красть чужие деньги, мы даже не посягаем на чужие секреты, мы всего лишь хотим найти информацию, которая поможет раскрыть убийство. Мы же делаем полезное дело, благое. В конце концов, все то же самое для Ромки сделали бы ребята из Управления К, только сделали бы намного позже и в гораздо меньшем объеме. Мы просто обошлись своими силами».

Она прекрасно понимала, что аргументы у нее слабоваты...

— А имя у любовника есть?

— Есть. Владимир Власов, — тут же откликнулся Питер.

Все это время он не только поедал хлеб с медом, но и, как оказалось, внимательно слушал.

— Что о нем известно?

Роман и Педро переглянулись и одновременно двинулись к лестнице.

— Ща, — пообещал Петя. — Сделаем.

Чистяков привез продукты, по обыкновению купив, помимо заказанных колбасы и кетчупа, еще много того, что, по его мнению, непременно пригодится.

— Думаешь, они, — Алексей мотнул головой в сторону лестницы, ведущей наверх, — будут есть пищу нашей молодости?

— А куда они денутся? — засмеялась Настя. — Ничего другого все равно не дам. Саньке овощной супчик протертый, а все остальные пусть из общего котла питаются. Да и Санька наверняка присоединится, а суп есть не станет.

Сверху донесся крик, обозначающий не то гиканье, не то изумление.

— Похоже, они что-то нашли, — заметил Чистяков, доставая нож и выкладывая колбасу на разделочную доску. — Как резать будем? Кубиками, полосочками, квадратиками?

— Ну а как ты раньше резал? Так и режь.

Леша с укором посмотрел на нее.

— Аська, то, что я всю жизнь тебя кормил и стоял у плиты — это ладно. Но то, что ты даже не обратила внимания, как я старался и нарезал колбасу каждый раз по-разному, это мне обидно до чрезвычайности.

Настя растерялась. Вот так живешь-живешь с человеком много лет, а потом оказывается...

— Леша... — забормотала она виновато, — ну я правда... ну ты же знаешь...

— Ладно, я тебя великодушно прощаю.

Он хотел еще что-то добавить, но не успел, потому что по лестнице слетел Дзюба с сияющими от восторга глазами.

— Мы его нашли! Этот Владимир Власов, любовник Ольги, — бывший спортсмен, занимался фигурным катанием. Потом закончил инфизкульт и стал тренером. Но с тренерской работой что-то не заладилось, и он уже года три как вообще со сферой спорта дела не имеет.

«Ну вот, — подумала Настя, — теперь все срастается. Можно с чистой совестью садиться за обед».

* * *

Несправедливость всегда была для него темно-коричневой. Цвета горького шоколада. Вроде бы и лакомство — но горькое, даже слегка кисловатое. И слова, которые крутятся у него в голове, тоже, на первый взгляд, правильные. А по сути — кисло-горькие, несправедливые.

«Надо было больше стараться, надо больше тренироваться! Плохому танцору всегда паркет мешает. У тебя все кругом получаются виноватыми, только ты один безупречен. А так не бывает. Раз не получилось — значит, сам виноват».

Сколько раз за свою жизнь он слышал эти слова! Особенно часто произносила их старшая сестра, у которой мамины амбиции видеть сына чемпионом фактически отняли детство. Сестре, которая была старше на шесть лет, поручали отводить мальчика на каток и приводить назад, ей совсем не давали карманных денег, потому что каждая свободная копейка в их небогатом семейном бюджете шла на новые коньки и костюмы для юного фигуриста, а также на «благодарности» тренеру. Сестра, способная, одаренная, трудолюбивая девочка, с шестнадцати лет начала подрабатывать, занимаясь репетиторством по химии, математике и иностранному языку со слабо успевающими школьниками, но и ее заработки мать и бабушка отнимали и тратили на спортивное будущее.

И каждый раз, когда ему не удавалось хорошо выступить и добиться успеха, сестра с ненавистью повторяла: «Надо было больше заниматься, надо было больше стараться, столько денег в тебя вкладываем, и все без толку! Я туфли не могу себе купить нормальные, хожу в обносках, хотя вкалываю с утра до вечера, потому что все деньги на тебя уходят! А ты ничего не делаешь, только задницей вертишь на льду!»

Это казалось ему жестоким и несправедливым. Разве он мало работал? Разве не вкладывал всю душу, всю свою жизнь в спорт? И разве он виноват, что мир спорта устроен жестоко и по определенным правилам, сломать которые ни один спортсмен, тем более юный, не в силах. Да и не знает он пока еще этих правил. Он просто самозабвенно, с полной отдачей делал все, что мог, вскакивая по будильнику в пять утра, чтобы успеть на утреннюю тренировку, которая начиналась в семь, он терпел постоянную боль и превозмогал постоянный страх, делал уроки, скрючившись на скамейке в мужской раздевалке и одновременно жуя бутерброды, сделанные дома бабушкой. Из-за этих бутербродов сестра тоже его ненавидела: на рубеже девяностых в магазинах продуктов совсем не стало, потом, в начале девяносто второго, они появились, но уже по сильно выросшим ценам. И самые лучшие куски мама и бабушка откладывали ему, чтобы дать с собой еду, ведь мальчик уходил из дома рано утром и возвращался поздно вечером. Ни один кусочек хорошей колбасы или сыра сестре не доставался.

«Положи, это Володеньке на бутерброды», — осекала ее бабушка.

Если в доме появлялись фрукты — то только для него. И каждое неудачное выступление непременно имело домашний финал в виде очередного оскорбительного монолога старшей сестры. А неудачей в их семье считалось все, кроме победы.

Спустя много лет, уже став взрослым, он услышал те же самые слова, но уже от человека, которому доверился и решил рассказать, как его обломали в спорте и какие волчьи законы царят в этом мире, имеющем такой красивый фасад.

Он надеялся на понимание и сочувствие, но в ответ услышал:

— Ну, братец, это ты сам виноват. Старался бы больше — все вышло бы по-другому. Раз ты столько лет долбил в одну и ту же точку, занимался одним и тем же делом, и так ничего и не выдолбил толкового, стало быть, совсем ты никчемный. Неудачник ты. Лузер, одним словом.

Слова ударили больно. Намного больнее, чем когда их произносила сестра. Сестру он хотя бы стал понимать, когда вырос. Его спортивные устремления легли на ее плечи. Но какое право совершенно посторонние люди имеют так судить о нем? Они же ничего не знают, не понимают... Они не плакали в раздевалке от кровавых мозолей, они не взлетали в воздух в тройном прыжке, зная, что незалеченное колено может подвести и ты навсегда останешься хромым, они не «выбрасывали» партнершу, замирая от ужаса, потому что чувствовали, что придали ей чуть-чуть неправильный наклон и она может разбиться насмерть. И разве можно им объяснить все это? Да они и слушать не захотят! Они хотят только смотреть по телевизору, как люди в красивых костюмах красиво двигаются под красивую музыку. Никто не хочет знать, сколько труда, боли, страха, сколько пота и слез, грязи и подлости лежит внутри этой блестящей упаковки.

С того момента он принял твердое решение: никто не должен знать о его прошлой спортивной жизни. Он не хочет, чтобы его считали неудачником. Лузером. Может, он и вправду неудачник, и это стыдно. Не нужно, чтобы об этом знали. И никому больше он ничего объяснять не станет.

* * *

Собрать воедино все вехи спортивной биографии Владимира Власова не составляло труда. Родился в 1980 году, в 1984 году впервые бабушка привела его на каток. Жил с мамой, бабушкой и старшей сестрой, отец бросил семью практически сразу после рождения Володи. Мама — киновед, преподает во ВГИКе, сфера интересов — английское и американское кино тридцатых-пятидесятых годов.

В десять лет Володю взял к себе в группу Михаил Валентинович Болтенков, в тринадцать лет юноша стал чемпионом России среди юниоров-одиночников и занял достаточно высокое для своего возраста место на одном из международных турниров. Одновременно с ним в группе Болтенкова катался и Женя Зеленов, сын актрисы Аллы Томашкевич.

Но почему-то у Болтенкова Володя не остался...

— Он перешел в группу к Людмиле Волынец, известной спортсменке, чемпионке, — с торжествующим видом сообщил Антону Дзюба. — Так что дальше копать инфу смысла нет, проще тебе снова с ней встретиться и все спросить про этого Власова. Ты же говорил, что она охотно рассказывает.

На этот раз Людмила Всеволодовна назначила Антону встречу в аэропорту: она улетала в Венгрию, чтобы в течение месяца заниматься с венгерской парой. Другой возможности и другого времени поговорить с оперативником у нее не нашлось. Антон молча чертыхнулся: поездка в аэропорт Домодедово и обратно — это полностью убитый день. Но выбирать не приходилось.

— У меня не так много времени, — сразу предупредила Волынец, когда Антон нашел ее в аэропорту. — Регистрацию на мой рейс уже объявили минут пять назад, так что постарайтесь покороче.

«Сама постарайся, — мысленно огрызнулся Сташис. — Мне спросить недолго, а рассказывать-то тебе».

Он с самого утра был в плохом настроении и злился на всех подряд, в том числе и на ни в чем не повинную Волынец.

Они сели на пластиковые стулья неподалеку от окна. Было шумновато и каждые полминуты звучали объявления на двух языках. Худшее место для беседы со свидетелем трудно даже придумать.

— Володя Власов? Да, у меня был такой мальчик, — сразу ответила Людмила. — Что вас интересует? И почему вообще вы о нем спрашиваете?

— Потому что он был учеником Болтенкова до того, как перешел к вам в группу, — объяснил Сташис.

— Да, — кивнула она, — у Миши он стал чемпионом России среди юниоров, однако повторить успех не удалось. На следующем чемпионате России он стал чуть ли не последним. Начались боли в коленях, стало трудно выполнять некоторые элементы, в том числе прыжки. В парном катании прыжков меньше, и я поставила его в пару. Собственно, именно поэтому я и взяла Володю в свою группу: он был высоким мальчиком, атлетически сложенным, я давно его присмотрела у Миши, а мне нужен был партнер для очень хорошей девочки.

Партнерша Володи, девочка из Ульяновска, была очень талантливой, но нервной, про таких говорят: «старт-минус»: на тренировках делала все, а выступать не могла. Все срывала на соревнованиях. Володя очень нежно к ней относился, опекал, защищал, любил. Три-четыре года покатались — и она уехала домой, поняла, что ничего не получается.

После этого ему повезло: Людмиле Волынец удалось «раздобыть» для него очень сильную партнершу, ровесницу Власова, но очень маленькую и легкую для своих лет. Володя начал тянуться за ней, пара получилась хорошей и быстро выстрелила, поднявшись с низких мест достаточно высоко. Обоим было по восемнадцать-девятнадцать лет, и ребята выступали уже за взрослых.

И вот на чемпионате России они борются за третье место и попадание в сборную. Выступили очень хорошо, были уверены, что попали в тройку призеров, и вдруг оказались на четвертом месте. Расстроились, конечно, ужасно, но спортивный характер просто так не выкинешь, он есть, и ребята начали готовиться к следующему сезону.

Однако тут дало себя знать травмированное и неудачно пролеченное колено у Володи. Нужно было делать операцию. После нее колено плохо восстанавливалось, время шло, а тренироваться Власов не мог. И тут партнерша ему сказала: «Прости, но я ждать не могу, я теряю форму». Ей нашли нового партнера. Вернее, она сама себе его нашла...

О том, что происходило дальше в жизни Владимира Власова, Антон уже и так знал: Ромка Дзюба постарался раздобыть максимум информации. В двадцать два года Власов поступил в инфизкульт и работал одновременно вторым тренером у Михаила Валентиновича Болтенкова, потом перешел вторым тренером в другую группу, после чего вообще покинул спорт, какое-то время сидел без работы, а в течение последних полутора лет трудится в качестве менеджера отдела закупок по непродовольственной группе товаров в компании «Оксиджен», куда попал, судя по всему, с помощью своей любовницы Ольги Виторт. Однако Людмила Волынец внесла в эту схематичную картину дополнительные краски, добавив некоторые любопытные детали.

— Володя закончил инфизкульт, получил диплом и решил уйти от Миши и попробовать работать самостоятельно, но очень быстро стало понятно, что не все так легко и радужно и тренерскую карьеру ему быстро не сделать. К Болтенкову он возвращаться не стал, пошел вторым тренером к бывшему товарищу по команде, Коле Носуленко, достаточно успешному. Поработал с ним, но начал попивать и оттуда тоже ушел. Вот тогда он пропал из поля зрения, и больше я о нем ничего не слышала.

— А почему он не вернулся к Болтенкову, когда понял, что самостоятельная работа не получилась? У них испортились отношения? — спросил Антон.

— Нет, отношения всегда были прекрасными, но Володя работал с ним, пока был студентом, а когда получил диплом, то счел для себя унизительным, будучи дипломированным специалистом, ходить в помощниках у своего бывшего тренера. И потом, Михаил Валентинович — это тренер с репутацией, и если его спортсмен выступает хорошо, то никто не усомнится в том, что это заслуга именно Болтенкова, имя второго тренера никто даже вслух не произнесет. Володе хотелось рывка, славы, и он решил, что если будет работать с менее именитым и заслуженным тренером, то у него есть шанс быть замеченным. Поэтому Володя предложил свои услуги бывшему товарищу по команде. Не знаю, в чем тут дело, я с ним совсем мало общалась, когда он перестал тренироваться, информацию о нем получала в основном из третьих рук, но, зная Володю, могу предположить, что ему было психологически некомфортно работать с человеком, который был его учителем, был намного старше. Это Володю сдерживало и мешало высказывать свое мнение и проявлять самостоятельность. Ему проще работать и общаться с ровесниками, с теми, кому он может сказать: ты что, обалдел? Ну, сами понимаете.

— Я понимаю. А почему Власов ушел от... простите, забыл фамилию того тренера, к которому пошел работать Власов после получения диплома.

— Носуленко. Коля Носуленко. Трудно сказать... Наверное, не сработались. Коля жаловался, что Володя Власов стал позволять себе приходить на тренировки сначала с запахом, а потом и не вполне трезвым. Наверное, из-за этого.

— И последний вопрос: вы не в курсе, были ли какие-то конфликты у Власова с Инной Викторовной Ефимовой из Москомспорта?

В глазах Людмилы Всеволодовны впервые с начала беседы промелькнул интерес.

— Ну как же... Это ведь именно его она не позволила отпустить за границу. Помните, я вам рассказывала? Уверена, что Володя Власов был далеко не единственным, кому она помешала сделать карьеру из-за денег.

Очень любопытно... Похоже, версию об убийстве чиновницы из Госдумы из-за пожара на Рублевке придется все-таки выбросить на помойку. А жаль. Красивая была версия. Впрочем, оно и к лучшему, учитывая, какую странную реакцию вызвала работа Сташиса в этом направлении и у руководства, и у того неизвестного, который угрожал ему. Осталось только уточнить некоторые подробности.

— И Власов знал, что ему помешала именно Ефимова?

— Знал, — кивнула Волынец. — Я ему сказала, когда сама узнала.

— И как он отреагировал?

— Никак. Он был после тренировки, уставший, ему было не до эмоций. Пробормотал только что-то, не то «вот же сука», не то «вот же стерва». И больше об этом никогда не заговаривал. Тем более и он, и все мы прекрасно знали, что Инна Викторовна меня не любит, это во-первых, не любит моих учсников, это во-вторых, и из чистой вредности и жадности старается сделать все, чтобы не отпустить за границу тех, кто не может заплатить. Хотя платили все равно не ей, а людям из Федерации, но она с этого имела неплохую долю. Всем все было прекрасно известно, так что ничего неожиданного в этой ситуации, в сущности, не было. Вы поймите, активно тренирующиеся спортсмены — они вообще не по части сильных эмоций и страстей, у них на это не остается ни сил, ни времени. В то время Володя уже потерял партнершу, которая не захотела ждать, пока он залечит оперированное колено, но он восстановился кое-как и продолжал тренироваться, он очень упорный был всегда. Тренировался и надеялся, что ему подберут новую партнершу. И вот ему предложили девочку, но для этого нужно было получить разрешение Федерации выступать за другую страну. Разрешения он не получил и на этом сломался как выступающий спортсмен. Он не видел больше перспектив. Ему всего двадцать один год, а карьера уже закончена, и он практически инвалид. Тогда он поступил в институт и начал потихоньку тренировать.

О продолжении регистрации на рейс, которым должна была улетать Волынец, объявляли уже, наверное, в пятый или шестой раз, и Людмила Всеволодовна начала нервничать. Антон вежливо помог ей донести багаж до стойки регистрации и распрощался. Все, что его интересовало, он узнал. Конечно, можно было еще поспрашивать, и наверняка выяснились бы еще какие-то интересные факты, но нервничающий свидетель — плохой свидетель, этому еще в университете МВД учили.

* * *

О том, кто чем будет заниматься в ближайшие часы, договорились быстро: Каменская будет искать и проверять бывшую партнершу Власова, которая не захотела ждать, пока он окончательно вылечит колено, Дзюба поедет к Николаю Носуленко, тренеру, вместе с которым работал Власов вплоть до окончательного ухода из спорта, а Антону Сташису придется навестить самого Владимира Власова и прощупать его на причастность к убийствам и Михаила Валентиновича Болтенкова, и Инны Викторовны Ефимовой.

— А при чем тут Ефимова, если он мстил за своего товарища Женю Зеленова? — спросил Дзюба. — Если же он мстил за себя, то каким боком тут Болтенков, сделавший из него чемпиона России? Или ты думаешь, этот Власов вообще мог пойти вразнос и начать мстить всем, кто так или иначе испортил жизнь фигуристам?

— Ну, не всем фигуристам, а только конкретно ему и Зеленову, — ответил Антон. — Посмотрим.

Когда оперативники начинают заниматься самодеятельностью за спиной следствия и собственного руководства, это всегда вызывает массу сложностей.

«Не смотрите, дети, сериалы про полицию, — думал Антон по дороге к дому, где жил Владимир Власов. — Там неправду рассказывают. Если бы я мог обосновать свои действия так, чтобы не вызвать гнев следователя или своего начальника, я бы заранее попросил выставить наружку за Власовым, посмотрел бы, куда он ходит, с кем встречается, и по крайней мере ехал бы к нему, точно зная, что он дома. И телефонные разговоры его можно было бы проконтролировать, не прослушать, конечно, с этим запаришься у судьи разрешение получать, но хотя бы запрос оператору сотовой связи послать и получить информацию о звонках и эсэмэсках с его номера и с номера Ольги Виторт. Пацаны у Каменской, конечно, отчаянные, наглые, продвинутые и ничего не боятся по молодости лет и скудоумию, но взломать базу сотового оператора им все-таки не удалось. Слава богу, там стоит мощная защита, через которую они кавалерийским наскоком не пробились. Ладно, остается только надеяться, что с Власовым мне повезет».

Дом, в котором, согласно полученным данным, проживал Владимир Власов, стоял совсем близко от МКАДа, на окраине «старой» Москвы. Типичная многоподъездная многоэтажка, по числу проживающих в ней людей сопоставимая, наверное, с маленьким городом. Опасения Сташиса не оправдались, дверь ему открыли после первого же звонка. Перед Антоном стоял высокий, хорошо сложенный молодой мужчина с невыразительным, каким-то тусклым лицом и недоуменно приподнятыми бровями.

— Вы ко мне? Что вы хотите?

Взглянув на удостоверение оперативника, Власов, похоже, ничуть не удивился, но и не испугался. Просто едва заметно пожал плечами и кивнул.

— Ну, проходите.

Прихожая в квартире была весьма условной, сделав буквально два шага от порога, Антон оказался в комнате, довольно просторной и разделенной словно на две части. В одной все «как у людей»: диван, телевизор, небольшой столик с компьютером и еще один столик перед диваном, судя по немытым чашкам и тарелкам, использовавшийся в качестве обеденного. Другая же часть комнаты походила на студию художника, каковой, как понял Антон, присмотревшись, на самом деле и являлась. На полу вдоль стен стояли картины, совершенно однотипные, их даже, по мнению Антона, живописью назвать нельзя, просто тонкие многоцветные орнаменты на разном фоне — черном, голубом, красном, желтом...

Нарушая все правила приличия, Сташис быстро прошел через жилую часть комнаты к мольберту, на котором стояла незаконченная картина. Тоже какие-то цветные линии на черном фоне, но не такие, как на других картинах. Он не был дома у Аллы Томашкевич, но работы, висящие у нее на стенах, Каменская описала очень подробно. И даже дала ему распечатку кадров из того фильма, где видела рисунки фигур Панина-Коломенкина.

Похоже, хозяин квартиры и был тем самым художником. Только совершенно непонятно, почему Томашкевич не назвала его имя и утверждала, будто вообще не интересуется личностью автора картин. Власов и Зеленов катались в одной группе и дружили, и мать Жени Зеленова вряд ли могла об этом не знать. А она ссылалась на Ольгу Виторт, которая якобы привозила эти картины неизвестно откуда. Но, может, и в самом деле не знала? Может быть, Ольга скрывает от Аллы Владимировны своего любовника? Мало ли по каким соображениям...

Антон открыл блокнот и достал сложенный вчетверо листок с распечатанным рисунком. Оглянулся — Власов торопливо убирал со стола перед диваном грязную посуду. Быстро развернув листок и сравнив рисунки на распечатке и на картине, Сташис снова спрятал его в блокнот. Ну надо же, как интересно порой бывает!

Он резко развернулся и почти нос к носу столкнулся с Власовым, который, оказывается, уже стоял у него за спиной.

— Так вы художник? — Антон сделал вид, что удивлен и озадачен.

— Да какой я художник, — небрежно ответил Власов. — Смех один. Так, балуюсь в самой незамысловатой технике. Я живописи не обучался.

— А что за рисунок? Он что-то означает?

Власов, казалось, смутился, замялся.

— Это дорожка.

— Дорожка?

— Дорожка шагов в фигурном катании. Я же катался когда-то... раньше...

По-видимому, тема была для Власова неприятной. Странно. Почему? Что плохого в том, что человек занимался фигурным катанием? Или он действительно причастен к убийству тренера и не хочет обнародовать свою связь с этим видом спорта?

— Я знаю, что вы бывший спортсмен, — нейтральным тоном сказал Антон, словно тема спорта вообще была не важна в данном разговоре. — Кстати, вы знаете о том, что ваш бывший тренер убит?

— Михаил Валентинович? — Власов сохранял полное спокойствие. — Конечно, знаю. И в новостях это было, и ребята звонили. Ужасно... Кто его? И за что?

— Ну, на вопрос «кто» ответа мы пока не знаем, а вот на вопрос «за что?» мы бы хотели получить ответ от вас.

Владимир отвел глаза, но не нервозно, а как-то задумчиво и печально.

— Слушай, давай перейдем на «ты», — предложил он. — А то как-то по-дурацки получается...

— Давай, — согласился Сташис. — Так за что могли убить твоего тренера Болтенкова, а?

— Я представления не имею, за что можно убить Михаила Валентиновича, — неторопливо ответил Власов, — и вообще не представляю, за что можно убить тренера по фигурному катанию, тем более если он не тренирует тех, кто будет бороться за олимпийские медали. Если бы это был топ-тренер, у которого тренируются претенденты на олимпийский пьедестал, ну тут еще можно было бы пофантазировать... Там свои игры, своя грязная кухня. Но Болтенков... Нет, не представляю. Мы так и будем у мольберта стоять? Давай хоть сядем, что ли.

Антон вслед за ним прошел в «жилую» половину, где присесть можно было только на диван — ни кресла, ни даже стула или хотя бы табуретки там не было. Диван был жестким и, на взгляд Антона, страшно неудобным. Он сразу стал злиться, как, впрочем, злился все последнее время: и сидеть неудобно, и разговаривать. Трудно беседовать с человеком, который сидит рядом, а не напротив.

Он встал и огляделся. Нет, никакой другой мебели, пригодной для сиденья, здесь не было.

— У тебя стул есть какой-нибудь? — обратился он к Власову.

— Да, сейчас.

Владимир вышел и через несколько секунд вернулся с раскладным стулом, обитым дерматином. Стул оказался еще более неудобным, но его по крайней мере можно было поставить так, чтобы беседа протекала комфортно.

— А сам ты как относишься, то есть относился, к Болтенкову? — задал Сташис следующий вопрос. — Были между вами конфликты?

— Да ты что? Какие конфликты? Он сделал меня чемпионом России, призером этапа юниорского Гран-при, а когда я перестал тренироваться и начал учиться в институте, взял меня к себе вторым тренером, дал возможность делом заняться, опыт приобрести. Ничего, кроме благодарности, я к нему не испытывал никогда.

— Но ты ведь от него ушел, — заметил Антон. — К Людмиле Всеволодовне Волынец. Значит, не так уж хорошо тебе было у Болтенкова. Или как? Сам же говоришь: он сделал тебя чемпионом России. А ты ушел. Почему?

— Да он сам меня выпер! — рассмеялся Власов. — Я же молодой был, борзый, глупый, даже не молодой, а просто маленький еще. Не понимал, что весь я с головы до ног — творение тренера и его заслуга, подумал, что я сам с усам, загордился, зазнался, слушаться перестал. Знаешь, как тренеры детей в свои группы отбирают? Смотрят на два параметра: способности к катанию и послушность. Тренеру очень важно, чтобы спортсмен был послушным, только так из ребенка можно вырастить что-то толковое. Строптивых не отбирают. Вот я со своей подростковой глупостью и стал неудобен Болтенкову. И в один прекрасный день он мне сказал: «Вова, ты очень способный парень, у тебя есть все данные для того, чтобы расти дальше. Если ты будешь заниматься у другого тренера, у тебя все получится. Поверь мне, для тебя будет лучше, если ты перейдешь к Волынец». Я тогда, конечно, не понял, почему мне будет лучше, просто поверил на слово. Мы же в тренерской работе ни черта не понимали, наше дело было кататься, но зато с самого детства очень хорошо знали словосочетание «мне будет лучше у другого тренера». Лет примерно с десяти-одиннадцати мы об этом постоянно говорили по тому или другому поводу. И мы, и родители наши. Так что когда Михаил Валентинович мне сказал такое, я даже не удивился, наоборот, воспринял как нечто само собой разумеющееся: ну как же, я звезда, блин, чемпион России среди юниоров, конечно же, меня должен тренировать самый лучший тренер. Волынец была олимпийской чемпионкой, ее вся страна знала, а Болтенкова кто знал?

Антон внимательно наблюдал за ним, оценивая позу, жесты, мимику, интонации. С одной стороны, вроде никаких признаков напряжения и лжи или хотя бы неискренности. Но с другой стороны, это человек, много лет отдавший фигурному катанию. То есть прекрасно владеющий собой. Что бы у тебя ни случилось, вышел на лед — улыбайся! Ни судьи, ни зрители не должны видеть, что у тебя на душе черно и страшно.

— А чего ж тогда ты к Болтенкову не вернулся, когда самостоятельно работать не получилось?

— Ну ты даешь! Ты же мужик! — насмешливо протянул Власов. — Неужели тебе непонятно? Разве я мог вернуться и снова работать «на подсосках» у того, от кого я ушел на самостоятельную работу? Понятно, что я к Болтенкову больше не пошел. Самолюбие.

— Ясно. А вот та история, когда тебя за границу не пустили?

— Ну что... — Владимир развел руками. — Ну, не пустили. Много кого не пускают, не я один такой. Я не понял, что ты хотел спросить. И потом, не Болтенков же меня не пустил, а сука Ефимова, была в те времена такая деятельница в Москомспорте. Но знаешь, я тебе честно скажу, я, конечно, очень хотел уехать, но потом понял, что все к лучшему.

— Это почему? — с интересом спросил Сташис.

— Да я поговорил кое с кем... Ну, в общем, с парнем, которому разрешили уехать в Италию, он танцами занимался, там ему девочку хорошую нашли... На самом деле его купил папа этой девочки, он крутой бизнесмен, денег немерено, а у девочки все с партнерами не ладилось. Так парень этот вернулся через год и долго в себя прийти не мог. Это нам отсюда кажется, что там жизнь слаще и вообще медом мазано, а на самом деле... Парня «купят за границу» и считают его своей собственностью, берут на содержание и проживание, а потом начинают этим попрекать и еще требовать, чтобы он жил так, как они укажут. Парни чувствуют себя бесправными и униженными: мы за тебя заплатили — делай, что говорят. То есть сначала-то все шоколадно, типа я тут как сыр в масле катаюсь, я сладко ем и мягко сплю. А потом, когда он начинает проявлять самостоятельность, ему говорят: «Мы тебя кормим-поим, ты у нас живешь, так что соблюдай режим и тренируйся, у нас своя дочка, мы ради нее тебя купили, так что ты с ней дружи, а с другими не дружи». Очень часто родители хотят, чтобы пара была парой, то есть в купленном для дочки партнере они видят потенциального жениха и мужа. Европейские и американские родители обычно хотят, чтобы парень был с девушкой официально, они вложили деньги и хотят, чтобы дочь вышла замуж за вложение». Парни, конечно, пытаются бунтовать: я что, раб? Вы что, купили меня? А они отвечают: да, купили. Но мальчик-то считает, что его купили только для тренировок, а на всю обычную жизнь за рамками катка он имеет полное право. Оказывается, не имеет. И многие не выдерживают. Есть, конечно, такие, кто соглашается с поставленными условиями, но есть и те, кто сбегает. Некоторые остаются там же или переезжают в другую страну, некоторые возвращаются в Россию. Так что Ефимова, можно сказать, спасла меня от такого вот унижения, меня же тоже родители девочки нашли, так что и мне пришлось бы в примаках жить.

Как удачно, что Власов сам заговорил о Ефимовой! Но, с другой стороны, если это он ее убил, то вряд ли стал бы называть ее фамилию, давая понять тем самым, что хорошо помнит чиновницу, поставившую жирный крест на дальнейшей карьере спортсмена.

— Вот насчет Ефимовой я и хотел поговорить... Что ты делал в день ее убийства?

Власов замер, лицо его выражало полное, абсолютное непонимание. Брови слегка сдвинулись, глаза сузились в сосредоточенной попытке понять и осмыслить услышанное.

— В какой день... В день чего?... Я не понял... Повтори, что ты сказал...

Реакция совершенно натуральная, естественная.

— Я сказал, что Ефимова убита, и спросил тебя, что ты делал в день ее смерти. А вдруг ты решил ей отомстить за то, что она тебе кислород перекрыла, и убил, — весело проговорил Антон.

Лоб Власова расправился, складки, возникшие от напряжения, разгладились, и все лицо его, казалось, посветлело.

— Ефимову убили? — с изумлением переспросил он. — Да ладно, не может быть! Ты что, серьезно?

— Серьезно. А что, похоже, что я пошутил?

— И когда? Давно?

— Да прилично уже, месяца два. А если точнее, то двадцатого марта. Так что ты делал двадцатого марта?

Власов какое-то время смотрел на него в полном недоумении, потом, вероятно осознав, что все серьезно, уточнил:

— Это какой был день недели?

— Среда.

— Значит, с утра на работе, а вечером — уже не вспомню. Может, куда-то закатился с приятелями, а может, домой поехал. Ты можешь поточнее меня сориентировать? Ну, событие какое-нибудь в тот день было? Мне тогда проще будет вспомнить. Это ты типа мое алиби проверяешь, что ли?

В общем-то, в этом не было никакой необходимости, потому что Инна Викторовна Ефимова была убита между пятнадцатью и шестнадцатью часами. Значит, нужно восстанавливать рабочий день Власова по минутам. Но пока что, судя по его репликам, он действительно не знает, в котором часу было совершено преступление.

— Давай начнем с рабочего дня, — предложил Антон. — Во сколько пришел в офис, кто тебя там видел, куда выходил... ну, короче, все подробно.

— Сейчас гляну в ежедневник.

Власов достал из кармана джинсов телефон и начал нажимать кнопки.

— Вот, нашел. Среда, двадцатое марта. В этот день шефиня припрягла меня к переговорам с одним поставщиком и нужно было к моменту встречи подготовить сводную таблицу. Да, точно, помню я эту таблицу, мы всем отделом над ней сидели с самого утра, даже пописать выйти не было времени, а шефиня стояла над душой и торопила, потому что партнеры должны были приехать к двум часам дня. И мы надеялись, что она пойдет на переговоры, а мы побежим в кафешку пожрать. Сделали сводку, а она нас всех в переговорную потащила. Еще и пригрозила: мол, если накосячили с данными, прямо там и выясню, кто из вас виноват, и убью на месте.

Да, насчет того, что Ольга Виторт безжалостна к подчиненным, Антон уже слышал от Дзюбы. Ромка тоже рассказывал про какую-то девушку, которая жаловалась, что Лара даже в туалет не отпускает, если аврал.

— Что, крутая у тебя шефиня? — усмехнулся он.

— Жуть впотьмах, — выдохнул Власов. — Лучше не связываться.

— Но ты-то, судя по всему, не побоялся связаться?

— Я? Не понял. Что ты имеешь в виду?

Снова чуть сдвинутые к переносице брови придали лицу Владимира выражение искреннего непонимания.

— Говорят, ты с ней в романтических отношениях.

— Ах, это! — Власов громко расхохотался. — Да ерунда это, слушай больше. Ничего подобного.

— Да ну? А как ты вообще оказался в «Оксиджене»? Туда же просто так, с улицы, не попадешь. Тем более в твоем резюме ничего, кроме фигурного катания, быть не могло. Или ты липу смастрячил?

Антон задавал вопросы весело и доброжелательно. Теперь он уже был твердо уверен, что к убийству Ефимовой этот парень отношения не имеет. Но предстояло еще проверить его алиби на момент убийства Болтенкова.

— Тебе правда интересно, почему меня взяли в «Окси»?

— Правда.

— Меня шефиня устроила.

— Это я понимаю. Но за какие достоинства? Почему она тебя взяла? Разве не потому, что у вас роман?

— Да что ты заладил: роман, роман, — Власов махнул рукой в досадливом жесте. — Можно подумать, бабы только своих любовников на работу берут. Ее попросила мать моего друга, Женьки Зеленова, с которым я вместе тренировался когда-то. Очень давно. Он умер уже... — Лицо Власова помрачнело. — А его мать ко мне по-доброму относится, и поскольку близко знакома с шефиней моей, то и попросила ее помочь мне с работой. Так что никакого секса в прериях, чисто по дружбе.

Значит, Власова в «Оксиджен» устроили по протекции Аллы Томашкевич... И, значит, Володя Власов дружил с ее сыном, Женей Зеленовым, покончившим с собой. И картины этого самого Власова висят у нее в квартире. А она делает вид, что не в курсе, кто эти картины пишет. Ну и клубок вранья! Главное: непонятно зачем. Теперь следует прояснить вопрос о том, как Власов относится к смерти своего товарища по команде.

— Ты сказал — твой друг умер... Несчастный случай? Или болел? Он ведь молодой был, наверное, твой ровесник, — сочувственно произнес Сташис.

— Женька покончил с собой, — хмуро ответил Власов. — Несчастная любовь и все такое...

— Давно это случилось?

— Давно, лет десять уже.

— Он был талантливым фигуристом?

— Кто, Женька? — Лицо Владимира снова разгладилось. — Он потрясающе владел коньком. Вот ты про картину спрашивал... Это знаменитая Женькина дорожка, только ему одному под силу было выполнить такую последовательность шагов технически грамотно.

Власов оживился, встал, подошел к мольберту, взял отвертку и стал показывать на отдельные фрагменты рисунка.

— Смотри, — глаза его загорелись азартом, — крюк, выкрюк, скоба, твизл, петля, еще петля, потом перетяжка, снова твизл, еще крюк и еще выкрюк.

Он легко прикасался лезвием отвертки к дугам, петлям и изгибам, составляющим непрерывную цепь на рисунке.

— И половину этой дорожки Женька исполнял на одной ноге, не подталкиваясь другой! — возбужденно говорил Владимир. — А какие крутые дуги перед поворотами он делал! А на какой скорости! Он фигуры Панина выполнял, а это вообще мало кто может в мире. Если бы «школу» продолжали катать на соревнованиях, как было, когда мы с Женькой только начинали тренироваться, он был бы олимпийским чемпионом, потому что по баллам за обязательные фигуры его никто не смог бы обойти, можешь мне поверить. А фигуры Панина — это даже не обязательные фигуры, а специальные, в начале прошлого века была такая отдельная дисциплина: специальные фигуры. На соревнованиях катали обязательные фигуры, специальные и произвольную программу. Специальные фигуры каждый фигурист придумывал сам, а рисунок потом отдавал судьям, чтобы они следили за точностью выполнения. Потом эту дисциплину отменили, убрали из соревнований, оставили только обязательные фигуры. А в конце восьмидесятых и их тоже упразднили. Так что Женька фигуры Панина выполнял только на тренировках, для собственного интереса.

— Фигуры Панина? — Антон снова притворился удивленным. — Что это?

— А вон посмотри. — Власов указал на стоящие вдоль стен картины. — Это как раз и есть фигуры Панина-Коломенкина. Когда он их выполнял на чемпионате мира, у самого Ульриха Сальхова была истерика. Ты хоть про Сальхова-то слышал?

Слово было, конечно, знакомым, словосочетание «тройной сальхов» Сташис слышал в телерепортажах, хотя соревнования по фигурному катанию никогда специально не смотрел, но его мама и сестра увлекались... Оказывается, прыжок назван именем известного фигуриста. Надо же...

Он сделал вид, что внимательно смотрит на многоцветные рисунки.

— Слышал что-то, — рассеянно откликнулся он. — А что, их действительно трудно выполнить, эти фигуры? Я же не понимаю в этом ничего.

— Не просто трудно — практически немыслимо. Когда Панин перед началом соревнований отдавал судьям рисунки на бумаге, они были уверены, что он не сможет повторить их на льду, да еще с одного толчка, да по три раза на каждой ноге, и так, чтобы пучок линий в итоге расходился не больше чем на двадцать сантиметров. В идеале линии вообще должны совпасть полностью. У Панина совпадали, представляешь? Он свои фигуры чертил на льду с математической точностью даже при движении назад, а ведь оглядываться-то нельзя! И потом, смотри. — Власов показал все той же отверткой на точку в рисунке, где линии сходились под очень острым углом. — Ты можешь себе представить, как выполнить такую штуку?

Антон мысленно попытался вспомнить свои детские походы на каток. Если двигаться вперед, то...

Нет, острый угол никак не получался, если сохранять направление движения.

— Вот! — торжествующе воскликнул Власов.

Было видно, что рассказ о таланте друга доставляет ему несказанное наслаждение.

— А Женька мог! Во время выполнения блока сложных поворотов на одной ноге он останавливался, как бы замирал на ходу вперед в балансе, а потом начинал без толчка движение назад на этой же ноге и продолжал серию поворотов.

Антон снова стал рассматривать рисунок на мольберте.

— А это что? — спросил он, показывая на совсем, на его взгляд, незамысловатый элемент.

— Это чоктау. Вот это моухок. Это тройка, — подробно и, казалось, с удовольствием пояснял бывший фигурист.

— Какие странные слова, — удивился Антон.

— Это по названиям племен у индейцев. Из их ритуальных танцев в фигурное катание перешли некоторые шаги. Еще в девятнадцатом веке.

А про больное сердце Зеленова ни слова... Не знал? Или молчит умышленно, чтобы не затронуть Болтенкова?

— Да, трудно у вас там, — протянул Антон. — Я бы в жизни не запомнил все эти названия.

— Да брось ты, — улыбнулся Владимир. — Когда занимаешься, тогда не трудно. Это со стороны только кажется.

— Значит, мать Жени тебе помогла с работой? — уточнил Сташис, снова усаживаясь на раскладной стул. — А почему? Все-таки десять лет прошло. Или ты с ней поддерживаешь отношения?

— Ну, мы с Женькой дружили лет с десяти, у одного тренера катались. — И опять Антон отметил, что фамилия Болтенкова оказалась опущена. Случайно? Или намеренно? — Потом, когда его в больницу привезли, я сидел там вместе с Аллой Владимировной до конца. Его долго спасали, двое суток. Не спасли. И потом я ее навещал, звонил. Вот она и помогла мне по старой памяти.

Владимир аккуратно закрыл мольберт с незаконченной работой большим куском ткани и вернулся на диван.

«Не похоже, что он нервничает, — мелькнуло в голове у Антона. — Если бы волновался, ходил бы взад-вперед или, может, переминался с ноги на ногу, но стоя. А он сел».

— Ладно, а в день убийства Болтенкова где ты был?

— Ты что, совсем рехнулся? — Власов начал сердиться. — Ты меня в убийстве Михаила Валентиновича подозреваешь?

— А почему нет? — широко улыбнулся Антон, которому совсем не хотелось пугать бывшего спортсмена. — Теоретически, пока преступник не найден и вина его не доказана, убийцей может оказаться кто угодно. Почему не ты?

— Да зачем мне его убивать? Что мне с ним делить?

Это было правдой. Делить Владимиру Власову с Михаилом Болтенковым было совершенно нечего. Но порядок есть порядок. Вопрос задан — ответ должен быть получен.

— И тем не менее: где ты был и что делал вечером четырнадцатого мая?

— Четырнадцатого? — с видимым облегчением выдохнул Власов. — Тьфу ты, господи, у моей мамы юбилей был, шестьдесят лет, ее в институте чествовали, потом в ресторан пошли. Сестра из Англии приехала, взяла отпуск на десять дней специально.

— Много народу было?

— В ресторане-то? Ну, человек двадцать точно было.

— Ресторан назовешь?

— Не вопрос, — улыбнулся Власов. — Проверяй.

Антон записал название и адрес ресторана. Ну, можно и заканчивать здесь. Только для пущего порядка уточнить еще одно обстоятельство. Инна Викторовна Ефимова была убита ножом, который и извлекли из тела после обнаружения трупа. Обыкновенным стальным кухонным ножом японской фирмы «Самура».

— Мне пора, — он сделал вид, что собрался уходить. — Сейчас еще на другой конец города пилить по пробкам. Работа собачья, пожрать не успеваю, утром вот в семь часов бутерброд съел — и теперь неизвестно, когда в следующий раз еду увижу. Слушай, у тебя хлеба с куском сыра не найдется? Или, может, печенья какого-нибудь погрызть?

Власов стремительно поднялся с дивана.

— Не вопрос, конечно, пошли на кухню.

Кухня со всей очевидностью свидетельствовала о полном отсутствии у Власова стремления к тому, что принято называть уютом. Занавесок на окне нет, на подоконнике пустые стеклянные банки из-под консервации, абажур на потолочном светильнике, похоже, никогда не мыли, как и варочную панель плиты. Разрозненная мебель, на полу — затертый линолеум. А ведь в «Оксиджене», насколько знал Сташис, платят очень прилично даже простым менеджерам. Впрочем, телевизор в кухне, как и в комнате, был из дорогих. Ну понятно, настоящий мужчина на технику денег не пожалеет, а кухня — это так, потребности третьего сорта.

Антон изо всех сил делал вид, что не хочет обременять хозяина.

— Где у тебя ножи лежат? Давай хлеб, я сам отрежу...

Кухонные ножи находились вместе с приборами в лотке в ящике.

«Хорошая хозяйка никогда не будет держать поварские ножи вместе со столовыми приборами, — вспомнил он объяснения покойной мамы. — Ножи должны храниться отдельно, в специальной стойке».

Да, бывший спортсмен Владимир Власов к категории хороших хозяев никак не относился. Ножей было всего два: один побольше, другой поменьше.

— А хлебный нож? — спросил Антон. — Есть?

— Мы народ простой, — с непонятной горечью произнес Власов, — хлеб обычными ножами режем. Кончай выпендриваться.

— Так у тебя что, всего два ножа?

— Мне хватает, — невозмутимо ответил Владимир. — А сколько должно быть?

Сташис отрезал кусок от изрядно подзасохшего багета.

— Чего у тебя ножи такие тупые? — неодобрительно заметил он. — Купил бы японские, «Самура», например, они, говорят, долго не тупятся.

Ни один мускул не дрогнул в лице бывшего фигуриста. То ли он великолепно владел собой и предвидел каждую реплику оперативника, то ли действительно никогда не слышал об этих ножах.

Ну что ж, либо Владимир Власов к убийству Ефимовой действительно не причастен, либо полицейские столкнулись с по-настоящему опасным и сильным противником. И в любом случае надо дотошно проверить алиби этого человека на момент убийства Михаила Болтенкова. Потому что версия о мести за смерть Евгения Зеленова все еще выглядит достаточно убедительной.

Сев в машину, Антон первым делом позвонил Дзюбе.

— Рома, быстро проверь алиби Власова на вечер четырнадцатого мая, — велел он. — Власов утверждает, что находился в ресторане, праздновал юбилей матери. Записывай адрес. А я сейчас вернусь в контору и сделаю запрос по оружию.

— Погоди, я же по Носуленко работаю, — растерялся Роман. — Ты же мне сказал, в какой он спортшколе тренирует, я как раз туда еду...

— Разворачивайся, — скомандовал Сташис. — Никуда твой Носуленко не убежит. В первую очередь надо проверить алиби Власова. Он дружил с Евгением Зеленовым, до сих пор поддерживает отношения с его матерью, так что у нас в руках, считай, подозреваемый номер один. Если выяснится, что он получал разрешение на приобретение травматика и что у него дырявое алиби, то будем праздновать полную победу.

— Как скажешь, — расстроенно вздохнул Дзюба.

Антону стало не по себе. Жалко парня. Но ничего не попишешь, работа есть работа. Он хорошо помнил себя двадцатипятилетним опером, которого срывали с одного задания и бросали на другое, двигали, как пешку по шахматной доске. Бывало очень обидно... Но со временем это проходит. И у Ромки пройдет.

Следующий звонок — Каменской.

— Я нашла бывшую партнершу Власова, — сообщила она. — Жива-здорова, никто на ее жизнь не покушался. Антон, у меня к вам просьба...

— Слушаю вас, — недовольно откликнулся он.

Ну вот, начинается. Использование административного ресурса. «Чисто по дружбе», как выразился Владимир Власов.

— Мне бы сводки посмотреть, — попросила она. — Ничего секретного не прошу. Только то, что открыто для всех. Вы же в СМИ сводки подаете.

— А зачем? — удивился Антон.

— Просто так. Иногда помогает. На какую-нибудь мысль наталкивает. Меня это часто выручало. Любое преступление — оно ведь как камень, брошенный в воду. Круги расходятся. В основном круги некриминальные, но случается, что в какой-то точке, в какой-то своей части один из кругов может оказаться таким, что его заметят.

Антон мало что понял из этого объяснения. Но, в конце концов, Каменская — свой человек и реально помогает. Почему не пойти ей навстречу?

— Хорошо, я привезу, — пообещал он. — Или на почту вам скину.

* * *

Едва успев закрыть дверь за оперативником, Власов бросился к компьютеру. Когда, он сказал, убили эту суку Ефимову? Двадцатого марта? Он начал перелопачивать новости двухмесячной давности, выискивая знакомое имя... Вот оно! Инна Викторовна Ефимова... аппарат Госдумы... начальник отдела протокола и внешних связей...

Значит, не обманул. Действительно, ее больше нет. И больше никогда никто не услышит ее резкий неприятный голос. И никогда больше она не надушится этими отвратительными терпкими сладкими духами. И никому больше не сделает гадость, не поставит подножку, чтобы набить собственный карман. И никого больше не назовет идиотом и дегенератом, и никому больше не «поможет» вылететь из команды. Все. Можно о ней не думать.

Можно только радоваться. Радость, как и в тот, самый первый, раз возникла где-то в районе солнечного сплетения и медленно, приятным вибрирующим теплом стала расползаться в разные стороны, согревая и напитывая силой ослабевшее сердце и вялый мозг. Он снова и снова смотрел на экран компьютера, с наслаждением перечитывая тексты информационных сообщений. Об убийстве Инны Ефимовой интернет-издания писали целую неделю, потом, как это всегда и бывает, появились более свежие и более горячие новости, и об обнаружении трупа сотрудницы аппарата Госдумы все забыли.

Но почему же?.. Как так получилось, что он, Владимир Власов, об этом не узнал? Он ведь должен был узнать. Должен был.

Ладно, с этим он всегда успеет разобраться. Главное — Ефимова мертва. Жаль, что у него дома нет принтера, все собирался купить, да откладывал... Нужно будет завтра на работе найти этот материал и, улучив момент, когда никого не будет в помещении офиса, распечатать. Сложить аккуратно и положить в старую записную книжку рядом с тем, самым первым, сообщением: «трагически погиб...» Эти строчки — его спасение, его якоря в бушующем море ярости, смысл всего, что будет происходить в его жизни дальше.

* * *

До конца дня Антон успел сделать многое по другим делам, вернулся на Петровку, выполнил данное Каменской обещание, касающееся сводок, отправив их ей по электронной почте, и даже получил информацию о том, что Владимир Власов никогда не получал и не пытался получить разрешение на приобретение травматического оружия. Пока Сташис прикидывал, как лучше распорядиться остатком вечера — поехать домой, встретиться с Лизой или дождаться Дзюбу, — позвонил Ромка.

— Ты на месте?

Голос у молодого опера был расстроенным и усталым.

— Пока да.

— Дождешься меня? Я уже по Страстному двигаюсь, минут через десять буду.

— Дождусь, — вздохнул Антон.

Вопрос решился сам собой. Ну, может, оно и к лучшему. Мысль о Лизе снова заставила его нервничать и злиться, чувствовать себя последним негодяем, отказывающимся жениться на хорошей девушке.

Дзюба и в самом деле был расстроен: он так много узнал о фигуристе Власове, но алиби у него на момент убийства Болтенкова оказалось крепким. В тот день, точнее — вечер, четырнадцатого мая, мать Власова отмечала свое шестидесятилетие, было много друзей и знакомых, даже старшая дочь приехала из Англии, где уже несколько лет работает, ради дня рождения матери взяла отпуск на целых десять дней, чтобы помочь с приготовлениями и вообще побыть дома. И, конечно же, Володя тоже был, его видели десятки человек, и никуда он не отлучался.

Ресторан, где праздновали круглую дату, находится очень далеко от места, где застрелили Болтенкова, и на то, чтобы съездить туда и вернуться, потребовалось бы не меньше часа, а с учетом проливного дождя — даже полутора, а то и больше. На такое длительное время Владимир из поля зрения не пропадал.

— Н-да, — обескураженно проговорил Антон, — и алиби есть, и разрешения на оружие нет. Но оружие-то ладно, его вон без всяких разрешений покупают на каждом шагу, так что это не показатель. Фотку в зубы — и по местам боевой славы, по тирам и оружейкам, а также по всяким доморощенным самоделкиным. Ну, не мне тебя учить. А наличие алиби — это хуже. Слушай, Ром, а может, это все-таки Ламзин? Ты меня почти окончательно убедил, что он невиновен, я купился на твои доводы, начал, как дурак, искать вместе с тобой и Каменской других подозреваемых, после встречи с Власовым уже почти стопроцентно был уверен, что мы нашли настоящего убийцу, а теперь вот что-то засомневался.

— У Ламзина, если ты помнишь, тоже нет официального разрешения на оружие, — огрызнулся Дзюба.

— Но у него и алиби нет, — возразил Сташис. — А мотив есть. Причем мотив доказанный, подтвержденный показаниями кучи свидетелей.

— У Власова тоже есть мотив!

Все-таки Ромка удивительно упрямый парень! Сбить его с толку крайне трудно. И Антон снова, в который уже раз, подумал, что не понимает, хорошо это или плохо.

— Есть, — кивнул он, — но не доказанный.

Он собрался было сказать еще что-то убедительное про позицию следствия, но не успел — зазвонил мобильник.

— Антон, я не очень поздно? — неуверенно спросила Каменская. — Вы еще на работе?

Стало быть, ей опять что-то понадобилось. И угораздило же Киргана связаться именно с той конторой, в которой работает эта настырная Анастасия Павловна!

— А что? — осторожно спросил он.

— Что вы знаете о покушении на Ганджумяна?

— На кого?

Это имя Антон слышал впервые.

— Грант Артурович Ганджумян, — повторила Каменская. — Огнестрельное ранение в мягкие ткани руки, к счастью, не опасное для жизни. Два дня назад.

— И что? — не понял Антон. — Какое отношение...

— В него стреляли возле Ледового дворца спорта. Ганджумян приехал, чтобы встретить сына после вечерней тренировки, мальчик занимается фигурным катанием. Приехал раньше времени, вышел из машины и отправился прогуляться в парк, там парк большой вокруг Дворца спорта. Вот в парке в него и стреляли.

— Дайте мне пятнадцать минут, я все узнаю, — быстро ответил Сташис.

Через четверть часа они с Дзюбой готовы были поделиться с Каменской первой, весьма, конечно, скудной информацией: в Ганджумяна стреляли с расстояния приблизительно два метра, в спину, но попали, слава богу, в плечо. Ганджумян стрелявшего не видел, потому что от неожиданности и боли споткнулся и упал. Следователю и оперативникам потерпевший рассказал, что с недавнего времени стал получать письма, как он сам выразился, «невнятного и сомнительного содержания, якобы на меня есть заказ, но можно договориться». Договариваться он не стал и на письма никак не отреагировал, посчитав их глупым розыгрышем или примитивной попыткой срубить легкие деньги с доверчивого бизнесмена. Письма в электронном почтовом ящике сохранены, полицейские их видели, пытались установить ай-пи компьютера, с которого они посланы, но адрес оказался каким-то левым. Сам Ганджумян не считает, что покушение связано с этими письмами, очень несерьезными они ему показались. Он уверен, что за попыткой убийства стоит кто-то из его конкурентов. Это и стало на сегодняшний день основной версией следствия. В качестве второй версии отрабатывается семейная и личная жизнь бизнесмена: наличие у него любовницы или романтические похождения его супруги.

— Мы сможем поговорить с Ганджумяном? — спросила Каменская. — Он в больнице или уже дома?

— Пока в больнице.

— Значит, завтра с утра там и встретимся.

— А вы не думаете, что это чистое совпадение? Если у нас есть убитый стоматолог, это ведь не означает, что все преступления на территориях, прилегающих ко всем стоматологическим клиникам Москвы, непременно связаны с этим убийством, — ехидно заметил Сташис.

— Я не думаю, — очень серьезно ответила Каменская. — Потому что я вообще не думаю. Думать вредно, как показывает практика. Завтра к десяти утра я буду в больнице у Ганджумяна. А вы там сами решайте, присоединяетесь или нет.

Ехать в больницу Антону не хотелось. Но для того и существуют младшие товарищи, чтобы делать то, чем неохота заниматься старшим. За пивом бегать. Или вот по больницам ездить...

* * *

— Нет, я вообще не понимаю, о чем люди думают! — негодовал Дзюба, вернувшись из больницы, где вместе с Каменской опрашивал Гранта Артуровича Ганджумяна. — Тебе письма пишут о том, что на тебя есть заказ, а ты живешь как ни в чем не бывало и не паришься! Это вот что надо в голове иметь, чтобы так себя вести? А еще бизнесмен называется!

Антон с удовольствием разделил бы негодование Дзюбы. В других обстоятельствах. Но не сегодня.

Потому что сегодня приходилось думать о другом. О Владимире Власове, который, как выяснилось, был с Грантом Артуровичем знаком. Более того, не просто знаком, а даже имел к бизнесмену определенные претензии.

— Я вообще никогда не думал, что у них там в фигурном катании все так сложно, — недовольно говорил Ганджумян, — кроме чистого спорта там еще отношения какие-то, подводные течения. Но в конце концов, я всего лишь позаботился о своем сыне.

Три года назад в спортшколу, где занимался Вардан, пришел приказ о сокращении числа учеников. В частности, из группы, в которой тренировался мальчик, предстояло отчислить двух человек. И тренер по имени Николай Носуленко пригласил Гранта Артуровича и его супругу Гоар на беседу.

— Вы знаете, меня обязали сократить двух человек, — печально сказал он. — И мне придется отчислить вашего мальчика. Вардан катается слабовато. Я бы с удовольствием его оставил, конечно, потому что мальчик он старательный и вообще он мне симпатичен, у нас с ним хороший контакт. Но я же не могу вот так просто взять и отчислить из группы сильного ребенка, вы меня понимаете? У самого сердце разрывается. И вот что мне делать? Если бы у меня была возможность побольше заниматься с Варданом, он бы сделал огромные успехи. Группу ведь именно поэтому и сокращают: льда не хватает на то, чтобы я полноценно мог заниматься со всеми спортсменами.

Эти слова Ганджумян интерпретировал вполне определенным образом: тренера нужно заинтересовать.

— А что нужно сделать, чтобы вам дали больше льда? — спросил он напрямик.

— Нужно иметь хорошие отношения с директором Дворца спорта.

— И что для этого нужно?

— Вы же понимаете... Финансирование недостаточное... у нас температура льда не поддерживается... в раздевалках не та температура...

Этих «не то» и «не так» оказалось достаточно много. Поле активности для Гранта Артуровича было весьма широким.

— Если я решу какие-то из этих вопросов, вы моего ребенка оставите? — спросил он, глядя прямо в глаза тренеру.

Глаза выглядели честными.

— Ну конечно! Если я обеспечу спонсорскую помощь, то дирекция непременно пойдет мне навстречу и даст больше льда. Значит, я смогу оставить Вардана и у меня будет достаточно времени, чтобы полноценно заниматься с ним. И не просто полноценно, а даже больше, чем с другими.

Одним словом, родители и тренер друг друга поняли. Вардана Ганджумяна оставили в группе, вместо него отчислили другого мальчика. Потом оказалось, что этого мальчика поручили тренировать второму тренеру. Владимиру Власову.

И вот этот Власов, второй тренер в данной группе, приехал к Ганджумяну в офис выяснять отношения. Говорил, что это непорядочно — перекупать спортивную карьеру у способного мальчика, кричал, что таким поступком отец Вардана разрушает и жизнь ребенка — будущего чемпиона, и жизнь самого Власова, начинающего тренера, у которого уже никогда не будет возможности показать, на что он способен, потому что еще раз такого талантливого ребенка ему тренировать не дадут.

Грант Артурович вызвал охрану и велел выдворить скандалиста. Больше Власов не появлялся — не приходил и не звонил. Конфликт можно было считать исчерпанным. Вскоре Грант Артурович узнал от сына, что второй тренер уволился и с группой больше не работает, а вместо него теперь вторым тренером стала фигуристка из группы взрослых, с которой у основного тренера был роман. Они вскоре поженились и тренировали группу вместе.

Но недолго. Спустя год или чуть больше тренер погиб, а его молодая вдова оставила тренерскую работу. Группу расформировали, так что теперь Вардан занимается в другой спортшколе.

Значит, Николай Носуленко погиб около двух лет назад... А ведь Ромка именно к нему ехал вчера, когда Антон остановил его и велел заниматься алиби Власова. Вот и пойми теперь, лучше получилось или хуже.

— Как погиб Носуленко? — спросил Антон. — Убийство?

— Ганджумян говорит — автокатастрофа. Но он может не знать, что произошло на самом деле. Надо уточнять.

— Ну так уточняй, чего ты сидишь! — сердито бросил Антон.

Дзюба обиженно засопел и полез в компьютер.

«Чего я на него взъелся? — осадил себя Сташис. — Веду себя как капризная бабенка, поддаюсь собственному настроению. Если окажется, что Носуленко был убит, то вырисовывается хорошая цепочка. Конфликт с Ганджумяном — покушение на него, конфликт с тренером — убийство. Ведь Власов не мог не обвинять Носуленко в том, что его ученика, талантливого спортсмена, отчислили из группы. Он не мог не понимать, что тренер и отец Вардана сговорились. Понимал, конечно, иначе не пришел бы к Ганджумяну скандалить. А до этого, наверное, и с Носуленко отношения выяснять пытался. Все сходится на Власове... Нет, не все. Не сходятся Болтенков и Ефимова, на моменты их смерти у Власова алиби. Два против двух. Пятьдесят на пятьдесят. Черт знает что!»

— Поехали к Баглаеву, — скомандовал он. — Надо ему рассказать про Ганджумяна. Он должен быть в курсе, потому что нам нужно знать, что скажут баллисты по пуле и гильзе. И смотри, лишнего не болтай, чтобы Баглаев про наши подвиги не узнал. Все понял?

Дзюба ничего не ответил. Даже не кивнул в знак согласия. Молча выключил компьютер и только полоснул Антона пронзительным взглядом голубых глаз. В этих глазах не было ни злобы, ни ненависти. В них было непробиваемое, как ледяные торосы, упрямство.

* * *

— Ну и при чем тут этот бизнесмен? — хмуро спросил Тимур Ахмедович Баглаев. — Не вижу связи с делом Болтенкова. Темните вы что-то...

Антон снова начал путано объяснять про свидетелей, которых они с Дзюбой опрашивали на предмет конфликтов между Ламзиным и Болтенковым, и вот кто-то из них назвал фамилию Носуленко, а за ним появилось имя Ганджумяна, и вдруг выяснилось, что пару дней назад на этого Ганджумяна было совершено покушение с применением огнестрельного оружия. Концы с концами в этих объяснениях никак не сходились, и чем больше Антон говорил, тем яснее видел, что следователь ему не верит.

И вдруг Дзюба, до этого момента хранивший молчание, перебил его:

— У Болтенкова был ученик, который имел основания мстить своему тренеру. И у этого же ученика был серьезный конфликт с Ганджумяном.

Антон поперхнулся и замолчал. Ну кто ж тебя за язык тянул, горе ты мое! Ведь предупреждал же: лишнего не болтай.

Баглаев пожевал губами, усмехнулся, кивнул.

— То есть вы мне предлагаете другого подозреваемого? Я вас правильного понял?

— Нет, Тимур Ахмедович, — Дзюба сохранял полное спокойствие, чем немало удивил Антона, — мы ищем связь этого ученика с Ламзиным. И если мы ее найдем, то сможем смело говорить о группе, состоящей как минимум из двух человек. Болтенкова убил Ламзин, а второй соучастник пытался убить Ганджумяна. Оружие-то по эпизоду с Болтенковым не найдено, так что не исключено, что им воспользовались во второй раз. Имеет смысл проверить.

Вот это да! Чего-чего — а такого Антон от Ромки совсем не ожидал. И как складно выходит, если его послушать! И версия следователя о виновности Ламзина вроде бы сомнению не подвергается, что важно.

— Имеет смысл, — согласился Баглаев. — Толково. Молодец. Сделайте мне связь этого фигуранта с Ламзиным.

Они поспешили убраться с глаз долой, пока Тимур Ахмедович их не раскусил.

— Ты где так врать научился? — Сташис даже не старался скрыть одобрение и восхищение. — И без подготовки, с места в карьер. Хорошо еще, что Ахмедыч не спросил имя фигуранта и не захотел его сам допросить. Видок мы бы имели весьма бледный... Рисковый ты парень, Ромчик.

Дзюба ничего не ответил. Антон глянул на него повнимательнее.

— Ромка, не крути! — строго произнес он. — Признавайся: ты сам веришь в то, что сказал следаку? Ты считаешь, что Власов имеет отношение к убийству Болтенкова? У него же алиби, ты сам его проверял. Откуда такие мысли? Ты знаешь что-то, чего не знаю я? У тебя есть какая-то информация о его связи с Ламзиным?

— Ничего у меня нет, — тихо и четко ответил Дзюба. — И ничего такого я не думаю. Просто я увидел, что ты не можешь внятно объяснить Баглаеву, чего мы хотим, и при этом не подставиться. Ты пытался соврать — не получилось. Пришлось мне. Вот и все.

— Что с тобой, Рома? Ты на себя не похож в последнее время. Раньше ты таким не был.

Дзюба вскинул голову, повернулся к Антону.

— Это ты на себя не похож, — зло проговорил он. — Это ты раньше таким не был. Ты все время злой, тебя все раздражает. О деле вообще думать не хочешь, как будто работа тебе надоела. Я хотел у тебя учиться, я так радовался, когда ты помог мне перевестись на Петровку, думал — вот, теперь начнется новая жизнь, у меня будет наставник, который меня научит, покажет, поможет. А ты... Я понимаю, у тебя проблемы, но ты, может, думаешь, что их ни у кого больше нет? Все живут как в раю, один ты страдаешь? Всем трудно, у всех что-то происходит, но нельзя же так... Человек сидит в СИЗО, следователь уверен в его виновности, а мы чем дальше копаем — тем больше понимаем, что подозреваемых может быть целая куча и мотивов может быть миллион, но тебе как будто все равно. Я, между прочим, нашел свидетеля, который смог подробно описать, в какой одежде Ламзин в вечер убийства выбегал из дома. Это та самая одежда, которую у него изъяли. И на ней нет никаких следов. Но тебе и это неинтересно. Тебя парит только одно: чтобы начальство не ругало и следак башку не снес. Если ты собрался и меня этому учить, то я лучше на «землю» вернусь.

У Антона потемнело в глазах от мгновенно нахлынувшего стыда. Неужели так заметно, что он перестал думать о работе, озабоченный прежде всего своей личной ситуацией? У него хватало здравого смысла и самокритичности, чтобы самому понимать: работа, такая любимая, отошла на второй и даже на третий план, в голове совсем другие мысли, которые работе мешают. Но он надеялся, что, кроме него, этого никто больше не замечает. Выходит, он заблуждался. Ромка все видит и осуждает его. А кто еще видит? Серега Зарубин? Каменская? Нет, Каменская вряд ли в курсе его проблем с няней и детьми... Хотя почему «вряд ли»? Она работает у Стасова, знакома с ним много лет и столько же лет знает Лизу. И с Зарубиным она дружит, а Кузьмич вообще все знает про Антона. Ох ты елки-палки! Если еще и Анастасия Павловна думает так же, как Ромка, то это вообще стыдобища невыносимая! Когда они вместе работали по убийству в театре, она так хвалила его профессиональные навыки... Теперь, наверное, разочаровалась...

Надо брать себя в руки. В конце концов, увольнение няни — это вопрос не сегодняшнего дня, об этом можно подумать и завтра, как сказала бы Скарлетт О'Хара. А вот убийства, которые надо раскрывать, это дело неотложное.

Преступлений-то по меньшей мере три в одном флаконе: Ефимова, Болтенков и Ганджумян. А возможно, и Носуленко, если выяснится, что это была не случайная автокатастрофа.

— Ты что-нибудь успел выяснить о гибели Носуленко? — спросил он Дзюбу, стараясь не встречаться с ним глазами.

— Разбился на машине, когда был на отдыхе в Греции. Машина арендованная. Ездил с женой и ее подругой. Женщины отделались травмами, сам Носуленко погиб. Он был за рулем. Нетрезвый. Собственно, они все были изрядно навеселе, — суховато ответил Роман.

— То есть никаких сомнений?

— Никаких.

Значит, во флаконе только два трупа и один раненый. Уже легче.

— Про жену Носуленко известно что-нибудь?

— Только имя и год рождения, больше ничего не успел.

— Звони, выясняй, — вздохнул Антон, усаживаясь в машину. — Узнавай, где живет и работает, поедем поговорим с ней. Заодно заедем в магазин, мне надо Ваське джинсы купить, я обещал ей подарить в честь окончания учебного года.

Солнце прогрело город до такой степени, что захотелось открыть окно. Пусть трасса, пусть выхлопные газы и смог, но все равно ощущение летнего воздуха, врывающегося в окно, полностью перебить невозможно. Рядом с машиной Антона ехал раздолбанный, сильно тарахтящий автомобильчик. Дзюба куда-то звонил и что-то выяснял, но его голос почти полностью заглушался звуками, издаваемыми старенькой таратайкой.

Сташис снова невольно съехал мыслями в сторону собственных перспектив: интересно, Эля поставит вопрос о машине, когда будет увольняться? Машина-то принадлежит ей, она просто любезно предоставила Антону возможность ею пользоваться.

Краем глаза он заметил, как изменилось лицо Дзюбы и каким растерянным жестом он опустил на колени руку с зажатым в ней телефоном.

— Что? — повернулся к нему Антон. — Есть адрес?

— Адрес есть, — странным голосом ответил Ромка. — Только толку нет.

— Не понял...

— Она убита.

— Кто убит? — не понял Антон.

Внимание его снова переключилось на дорожную ситуацию: они проезжали крайне неудачно отрегулированный перекресток с пешеходным переходом, который начинался метра через три после поворота направо. Многие водители, заканчивавшие маневр на последних секундах разрешающего сигнала, вынуждены были останавливаться перед «зеброй», мешая проезду в перпендикулярном направлении. Приходилось истошно сигналить и искусно маневрировать, чтобы все-таки пересечь проезжую часть.

— Жена Носуленко убита.

Сташис нервно дернул плечами и нажал на кнопку, поднимая стекло. Из-за шума он плохо слышал Ромку. Вернее, слышал хорошо, но не был уверен, что правильно. Что-то он такое странное сказал...

— Кто убит? — снова повторил он. — Прости, шумно было, я не расслышал.

— Галина Носуленко убита. Преступление раскрыто, виновный осужден.

— Когда?

— Семь месяцев назад, в октябре двенадцатого года. Раскрыли быстро, за несколько суток. В декабре уже суд состоялся.

— Резво, — хмыкнул Антон. — И кто ее?

— Приезжий из Таджикистана, рабочий-мигрант. С целью ограбления. Тоха, он ее застрелил.

— Как — застрелил? — удивился Антон. — Не может быть! Откуда у рабочего-мигранта из Таджикистана ствол? Это совершенно другой уровень! А если у него был ствол, то либо он не рабочий-мигрант на самом деле, либо у него был другой мотив. Где дело? В архиве какого суда? Где совершено преступление?

— В районе Рублевки. Галина Носуленко работала там в дорогом СПА-салоне массажисткой. Машины у нее не было, шла по краю лесного массива к электричке.

— Во как... А фигурное катание? Тренерская работа? Сияющий лед и благодарные ученики-чемпионы? Может, это другая какая-то Носуленко?

— Имя и год рождения совпадают. Но я сейчас еще раз перепроверю.

Опять Рублевка... Очередное совпадение? Впрочем, Ефимова была убита вовсе не там, где строила дом. Ее нашли в ее же машине, припаркованной неподалеку от салона красоты, куда Инна Викторовна регулярно наведывалась к косметологу, в солярий и еще на какие-то процедуры. СПА-салон... Салон красоты... Рублевка... Черт, неужели это точка зарождения новой версии? Но как, как могут быть связаны эти преступления? Тренер по фигурному катанию, бизнесмен, чиновница из Госдумы, массажистка из СПА-салона... Понятно, что всех их объединяет фигурное катание, к которому каждый из них так или иначе имеет касательство. Но Ефимова и Носуленко объединяются как-то уж очень... Явно, что ли. Похоже, они из этой цепочки должны быть исключены. В одной группе остаются Болтенков и Ганджумян, в другой — дамы. И способы совершения преступлений разные. Три огнестрела и одно ножевое ранение. По этому признаку надо исключать Ефимову. Блин, ничего не сходится!

Но ехать к операм, обслуживающим район Рублевки, не хотелось. С убийством Ефимовой их уже так достали вопросами! А потом еще Антон вылез с этим пожаром... Ничего они ему не скажут просто так. Надо искать обходные пути.

Дзюба все еще дозванивался кому-то, и улучив удобный момент на очередном перекрестке, Антон достал телефон. А вдруг Каменская поможет?

— На Рублевке? — переспросила она. — Да, есть знакомые. Если удастся отловить их по телефону, то постараюсь узнать.

— Там опера на меня зуб имеют, — стал оправдываться Антон, — так что мое имя лучше не называть вообще. Я им надоел хуже горькой редьки.

— А кто говорит про оперов? — усмехнулась Анастасия Павловна. — У меня с операми как-то дружбы не получилось в свое время. Я все больше по следователям специализировалась.

От магазина, где Антон собирался покупать джинсы дочке, как раз отъехала машина, и Сташису удалось припарковаться в удобном месте, прямо возле входа.

— Посиди, — бросил он Дзюбе. — Я недолго.

Но Ромка тоже стал вылезать из салона.

— Пойду пожрать куплю, — пояснил он.

— Тоже дело, — согласился Антон.

Таких джинсов, какие он себе намечтал в качестве подарка Василисе, к сожалению, не оказалось. Он хотел потертые голубые, но джинсы нужного размера и потертые имелись только синие, серые и черные. Голубые же нашлись, но на два размера больше, чем нужно. Антон расстроился было, но потом догадался позвонить дочери. Это ведь он хотел голубые. А вдруг Ваське нравится какой-нибудь другой цвет?

— Пап, голубые — это отстой, — авторитетно заявила десятилетняя девочка. — Лучше серые. И чтоб не просто потертые, но и рваные.

Сташис с облегчением вздохнул: именно серые джинсы и были рваными, все остальные модели имели всего лишь потертости. Расплатившись, он почти бегом помчался к машине. Дзюба стоял, привалившись к капоту и подставив лицо солнцу. Пакет со съестным стоял у его ног, прямо на асфальте.

— Куда теперь? — спросил Роман, лениво открывая зажмуренные от яркого солнечного света глаза.

А в самом деле, куда теперь? Адрес Галины Носуленко есть, но какой смысл ехать туда, где жила убитая женщина? Вернее, смысл был бы, если точно знать, что в квартире остался кто-то из ее близких, кто хорошо знал жизнь Галины и может рассказать что-то важное. А такой информации у них пока нет. Впрочем, возможно, Ромка что-то знает и молчит. Он в последнее время стал скрытным. Про свидетеля, который описал одежду арестованного Ламзина, сказал только сейчас. А следователю, похоже, вообще не говорил об этом. Ну, следователь — ладно, можно понять, ему такая информация не понравится. Но Антону-то почему не сказал? Похоже, Ромка просто перестал делиться с ним информацией, видя, что Сташису не до работы. Плохо. Это все очень плохо.

— С кем проживала Носуленко? — спросил Антон.

— Сначала с мужем, потом, после его смерти, одна. Может, был какой-то сожитель, но по регистрации он не проходил.

— Квартира приватизированная? Кому она отошла после смерти Галины?

— Понятия не имею.

— Но там кто-нибудь живет?

— Тоха, я не знаю. Я не гений сыска. Это надо участкового местного искать и у него спрашивать.

— Ну и поехали, — раздраженно ответил Антон. И тут же услышал себя со стороны. Снова стало стыдно. Он попытался понять, нужно ли извиняться перед Ромкой, но позвонила Каменская.

— В адрес Носуленко мы не едем, — задумчиво сообщил он Дзюбе. — Мы едем на Рублевку, в салон, где она работала.

Оружие, из которого была застрелена Галина, так и не нашли. Но из экспертизы пули, извлеченной из трупа, и найденной на месте преступления гильзы можно было сделать вывод о том, что стреляли из переделанного травматика. Задержанный по подозрению в убийстве рабочий-мигрант, плохо владевший русским языком, признался, что совершил преступление в состоянии сильного алкогольного опьянения, испугался содеянного и пистолет выбросил. Куда — не помнит. В какой-то водоем, но ни названия местности, ни названия самого водоема... «Доехал до Москвы, вышел на Белорусском вокзале, пересел и часа полтора ехал на другой электричке в сторону области» — вот и все, что удалось из него выжать. Даже направление, в котором двигалась эта другая электричка, указать не смог. Впрочем, чего удивляться, когда человек сильно пьян... Тут даже на условные часа полтора нельзя ориентироваться: это может оказаться и сорок минут, и все три часа.

Разумеется, ни одной фамилии свидетелей из уголовного дела следователь, с которым говорила Каменская, не помнил. Но помнил, что в качестве близкой подруги потерпевшей фигурировала владелица того самого салона, где работала Галина Носуленко. Вот с ней Антон и хотел встретиться.

* * *

На этот раз адвокат Кирган шел к следователю Баглаеву с твердым намерением добиться удовлетворения своего ходатайства о допросе нового свидетеля. Отказ, полученный в прошлый раз, был ожидаемым и, честно говоря, вполне справедливым. Но сегодня ситуация иная, и Виталий Николаевич сдаваться не собирался.

— Возможно, нам с вами придется ждать, — говорил он семенящему рядом невысокому толстяку-пенсионеру — найденному Ромкой Дзюбой свидетелю, проживающему на третьем этаже в том же подъезде, что и Валерий Ламзин. — И возможно, долго. Самое печальное, что наше ожидание может оказаться безрезультатным и следователь откажется вас допрашивать. Так что время будет потрачено напрасно. Но я постараюсь сделать все возможное, чтобы этого не случилось. Я очень надеюсь, что вы меня не подведете и не станете говорить, что вам пора ехать или что вы устали. Вы же понимаете, что речь идет о судьбе человека, которого обвиняют в тяжком преступлении, причем обвиняют незаслуженно.

— Конечно-конечно, я все понимаю, — торопливо кивал свидетель, стараясь не отставать от быстро идущего длинноногого адвоката. — Время у меня есть, я готов ждать, сколько нужно, что же это такое делается — невинного в тюрьму сажают, а уж Валерий-то Петрович вообще святой человек, сколько пацанов-бездельников к делу приладил, чтоб не болтались без толку по улицам...

Сегодня дежурный на входе проявил недюжинную бдительность, долго изучал удостоверение адвоката и паспорт свидетеля, потом буркнул:

— Звоните следователю, пусть даст разрешение.

Кирган добросовестно позвонил, ожидая услышать остающиеся без ответа длинные гудки.

Но Баглаев ответил:

— У меня сейчас очная ставка. Я освобожусь не раньше чем через час.

— Я подожду, — тут же откликнулся Виталий Николаевич. — Вместе со свидетелем.

— Передайте трубку дежурному. — По голосу следователя можно было представить, до какой степени он недоволен.

Но... Не зря же адвокат убедился, что уголовно-процессуальный кодекс Тимур Ахмедович чтит безоговорочно. И к дешевым приемчикам тяги не испытывает.

Ждать пришлось куда дольше обещанного часа, и все это время Виталий Николаевич терпеливо слушал многочисленные истории, свидетельствовавшие о том, каким замечательным соседом и порядочным человеком был Валерий Петрович Ламзин. Очная ставка закончилась, Баглаев вышел из кабинета, кивком головы поприветствовал адвоката и молча прошел мимо. Вернулся только минут через двадцать.

— Проходите, — бросил он на ходу.

Свидетель с готовностью вскочил со своего места, но Кирган жестом остановил его:

— Подождите, пожалуйста, сначала я должен переговорить со следователем.

На этот раз Баглаев сразу вспомнил имя и отчество адвоката. Впрочем, немудрено, они встречались совсем недавно, когда подозреваемого знакомили в присутствии адвоката с результатами экспертизы. В экспертном заключении говорилось о том, что на представленной для исследования одежде следов пороховых частиц и гари нс обнаружено. Если бы уже в тот момент Кирган знал, что Ромка нашел свидетеля, он заявил бы ходатайство о его допросе прямо в конце следственного действия, и тогда это ходатайство было бы просто внесено следователем в протокол. Но Ромка, к сожалению, нашел этого словоохотливого свидетеля всего на сутки позже, так что пришлось адвокату действовать обычным порядком, то есть писать длинное ходатайство с полным обоснованием: дескать, мне, адвокату Киргану Виталию Николаевичу, стало известно, что гражданин такой-то, проживающий там-то, обладает сведениями, подтверждающими то-то и то-то...

— Что на этот раз, Виталий Николаевич? — недружелюбно спросил Баглаев. — Еще какая-то страшная история о возможной мести?

— Увы, — адвокат картинно развел руками. — Все намного прозаичнее. У меня свидетель, который видел Ламзина, когда тот спускался по лестнице следом за Болтенковым.

— Так. И что?

— Он хорошо рассмотрел, в какой одежде был Ламзин. И может дать ее подробное описание. Оно полностью совпадает с описанием одежды, которая была представлена на экспертизу. Другими словами, Ламзин предоставил вам именно ту одежду, в которой был, когда бежал за Болтенковым, а на ней, как установила экспертиза, ни малейших следов не обнаружено. Вы же сомневались и сомнений своих не скрывали, Тимур Ахмедович. Вы сами говорили, что Ламзин мог предоставить вам любые вещи, кроме тех, в которых действительно находился в момент выстрела, все возможности для этого у него были.

И именно поэтому результат экспертизы вас ни в чем не убедил. Вот я нашел вам свидетеля.

— Давайте ходатайство, — Баглаев протянул руку, не глядя на адвоката. — Я посмотрю.

Кирган подал ему оба экземпляра. Выждал не больше минуты, внимательно следя за глазами следователя, бегающими по строчкам.

— Тимур Ахмедович, а может, допросимся?

— Я рассмотрю ваше ходатайство и вынесу решение, — сухо ответил Баглаев.

— Тимур Ахмедович, я уверен, что решение вы вынесете положительное. Дело-то очевидное, нельзя отказываться от такого доказательства. А у меня и человек в коридоре сидит. Много времени не займем.

Выражение лица у Баглаева было странным. Именно такое выражение адвокат Кирган обычно видел у людей, понимающих, что наступил момент и надо принимать неприятные для себя решения. У следователей такие моменты чаще всего бывали связаны с тем, что они вдруг отчетливо понимали: версия, над которой они с таким упорством работали и в которую свято верили, не просто зашаталась, а практически рухнула. А под эту версию уже приняты процессуальные решения, за которые придется отчитываться и перед судом, и перед собственным руководством. А иногда и перед своей совестью.

Кирган терпеливо ждал. Он по опыту знал, что в такие моменты иногда надо додавливать, но иногда лучше и промолчать, чтобы ничего не испортить. Тимур Ахмедович явно принадлежал к тем, кто не выносил никакого давления.

— Давайте вашего свидетеля, — наконец произнес он.

«Значит, что-то происходит, — думал Кирган, слушая, как свидетель отвечает на вопросы Баглаева. — Какая-то информация все-таки пробилась в сознание следователя и заставила усомниться в виновности моего подзащитного. Уже хорошо».

* * *

Владелица СПА-салона, в котором до своей смерти работала Галина Носуленко, выглядела элегантно и ухоженно, производя впечатление деловой и состоятельной дамы. Однако впечатление это сохранялось ровно до того момента, как она открывала рот. Стоило ей заговорить — и перед оперативниками оказалась простая дворовая девчонка, не пренебрегающая ненормативной лексикой и так и не изжившая фрикативного «г».

— Галя каталась в той же спортшколе, где Коля тренировал, но в группе взрослых, у Коли-то ребята были помладше. Ой, она Кольке нравилась — просто жуть, — охотно поведала она. — Ну а Галка, со своей стороны, жуть как хотела выйти за него замуж. Они крутили года два, пока он не дозрел. Галка рвалась замуж за москвича, чтобы пристроиться как-то, она ж приезжая, платить за съемную хату дорого. Ну и вообще... В спорте у нее не особо получалось, короче, карьеру не сделала, денег не заработала, а надо ж как-то жить дальше. Вот она Кольку и взяла в оборот. А чего? Он тренер, симпатичный такой, денег, конечно, не бог весть сколько, но зато с жильем, так что можно зацепиться для начала, а потом дальше двигаться. Я сама такой же путь проделала, Галя с меня пример брала, мы с ней когда-то одну хату на двоих снимали, но она тогда только-только приехала, а я уже после первого развода была. Ну, короче, Галка вышла за Колю замуж, сначала вместе с ним работала, он ее к себе в группу вторым тренером взял, потом увидела, что доход не тот, и пошла на курсы массажистов. Я к тому времени уже второй раз замужем была, муж мне этот салон купил, и я Галку к себе устроила. А чего подруге не помочь? Плачу я хорошо, и клиенты у нас богатые, чаевые большие оставляют, так что жаловаться на жизнь ей не приходилось.

— Про Владимира Власова она вам что-нибудь рассказывала? — спросил Антон.

Владелица салона наморщила лобик, по которому не промелькнуло даже тени воспоминаний.

— А кто это?

— Он работал у Николая вторым тренером.

— Ах, этот! — обрадовалась она. — Ну да, Галка говорила про какого-то Вовку, вроде Власов его фамилия...

— И что говорила?

— А она рассказывала, как выживала его с катка, — почему-то довольным тоном сообщила подруга убитой Галины.

— Что, прямо так и выживала? — не поверил Антон. — И сама об этом рассказывала?

— Ну а что такого-то? Чего стесняться? Это жизнь. Или ты — или тебя. Тут все средства хороши. Галка специально следила за каждым шагом этого Вовы, о каждом промахе докладывала тренеру, Коле то есть. Жаловалась, даже подчас и подвирала, рассказывала то, чего не было.

— Например, что?

— Что Вова пьет. Нет, вы не подумайте, он действительно попивал, это правда. Просто, может, не так сильно и не так часто, как она говорила и как думал Коля с ее слов. Ну, короче, Галка давно уже спала с Колей, когда у Вовы случился конфликт с отцом какого-то мальчика, ученика. Конечно, Коля узнал и сказал: «Пока ты просто пил и приходил на тренировки с запахом — я терпел, но теперь, когда ты уже скандалишь с родителями, я тебя держать больше не буду. Уходи, я на твое место возьму Галю». В общем, Галка своего добилась: и мужа получила, и работу, и жилье, и постоянную регистрацию.

— А дальше что было? — с любопытством спросил Дзюба.

— Этот Вова поймал ее где-то возле женской раздевалки и орал, что она сука, что специально все это подстроила. Ну, Галя ему и сказала в глаза все, что думала. Типа, что в этом мире каждый за себя и каждый должен сам своей головой придумывать, как устраиваться. Что-то в этом роде.

Значит, Николай Носуленко Власова уволил. А Галина приложила к этому руку, причем приложила мощно. И претензии у Власова могли быть к обоим.

Но Николай погиб в Греции, и никакого отношения к его смерти бывший спортсмен иметь не мог. Галину застрелил при попытке ограбления какой-то рабочий. Застрелил из переделанного травматика...

Нет, все не то. Все не так. С самого начала все было неправильно. Информация, добытая по делу, собиралась бессистемно, без четкой направленности, и к сегодняшнему дню превратилась в огромную бесформенную кучу. А все потому, что у следствия было одно направление расследования, а у Дзюбы и адвоката — другое. Дальнейшая работа без Баглаева невозможна, но нужно составить убедительную цепочку аргументов, чтобы заставить его если не отказаться полностью, то хотя бы поставить под сомнение версию о виновности Валерия Ламзина.

Значит, придется начинать все сначала.

* * *

— Нам нужно собрать максимально полную информацию о Власове, — сделала вывод Каменская. — Вы правы, Антон, у нас действительно получилась каша из обрывков. Мы искали всех возможных кандидатов в подозреваемые, а теперь концы собрать не можем.

В саду «Эрмитаж», как раз напротив здания ГУВД на Петровке, было в этот час многолюдно. Сташис, Дзюба и Каменская неторопливо прохаживались от фонтана мимо памятника всем влюбленным до памятника Виктору Гюго и обратно.

— Но ведь все же очевидно! — горячился Роман. — Пострадали все, на кого этот Власов мог иметь зуб. Неужели следователю этого недостаточно?

— А мы не знаем, все или не все, — возразила Каменская. — И тренер Носуленко сюда не вписывается, он погиб при аварии. И, кстати, ваша Ефимова тоже не очень-то... Она убита ножом, в то время как по трем эпизодам у нас фигурирует огнестрел. С чего преступнику менять способ? Тем более, как вы сами говорите, у Власова алиби и на момент убийства Ефимовой, и на момент убийства Болтенкова. С такими сведениями вас следователь живьем зароет и будет, между прочим, прав. А алиби Власова на момент покушения на Ганджумяна проверили?

АЛЕКСАНДРА МАРИНИНА

— Еще нет, проверяем, — откликнулся Антон.

— А по Галине Носуленко?

— Так это давно было, в октябре прошлого года, какое уж тут алиби, — вздохнул Дзюба. — Никто не вспомнит точно.

— Значит, для того, чтобы убедить вашего следователя, у нас есть только один факт: совершение двух убийств — Болтенкова и Галины Носуленко — при помощи переделанного травматика, который так и не нашли, — сделала вывод Каменская. — И еще неизвестно, это был один и тот же ствол или разные. Чтобы иметь хотя бы приблизительное представление, надо поговорить с баллистами, но неофициально. А для этого необходимо иметь в руках заключения по обеим пулям и гильзам, чтобы эксперты могли посмотреть исследовательскую часть. Будем надеяться, что экспертизу по стволу, из которого стреляли в Ганджумяна, вы получите от Баглаева. Имя эксперта, который делал исследование по делу Носуленко, у меня есть. Если вы мне скажете, кто делал экспертизу по Болтенкову и кому поручено исследовать пулю по эпизоду с Ганджумяном, я постараюсь узнать все, что нужно. Результат не гарантирую, но постараюсь. Если появятся основания говорить о том, что по меньшей мере в двух случаях из трех использовался один и тот же ствол, вам будет с чем прийти к следователю.

— А если таких оснований не появится? — пессимистично спросил Сташис. — Вот чует мое сердце, что они таки не появятся.

— Может быть, — вздохнула Каменская. — Все может быть. Тогда надо искать подпорки вашей версии в других местах. Именно поэтому я и предлагаю вам тщательно изучить весь спортивный путь вашего фигуранта Власова.

Оперативники проводили Каменскую до машины.

— Ты по приобретению ствола что-нибудь делаешь вообще? — строго спросил Антон, когда они остались одни.

Роман угрюмо кивнул. В основном этим занимался Федор Ульянцев, но он искал доказательства того, что травматический пистолет приобретал и переделывал Валерий Ламзин. А Дзюбе нужно было выяснить про Власова. Ему пришлось задействовать свои источники информации, но ведь у молодого опера их, как правило, немного. Так что источники источниками, а больше ножками, ножками...

— Я так понимаю, что «пусто-пусто», — усмехнулся Сташис. — Ладно, поехали по домам. Утро вечера мудренее.

* * *

Два следующих дня прошли у Дзюбы в такой беготне, что к вечеру, а точнее — к поздней ночи, он не только валился с ног, но и плохо помнил, что делал, где был, с кем разговаривал и — самое главное — что удалось узнать. Засыпал он с трудом, ворочался на своем диване, то и дело переворачивая подушку и с ужасом представляя себе грядущее утро: он проснется и не вспомнит ничего, и не свяжет факты воедино, и не нарисуется общая картинка...

На третий день утром он позвонил Антону и сказал, что появится к обеду. Без всяких объяснений. Этим и хороша работа опера: иногда можно ничего не объяснять даже ближайшему товарищу по работе. Роман посмотрел на висящий за окном термометр, убедился, что на улице тепло, надел новую темно-синюю футболку и старые любимые джинсы, сунул ноги в кроссовки и отправился к Тамиле Варламовне Аласания.

На этот раз дверь ему открыла сама журналистка.

— Проходите, — пригласила она. — А я ведь не удивилась, когда вы мне позвонили, Ромочка. Мне ведь можно вас так называть, да?

— Конечно, — смутился Дзюба. — Как вам удобно, так и называйте.

Да хоть Ромочкой, хоть Ромчиком, хоть Рыжиком — как угодно пусть называет, только бы оказалось, что она знает то, что ему так необходимо узнать.

— Почему вы не удивились?

— Я же помню, как вы меня слушали, — рассмеялась Тамила. — Открыв рот. Каждое слово ловили. А вот ваш товарищ меня совсем не слушал, ему было неинтересно.

Да уж, неинтересно... Знала бы она!

И снова, как и в первый раз, Роману пришлось идти вдоль длинного коридора, наполненного просочившимися из кухни вкусными запахами. Но сегодня эти запахи и возможные перспективы угощения его не волновали. Сегодня был тот редкий день, когда у Ромчика Дзюбы от усталости пропадал аппетит. Даже сама мысль о еде вызывала тошноту.

И снова он сидел в маленькой прокуренной комнате с распахнутым настежь окном. Только компьютер на этот раз выключен. И Антона нет.

— Спрашивайте, — разрешила Тамила, усевшись на диванчик. — Что еще вы хотите узнать?

— Вы помните такого фигуриста — Владимира Власова?

Тамила подняла глаза к потолку, унизанные крупными серебряными перстнями пальцы забарабанили по колену.

— Так навскидку не скажу, — наконец ответила она. — Мне нужно посмотреть свои архивы. В какие годы он катался?

— Он восьмидесятого года рождения.

— Ну, если у меня что-то про него есть, то, слава богу, в компьютере. Сейчас, подождите.

Она пересела на стул и включила компьютер.

— Если он восьмидесятого года, то выступал уже тогда, когда я все заносила в компьютер, — пояснила журналистка, пока машина грузилась. — Вот если бы он был постарше, то искать пришлось бы в бумажном архиве, в папках, а у меня в них страшный беспорядок. Все руки никак не дойдут привести старые записи в божеский вид. Как шутит мой внук: в вид, пригодный для логарифмирования.

Тамила открыла поочередно несколько файлов и весело фыркнула.

— Ну конечно, вот он, ваш Владимир Власов, чемпион России среди юниоров как одиночник, потом стал парником, последняя партнерша Третьякова, последний тренер — Людмила Волынец, а до этого он катался у покойного Миши Болтенкова. Он?

— Он! — радостно выдохнул Дзюба.

— Тогда еще минутку подождите, я пробегу глазами записи, чтобы восстановить все в памяти.

Роман терпеливо ждал, наблюдая за журналисткой, читающей тексты на экране. Тексты были разные по объему, от двух-трех строчек до нескольких страниц.

— Все вспомнила. Так что вы хотите узнать про Власова?

— Меня интересуют те соревнования, когда он уже катался в паре с Третьяковой и боролся за место в сборной.

— Да-да... — рассеянно откликнулась Тамила, выискивая нужное место. — Вот, нашла. чемпионат России. Помню-помню. Да у меня и записано, что пара Третьякова—Власов выступила очень хорошо и их четвертое место было для многих неожиданностью. Все были уверены, что они станут бронзовыми, если даже не серебряными призерами. Они так вдохновенно катались! У ребят все получилось, буквально все.

— Вы сказали: для многих было неожиданностью, — осторожно заметил Роман. — Для многих, но не для всех?

— Умничка! — рассмеялась Тамила Варламовна. — Из вас выйдет хороший сыщик. Вы умеете слушать. А вот я, старая карга, разучилась говорить так, чтобы меня нельзя было поймать на слове. Хватку теряю, возраст, что поделаешь.

— Так что же все-таки произошло? — не унимался Дзюба, уже понимая, что нашел то, ради чего приехал к спортивной журналистке.

— Ничего необычного. Ребят банально засудили. Нужно было протащить в сборную другую пару, в которой заинтересована Федерация, — вот ее и протащили. Хотя те, кто попал в сборную, откатались объективно хуже. Это произошло еще при старой системе судейства, и достаточно было всего-навсего получить пять голосов из девяти. Если бы не заменили судью, пара Третьякова—Власов точно поднялась бы на пьедестал. Но ребятам не повезло ужасно. Одного судью заменили. И получилось неудачно для них: новый судья оказался сориентирован нужным образом.

— Судью заменили? А почему? Специально, чтобы пропихнуть в сборную другую пару? — начал сыпать вопросами Дзюба. — Чья была инициатива?

— Ну что вы, в этом деле инициатива невозможна. Списки судей утверждались задолго до соревнований, примерно за месяц, и нужны были очень веские основания для того, чтобы вывести из списка какого-то судью и ввести запасного перед самым началом соревнований. Просто все сложилось удачно для более слабой пары: ввели именно того судью, который оказался заинтересован. Так что вашему Власову элементарно не повезло, а повезло его соперникам. Хотя, повторяю, пара Третьякова–Власов была очень сильной и все шансы на сборную имела.

— То есть вы считаете, что замена судьи была чистой случайностью? — недоверчиво уточнил Роман.

— Конечно, — уверенно ответила Тамила. — Можете не сомневаться. Судья сам попросил заменить его, у него накануне соревнований в семье что-то случилось, неприятность какая-то, не то заболел кто-то, не то умер... Короче, ему нужно было срочно вернуться домой.

— Домой?

— Ну да. Судья Елисеев из Перми, у него там вся семья, а соревнования проходили в Москве.

— Понятно... А на кого его заменили?

— На Ярцеву.

— Она из Москвы?

— Из Екатеринбурга.

— Тогда еще вопрос: Елисееву могли заплатить, чтобы он попросил замену под предлогом несчастья в семье?

Тамила задумчиво посмотрела на него.

— Хороший вопрос... Правильный. Могли попытаться, конечно. Если точно знали, что следующий в очереди запасной — тот, кто нужен. Но Елисеев не взял бы. Голову даю на отсечение — он не взял бы. Он был из тех, кого называют неудобными. С ним невозможно договориться.

— А Ярцева?

— О, тут совсем другое дело! Ярцева славится своей «удобностью» и любовью к дорогим подаркам в виде меховых и ювелирных изделий. Я же говорю: Власову и его партнерше просто не повезло, что запасной оказалась именно она.

— Контакты дадите? — просительно улыбнулся Дзюба.

— Конечно, — кивнула Тамила Варламовна и добавила: — Если они не устарели.

До пятнадцати ноль-ноль — времени, когда Дзюба обещал Антону появиться, — оставалось больше двух часов. Роман твердо отказался от любезно предложенного угощения, покинул гостеприимный дом семьи Аласания и время использовал с толком: к трем часам он готов был доложить, что судья международной категории Ярцева жива-здорова и благополучно проживает в родном уральском городе, а судья Елисеев несколько лет назад перебрался из Перми в Москву и преподает в вузе, который по сохранившейся еще с советских времен привычке именовали инфизкультом, но который впоследствии многократно переименовывался и сегодня носил уже совершенно другое, более длинное и сложное название.

— Я дал Каменской данные на Елисеева, она обещала поговорить с ним, если он в Москве, — воодушевленно говорил Дзюба.

Антон, однако, был настроен весьма скептически.

— Что ты надеешься вытащить из этой истории? Зачем тебе судья? Ромка, время идет, а мы топчемся на месте. И ты, вместо того, чтобы делом заниматься...

— Я делом занимаюсь, — твердо ответил Дзюба. — Я уверен, что Ярцева — следующая жертва, потому что она засудила Власова. Но Ярцева же никогда в жизни не признается, что была подкуплена. Поэтому необходимо получить от Елисеева показания о том, как его вынудили попросить замену и уехать.

— Ты так уверен, что его вынудили?

— Абсолютно уверен.

— Ладно, — вздохнул Антон. — А если его нет в Москве?

— Найдем.

— Интересно, на какие деньги ты собрался его искать? На свои собственные? — хмыкнул Сташис. — Или ты, может, забыл, что все то, чем мы с тобой сейчас занимаемся, следователь не одобряет?

— Кирган заплатит, — буркнул Ромка.

* * *

Вопрос о том, кто будет платить, оказался отнюдь не праздным. Настя Каменская без труда разыскала судью Елисеева в Российском государственном университете физической культуры, спорта и туризма. Услышав, что речь пойдет об убийстве Михаила Валентиновича Болтенкова, судья, он же доцент одной из кафедр, выразил полную готовность сотрудничать, при этом явно пропустил мимо ушей, что сотрудничать ему предлагается не с официальным следствием, а с частным детективом. Однако как только разговор коснулся давнего чемпионата России, на котором Елисеев должен был судить соревнования спортивных пар, собеседник Насти поскучнел и погрустнел. Было видно, что обсуждать вопрос ему очень не хочется.

— Если вы не объясните мне, почему вынуждены были попросить замену и уехать, мне придется думать, что вы поступили нечестно, — откровенно предупредила она.

Они стояли у окна, в самой середине длинного коридора, в торце которого находилась дверь, ведущая в бассейн. Елисеев смотрел на Настю печально, но глаза не прятал.

— Хорошо, я скажу вам, почему мне пришлось уехать. Хотя хвастать тут нечем.

Он помолчал, потом продолжил:

— Моего сына задержали с наркотиками. Ему грозил серьезный срок. Надо было срочно ехать домой и пытаться решить вопрос. Жена позвонила в панике...

— Понятно. Вопрос удалось решить?

— Да, — кивнул Елисеев. — Нужно было успеть, пока шла доследственная проверка, потому что если бы возбудили уголовное дело...

— Я в курсе, — сказала Настя. — Фамилию того, с кем вы решали вопрос, я могу спросить?

— Нет, — жестко ответил Елисеев. — Поймите меня правильно.

— Понимаю, — повторила она. — Не проблема, я сама узнаю.

— Я прошу вас, — Елисеев повысил голос, — не надо, пожалуйста! Столько лет прошло! Зачем ворошить эту историю? Я пошел вам навстречу, рассказал откровенно, как все было, меня это не украшает, я понимаю. И того офицера, с которым я договаривался, тоже не похвалят за такой поступок. Но это жизнь, поймите! Все так делают. И никого не сажают ни за дачу взятки, ни за получение. Почему вы вообще в это лезете? Какое отношение это может иметь к смерти Миши Болтенкова?

— Никакого, — улыбнулась Настя. — А Владимир Власов больше не встречался на вашем пути? Вы с ним когда-нибудь разговаривали потом? Может, ссорились?

— Ссорились? — в глазах Елисеева мелькнуло изумление. — Да что вы такое говорите?! Где это видано, чтобы спортсмен выяснял отношения с судьей? Никогда и ни за что! Я помню Власова на других соревнованиях, уже после того чемпионата. И на предыдущих я его замечал... И на тренировках, конечно. Вы же знаете, наверное, что судьи обязательно смотрят спортсменов на тренировках, чтобы иметь представление об уровне их подготовленности и потом более объективно судить на соревнованиях. Одно дело, когда судья видит, что на тренировках у спортсмена определенный прыжок получается в восьми случаях из десяти, то есть данным прыжком он вполне владеет, и совсем другое, когда он прыгнул десять раз и из них восемь — неудачно. Значит, этого прыжка у него в арсенале, считай, нет. И если фигурист неудачно выполняет этот прыжок во время соревнований, судья уже точно понимает: это случайность или закономерность. Соответственно, может снять за неправильный выезд поменьше баллов или побольше. Так что, повторяю, видеть-то я этого фигуриста, конечно, видел, но лично никогда с ним не общался. И все-таки почему вы спрашиваете про Власова? Я слышал, арестован Валерий Ламзин, а вовсе не Власов.

— А я спрашиваю не про Власова, а про то, почему вас заменили тогда на Ярцеву.

— И это имеет отношение?..

— Как знать, как знать, — загадочно ответила Настя.

Надо лететь в Пермь и выяснять все на месте. Возможно, сын этого Елисеева действительно попался с партией наркотиков, и любящий отец сорвался из Москвы, чтобы вытаскивать обожаемое чадо из беды. Но возможно, что это ложь, придуманная на ходу, прямо сейчас или тогда, когда нужно было попросить замену. А на самом деле судью Елисеева купили. Дали денег или пообещали какие-то блага за то, что он попросит замену, ссылаясь на выдуманные и никем не проверенные обстоятельства. Ну что ж, если в Перми выяснится, что сын Елисеева в интересующий Настю момент ни в какую милицию не попадал и ни в чем не обвинялся, можно будет работать дальше. Если убийца действительно Владимир Власов и если он решил свести счеты со всеми, кто так или иначе испортил ему жизнь и спортивную карьеру, то он не может обойти своим вниманием ни Елисеева, ни Ярцеву. Разумеется, при условии, что он узнал об истинном положении вещей.

Однако прежде, чем отправляться в Пермь, следовало прояснить вопрос: готов ли заказчик оплачивать расходы. Такова действительность: платит тот, кто заказывает музыку. Никакой самодеятельности, особенно связанной с тратой денег.

— В Пермь? — недовольно протянул Владислав Стасов, услышав Настин отчет. — Еще чего... Ты мне голову не морочь, ответь лучше, что это за задачка с ящиком и адвокатами, которую ты Лильке моей задала. Она у меня спрашивает, а я не знаю, что сказать. А в самом деле, чего делать-то, если адвокат хочет, чтобы свидетеля допросили на предварительном следствии, потому что он обладает сведениями, оправдывающими обвиняемого, а потом оказывается, что следователь ходатайство не получил, и свидетеля этого на суде отфутболивают?

— А это, Владик, просто, как три копейки, — засмеялась Настя. — Адвокат идет в ближайшее почтовое отделение и отправляет ходатайство ценным письмом с уведомлением о вручении. Именно ценным, потому что к ценному письму полагается прикладывать опись в двух экземплярах, и в этой описи будет черным по белому написано, что направляется ходатайство следователю такому-то по уголовному делу такому-то, номер, соответственно, указывается и полностью имя обвиняемого. На почте выдают квитанцию, а на квитанции колотушечкой пробивается дата. И второй экземпляр описи тоже адвокату выдают. И вот при таком раскладе следователь, который страсть как не хочет включать в дело данные доказательства, уже никуда соскочить не может. Во-первых, ценное письмо с уведомлением о вручении обязательно должно быть доставлено в секретариат, и почтальон не уйдет, пока конверт не будет вскрыт и бумага не получит регистрационный номер. А во-вторых, если они чего-то там нахимичат и сторона обвинения на суде начнет говорить, что этих доказательств нет, потому что об их приобщении адвокат на предварительном следствии не ходатайствовал, то адвокат вытащит из папочки две заветные бумажки: на одной — дата, когда он ходатайство направил, на другой — суть документа. И вот тут суду ничего не останется делать, кроме как выписать следствию пистон погорячее и свидетеля все-таки допросить.

— И зачем ты Лильке этим голову морочила? — озадаченно спросил Стасов. — У нее же диссертация не по адвокатуре, а по криминологии.

— Я не морочила, а просто привела пример того, что человеку без практического опыта невозможно быть успешным адвокатом, зарабатывающим достойные деньги. Она же искренне считает, что Антон может бросить розыск и уйти в адвокатуру. Вот я и постаралась показать ей, как мало она знает о тонкостях работы адвокатов. Так что с Пермью-то? Давай уже, принимай какое-то решение. Или хотя бы спроси у заказчика, — настаивала она. — Пусть он принимает решение. Мне, конечно, лететь не хочется, врать не буду, но если надо — значит, надо.

— Буду я еще у него спрашивать, — проворчал Стасов. — У меня в Перми полно корешей по Омской школе милиции, кто-нибудь из них поможет.

Настя пожала плечами.

— Ну, смотри сам. Ты начальник.

— Да, я начальник. Поэтому ты сейчас пойдешь в соседнюю комнату и напишешь мне полный отчет за последние... — Он полистал ежедневник и удовлетворенно кивнул: — За последние пять дней. Ни одной строчки я от тебя не видел! Ты, Аська, наглеешь прямо на глазах! Думаешь, если мы с тобой сто лет нежно дружим, то можешь вести себя кое-как?

Она расхохоталась и легким жестом взъерошила изрядно поредевшие за последние годы волосы на затылке шефа.

— А ты начинаешь чувствовать себя крутым боссом, как я погляжу. Владик, я дома отчет напишу, ладно? И завтра принесу. Или по почте тебе пришлю.

— Никаких «дома»! Иди и пиши здесь, пока не напишешь — никуда не уйдешь.

Настя скорчила было обиженную мину, но тут уже не выдержал и рассмеялся сам Стасов:

— Купилась, купилась! Как я тебя сделал, а? Да я же понимаю, что ты ни есть, ни пить, ни спать не будешь, пока не узнаешь, что там, в Перми, случилось. Вот и решил тебя занять делом, пока я буду старые связи поднимать. Иди! — прикрикнул он. — И на глаза мне не попадайся, пока отчет не подготовишь.

«Ну и ладно, — подумала Настя, включая компьютер на своем рабочем столе. — Пока буду составлять отчет — глядишь, и какая-никакая четкость в мыслях появится. Итак, в жизни Владимира Власова были события, помешавшие его удачной карьере сначала как спортсмена, потом как тренера. Рокировка судей и замена Елисеева на Ярцеву помешали ему и его партнерше Третьяковой стать членами сборной России. Чиновница из спорткомитета Ефимова помешала ему уехать за границу и тренироваться с новой партнершей, чтобы выступать за другую Федерацию. Галина Носуленко сделала все возможное, чтобы выжить его с тренерской работы. Бизнесмен Ганджумян лишил его возможности тренировать талантливого ребенка и тем самым заявить о себе как о способном тренере. Николай Носуленко уволил Власова. Все. Больше ничего, существенно повлиявшего на жизнь Власова. Что в итоге? Елисеев и Ярцева живы и здравствуют. Николай Носуленко погиб в Греции. Галина Носуленко убита, но ее убийца найден и осужден. Ефимова убита, но совершенно другим способом — заколота ножом. Бизнесмен Ганджумян ранен. Все эти люди имели отношение к Власову, но одни из них живы, другие — нет. Те, кого нет в живых, умерли по-разному. Единственная точка соприкосновения — использование переделанного травматического пистолета в двух случаях. Возможно — в трех, но об этом можно будет говорить только после получения результатов баллистической экспертизы по делу Ганджумяна. Хило, ох, хило... Не выдерживает никакой критики. На первый взгляд, версия о причастности Власова выглядела так привлекательно, а если разобраться — полный пшик. Самое главное: в нее никак, никаким боком не вписывается убийство Михаила Болтенкова. Болтенков сделал Володю Власова чемпионом России среди юниоров-одиночников. Когда Власов ушел из активного спорта, именно Болтенков взял его к себе вторым тренером. И ничего, кроме благодарности, Власов по отношению к своему бывшему тренеру испытывать не мог. Правда, там травматик...

Прав был Стасов. Составлять отчеты очень полезно».

Она включила принтер и задумчиво смотрела на появляющиеся из его чрева листы с текстом. Принтер вроде бы работал совсем тихо, но Настя все равно не услышала, как открылась дверь и на пороге возник Владислав Николаевич.

— Аська, вот я не пойму, ты отличный сыскарь или источник проблем? — недовольно проговорил он.

Настя вздрогнула и обернулась. Лицо у ее шефа было озадаченным, похоже, он всерьез озаботился озвученным вслух вопросом. Бросила взгляд на часы: оказалось, прошло чуть больше часа. Неужели у Стасова уже есть какие-то новости?

— Сын судьи Елисеева действительно попался в искомом году с наркотиками. Давал Елисеев-старший взятку или не давал — вопрос открытый, но дело было культурненько замылено. Так что в этом смысле все, что тебе рассказали, правда.

— В этом смысле? — настороженно переспросила она. — А в другом? Там есть еще какой-то смысл?

— Ну, как тебе сказать... Может, есть, а может, и нет. Тот сотрудник, который взял парня с наркотой и оформлял протокол, в прошлом году погиб.

— При исполнении? Или несчастный случай?

— Ни то ни другое. Убийство. Нераскрыто до сих пор, хотя вся пермская полиция, как ты сама понимаешь, на ушах стояла. Ты отчет написала?

— Стасов! Что ж ты такой вредный-то! — сердито воскликнула Настя. — Ну при чем тут отчет!

— Давай сюда отчет — скажу самое главное.

Она молча собрала из лотка листы, щелкнула степлером и протянула Владиславу. Тот посмотрел на количество страниц и удовлетворенно кивнул:

— Пойдет. Так вот, пермский офицер полиции в звании подполковника и при достойной должности был застрелен из неустановленного травматика. Оружие, как ты, вероятно, уже догадалась, не найдено.

Приехали...

* * *

Настроение было отвратительным, заснуть Антон не мог, ворочался под одеялом и не понимал, что происходит. Такое бывало с ним в последние месяцы все чаще. Он испытывал какую-то гадливость по отношению к самому себе, и от этого было тошно, и муторно, и стыдно.

В третьем часу ночи он вышел на кухню, чтобы заварить себе чаю. По привычке, проходя мимо комнаты детей, неслышно открыл дверь, чтобы посмотреть на сына и дочку. В темноте, слегка разбавленной светом от уличного освещения, ему показалось, что Василиса шевельнулась слишком резко для спящего ребенка. Он на цыпочках подошел поближе и услышал доносящиеся из-под одеяла глухие всхлипы. Антон присел на край кровати и наклонился к накрывшейся с головой девочке.

— Вася, — шепотом позвал он, — Васенька, девочка моя, что случилось? Тебе приснилось что-то страшное?

Всхлипы перешли в сдерживаемые рыдания. Антон легко подхватил Василису вместе с одеялом на руки и вынес из комнаты, пока не проснулся Степка. Усадил ее в кухне на стул, укутал, сел напротив. Вася прятала лицо, вытирала краем пододеяльника мокрые щеки и тихонько подвывала. Антон терпеливо ждал, когда она успокоится. Включил чайник, достал из холодильника пакет сока, перелил в пластиковую бутылку и положил ее в раковину под струю горячей воды, чтобы сок не был слишком холодным.

Вася наконец перестала плакать, но сидела молча, отводя глаза.

— Сок будешь? — Он протянул ей стакан.

Девочка молча взяла его и выпила залпом.

— Спасибо, — невнятно пробормотала она.

— Так что случилось, Васюша? — ласково спросил Антон. — Тебя кто-то обидел? Или что-то приснилось? Может, что-то болит?

Она снова отвела глаза, глубоко вздохнула. Это было хорошо известным признаком того, что сейчас она собирается сказать «страшную правду». Трудно сказать, от природы ли или в силу воспитания, но Василиса Сташис врать не считала нужным. Она очень хорошо понимала, за что могут ругать или даже наказать, но все равно говорила правду. Если вообще что-то говорила, а не молчала.

— Папа, почему тебя никто не любит?

Антон непонимающе посмотрел на нее.

— Как это — никто не любит? А ты? А Степка? Вы что же, не любите меня?

— Мы не в счет, мы дети. Тебя твои друзья не любят.

— Да с чего ты взяла? Кто тебе сказал такую глупость?

— Я слышала, как Эля со своим Трущевым разговаривала. По телефону, — уточнила она зачем-то.

Да и так понятно, что по телефону. Александр Андреевич Трущев — будущий муж их няни.

— А ты, значит, подслушивала? — недобро прищурился Антон.

— Да. — Вася смело посмотрела ему в глаза.

Она никогда не врала.

— Я всегда подслушиваю, потому что мне интересно.

— И что же такого Эля сказала? Что меня не любят мои друзья?

— Нет, она так не говорила. Она сказала, что не понимает, почему ты пытаешься все свои проблемы решать один, как будто ты в пустыне живешь и рядом с тобой нет людей, которые могут тебе помочь. А дальше я уже сама додумала.

— И что же ты додумала?

— Что раз рядом с тобой нет людей, которые могут тебе помочь, значит, у тебя нет друзей. А друзей нет, потому что люди тебя не любят.

— Очень интересно. — Антон покачал головой. — И за что же они меня не любят? Я что, такой плохой?

Василиса посмотрела на него серьезно и даже как-то задумчиво.

— Ты очень злой, папа. Ты всегда всем недоволен, на Степку ругаешься, на меня тоже. И голос у тебя стал злой. И лицо сердитое. Мы со Степкой тебя боимся. Раньше ты был другим. Если ты на Лизе женишься, мы со Степкой уйдем из дома. Она тоже злая, мы ее не любим, и вы вдвоем нас вообще загнобите.

Он с трудом сдержался, чтобы не закричать, перевел дыхание и постарался говорить спокойно:

— Это тоже Эля сказала?

— Ты что! — Васины глаза стали круглыми. — Эля никогда так не скажет. Это Милка сказала.

— Милка — твоя одноклассница?

— Ты что! — повторила девочка. — Милка из секции айкидо. Ну, помнишь, я тебе рассказывала, она самая старшая в нашей группе, чемпионка округа.

— И сколько же ей лет, этой вашей умной Милке? — осведомился Антон, чувствуя, как земля уходит из-под ног.

— Тринадцать уже. У нее отчим, она знает, что говорит. Она и так самая сильная в нашей группе, вот еще немножко подрастет и будет сама его бить. Я тоже уже совсем скоро буду большая, и никакая Лиза нам не нужна, я сама за Степкой могу смотреть, ты только потерпи еще немножко, ну пожалуйста.

На глаза Василисы снова навернулись слезы, губы задрожали.

Господи, какой ужас... Всего несколько месяцев... А он и не заметил, во что превратил и собственную жизнь, и жизнь своих детей. Словно пелена с глаз упала. Антон вдруг увидел и себя, и всю ситуацию со стороны, и ему захотелось завыть. Он встал на колени перед сидящей на стуле девочкой, обхватил ладонями ее все еще мокрое личико, заглянул в глаза.

— Прости меня, — тихо сказал он. — Я обещаю тебе, все будет по-другому. И на Лизе я не женюсь, не бойся.

— А на ком женишься? — тут же спросила мгновенно повеселевшая Василиса. — Вот хорошо бы на Эле! Пусть она бросит своего Трущева, он противный, лысый совсем и некрасивый, не то что ты. А, пап?

— Пойдем спать, Мышонок, — он заставил себя улыбнуться, поднял Васю на руки и отнес в постель.

Он сидел на краю детской кроватки до тех пор, пока дыхание девочки не стало ровным и спокойным. Потом вернулся на кухню, заварил чай, но пить не стал. Направился в ванную и встал под горячий душ. Ему казалось, что весь он с головы до ног вымазан в липкой гадости, мерзкой и зловонной, и этой вонючей массой испачкан не только он сам, но и все вокруг него — люди, работа... Дети запуганы. Ромка Дзюба обижен. Сергей Кузьмич Зарубин недоволен, хотя и виду не подает. Лиза... Да, ему нравится заниматься с ней любовью. И в первые месяцы их отношений Антон был влюблен в нее по уши, это правда. Но влюбленность прошла, остался только секс и понимание того, что надо жениться. А почему надо? Потому что она так хочет? Или потому, что детям нужна мать? Нужна, но не Лиза же...

«Господи, я ведь не люблю ее, совсем не люблю», — с ужасающей отчетливостью вдруг подумал он.

Он все тер и тер себя жесткой мочалкой, смывал пену, снова наносил гель для душа и снова тер. До тех пор, пока не испытал что-то вроде облегчения. Закутавшись в махровый халат, уселся на кухне, выпил подряд две чашки чаю, достал мобильник и отправил Лизе сообщение: «Пожалуйста, позвони, когда проснешься». Ждать недолго, Лиза — ранняя пташка, позже семи утра не поднимается, а обычно — в шесть. Вымыл посуду, погасил свет и улегся в постель, положив телефон на пол у изголовья.

Когда раздался звонок Лизы Стасовой, Антон не спал: заснуть так и не удалось.

— Мне нужно поговорить с тобой, — ровным голосом произнес он.

— Что-то случилось? — обеспокоенно спросила Лиза. — Что-то срочное?

— Да, это срочно. И очень важно. Я могу сейчас приехать?

— Что, прямо сейчас?

— Да, перед работой.

— Хорошо, приезжай, я буду дома до девяти, потом мне нужно будет...

— Я приеду, — перебил ее Антон и отключился.

Сейчас без двадцати семь, через двадцать минут придет Эля, он как раз успеет собраться.

К приходу няни он уже стоял у двери, полностью одетый.

Вероятно, выражение лица у него было пугающим, потому что Эльвира сразу спросила:

— Что, Антон? Что-то с детьми?

— Все в порядке. Мне сегодня нужно пораньше...

Он попытался улыбкой смягчить ситуацию, но получилось натужно и оттого еще более страшно.

В семь утра удалось промчаться на машине без задержек, и у дверей квартиры Лизы он стоял, когда еще не было половины восьмого. Лиза, собранная, строгая, уже успевшая сделать обязательную гимнастику и принять душ, открыла ему, одетая в джинсы и свободную футболку.

— Завтракать будешь? — спросила она, поцеловав Антона.

— Нет, спасибо. Лиза, мне нужно сказать тебе очень неприятную вещь. — Он решил, что проходить в комнату не станет, скажет все здесь, у порога. — Я виноват перед тобой. Я поступил, как последняя сволочь.

— Ты мне изменил? — Брови Лизы чуть-чуть приподнялись, губы дрогнули в насмешливой полуулыбке.

— Нет, я тебе не изменял. Но нам придется прекратить наши отношения. Они действительно не имеют перспективы, я уже говорил тебе об этом. Я не могу жениться на тебе. И не имею права продолжать встречаться с тобой, мешая тебе выстроить другие отношения, более подходящие для тебя.

— Значит, не женишься... — медленно повторила она каким-то странным тоном. — А позволь спросить: почему? Спать со мной тебе нравится, общаться тоже нравится, а жить со мной ты не хочешь? Как-то странно, тебе не кажется?

— Кажется, — кивнул Антон. — Но поскольку я уже был женат, то скажу тебе совершенно ответственно: спать и общаться — это одно, а жить — совсем другое. Совсем другое, Лиза. Особенно, если есть дети.

— Но я люблю тебя, — теперь ее голос звучал беспомощно и даже растерянно. — И я хочу быть твоей женой и матерью твоим детям. Ты думаешь, из меня не получится хорошая жена и мать?

— Из тебя — получится. — Он улыбнулся, впервые за несколько последних часов — легко и искренне. — А вот из меня хорошего мужа для тебя не получится. Твой отец прав. У нас с тобой ничего не выйдет. Если ты сейчас скажешь, что я обманул тебя и предал, я соглашусь. Ты имеешь право называть меня любыми словами, самыми жесткими, самыми нелицеприятными. Я все приму, потому что ты будешь права. Прости меня, если можешь.

Больше сказать ему было нечего. Антон молча повернулся и тихо закрыл за собой дверь.

Сев в машину, он достал телефон и позвонил Каменской. Еще нет восьми утра, звонить в столь ранний час считается неприличным, но сегодня Антону Сташису было плевать на приличия.

— Простите, если разбудил, — сказал он, услышав голос Анастасии Павловны.

— Не разбудили. Что случилось?

— Анастасия Павловна, буду валяться у вас в ногах. Я накосячил. Выручайте.

И на профессиональное самолюбие ему сегодня тоже было наплевать.

— Конечно, — ему показалось, что Каменская улыбается. — Если смогу. Приезжайте.

* * *

Начальник службы безопасности компании «Файтер-трейд», невысокий жилистый человек по фамилии Усиков, имевший среди сотрудников компании прозвище Ус, любил приходить на работу пораньше. Он был жестким поборником порядка и дисциплины, посему ни один опоздавший мимо его зоркого глаза проскочить шансов не имел. Служба безопасности крупной компании — это ведь не только и не столько охрана, сколько борьба с утечкой информации и недобросовестными партнерами, и офисных сотрудников в подчинении Уса было ничуть не меньше, чем охранников.

Но Ус был не только руководителем. Он — доверенное лицо владельца компании, Вадима Константиновича Орехова. И есть задания, которые Ус никому не перепоручает, выполняет сам. Конфиденциальность, сами понимаете.

Такие конфиденциальные поручения Орехов дает Усу регулярно. Вот послал же Бог сыночка Вадиму Константиновичу! Просто удивительно, что у такого делового и серьезного человека мог вырасти такой оболтус! Якшается невесть с кем, болтается неизвестно где, образования толком никакого не получил, учился, конечно, в каком-то институте, на платном отделении, ну и таскал преподавателям конверты, вместо того чтобы учебники читать. Диплом-то есть, а знаний — шиш с маслом. Того и гляди в какую-нибудь историю вляпается. И приходится бедолаге Орехову постоянно, как говорится, держать руку на пульсе, поручая Усу по мере возможности отслеживать, где, с кем и чем занимается Филипп. Ну и, само собой, собирать информацию обо всех его приятелях, имена которых становятся известны отцу.

С недавнего времени у Филиппа появился какой-то новый дружок, сильно обеспокоивший Вадима Константиновича, и Ус добросовестно принялся за поиски информации. Искал он по собственной методике, им же самим придуманной. Правда, она требовала много времени, зато давала в конце концов прекрасный результат. Чаты, блоги и прочие подходящие места в интернет-пространстве давали возможность узнавать массу интересного, только нужно было иметь терпение и знать основные «точки», где имеет обыкновение проводить время Орехов-младший. До хакерства Ус не опускался, ему и того, что в открытом доступе, было вполне достаточно.

Первая же полученная о новом дружке Филиппа информация заставила Уса злобно хмыкнуть: такой же отъявленный негодяй, как и сам Филиппок. Каких только прелестей про этого типчика он не прочитал! И карточный шулер он, и к наркоте молодых пацанов и девок приучает, и вензаболеванием пару-тройку красоток наградил, и долги не отдает... Короче, тот еще цветочек!

С момента получения задания Ус проверял информацию ежедневно, чтобы не упустить момент, когда рядом с именем фигуранта мелькнет в каком-нибудь негативном контексте имя Филиппа. Но пока все было спокойно. Все гадости, которые можно было написать про отпрыска владельца компании, были уже написаны раньше, а новых пока не появлялось.

* * *

— Я подскочу к платформе, встречу Ромку, хорошо? Так быстрее будет, — сказал Антон, вставая из-за обеденного стола, на котором лежал огромный лист ватмана, весь исчерченный разноцветными фломастерами.

— Конечно, — кивнула Каменская. — А я пока еду своим оглоедам подогрею.

— Думаете, Петруччо будет есть ваш супчик? — усмехнулся Антон. — Судя по пакету, с которым он пришел, еды должно хватить до утра.

— Это вам с Ромкой хватило бы дня на три, а нашему Педро — на один зубок.

Она встала, уперев руки в поясницу, и болезненно сморщилась. С самого утра они с Антоном составляли схему собранной информации, сидели не разгибаясь, и спина, само собой, не позволила о себе забыть. Идея пригласить Дзюбу принадлежала Насте, и Антон с ней согласился. Роман должен был уточнить несколько позиций и приехать.

Вернулись они даже быстрее, чем Настя ожидала: голоса Сташиса и Дзюбы она услышала, стоя над душой племянника и его товарища с подносом в руках. Надо заметить, что после первого опыта использования юношеской рабсилы в деле вспахивания интернет-пространства Санек и Петя стали относиться к Насте не то чтобы более уважительно, но хотя бы начали ее замечать. И от невкусной диетической еды отказывались уже не так резво и нагло, как прежде. Конечно, она понимала, что съедено все это не будет, но, по крайней мере, не хамят в лицо — уже прогресс! Впрочем, Пете она приносила обычные блюда, те же, которые готовила для Чистякова и для себя, и понимала, что парни вдвоем съедят именно их, а Санькину порцию выбросят в туалет. Но если племянник съест хотя бы пару ложек того, что положено, это неплохо. Значит, вредной еды в него влезет меньше.

— Да зачем это? — смущенно проговорил Петя. — Мы бы спустились, на кухне бы поели.

Настя с интересом взглянула на компьютерного гения. Что это? С чего он вдруг начал стесняться? Раньше даже не поворачивался в ее сторону, когда она входила с едой или лекарствами для Санька.

— Вы мне там будете мешать, мы работаем, — ответила она. — И ваши физиономии нам там совершенно не нужны. Равно как и ваши уши.

Это было мелко... И даже почти низко. Такая детская маленькая месть. Но, как ни странно, оказавшаяся достаточно эффективной. Оба спеца по программингу дружно оторвались от экранов своих компьютеров и уставились на нее. В глазах плескалось любопытство: у Санька настороженное, у Пети — горячее. Значит, не все так безнадежно, есть еще вещи в этом мире, которые могут заинтересовать тех, кто, как кажется на первый взгляд, любит только железо и проги.

Мужские голоса, доносящиеся на второй этаж через открытые окна, услышала не только она.

— А кто там еще пришел? — спросил Санек, который с утра видел только Антона.

— Роман.

— Это тот рыжий, что ли?

— Что ли, — кивнула Настя.

— У вас там что, сходка подпольщиков? — поинтересовался Петруччо. — Почему вам наши уши будут мешать?

— У нас шпионский заговор, — улыбнулась она. — Короче, всем сидеть тихо и вниз не спускаться, под ногами не путаться и не отвлекать серьезных людей от серьезной работы. Все поняли?

Она закрыла за собой дверь, оставив Санька и Петю в состоянии недоуменной оглушенности.

Роман выполнил все задания полностью, отчитался, они внесли все дополнения в схему и теперь сидели втроем вокруг стола, разглядывая полученную картину. Лист был разделен на две части. В одной, побольше, схематично расположена информация о преступлениях, в другой, поменьше, — информация о потенциальном подозреваемом, бывшем фигуристе Владимире Власове. Нужно было понять, согласуется ли одна часть с другой.

Вот есть человек, повороты судьбы которого во многих точках напрямую зависели от поступков и намерений других людей. Иногда эти люди поступали так, иногда эдак... После варианта «эдак» в судьбе человека возникали сложности, проблемы. Логично было бы предположить, что всех, кто поступил подобным образом, этот человек будет ненавидеть? Вполне. Логично предположить, что он захочет всем им отомстить? Тоже вполне. Конечно, гигантский масштаб замысла озадачивает, ибо людей, поступивших «эдак», оказалось уж больно много, но чего в этой жизни не бывает... Хорошо, допустим, все так. И вот тут наступает очередь необходимости ответить на вопрос: способен ли предполагаемый фигурант на такой масштабный замысел и, самое главное, на его осуществление? По всему, что удалось узнать о Владимире Власове, выходило, что нет, не способен. Пока что вырисовывались только два варианта: либо убийства совершил не Власов, а кто-то другой, либо замысел выглядит иначе, чем они тут себе представляют, опираясь на полученную схему.

Во-первых, далеко не все, совершившие те или иные поступки в стиле «эдак» и тем самым повлиявшие на судьбу спортсмена, оказались пострадавшими от рук мстителя. Обе его партнерши здравствуют и прекрасно себя чувствуют. Более того, когда Роман, опрашивая тех, с кем в одной группе тренировался когда-то Власов, задал вопрос: «Не обиделся ли Власов, когда партнерша не стала ждать, пока он полностью вылечит травмированное колено, и сменила партнера?» — то ответ он получил от всех совершенно одинаковый:

— Мы на такое не обижаемся. Все же все понимают. Это закон стаи. Каждый думает только о себе и своей карьере, это нормально. Каждый выгрызает свой кусок и никому не отдает. Но и зла за такое же поведение со стороны других мы не держим. Мы все такие. У нас по-другому нельзя.

Во-вторых, на время совершения убийств чиновницы из аппарата Госдумы Ефимовой, тренера Болтенкова и покушения на бизнесмена Ганджумяна у Власова было алиби. Причем не какое-то там сомнительное, а твердое и бесспорное. Галина Носуленко и подполковник полиции из Перми застрелены в прошлом году, и алиби устанавливать — дело почти бесперспективное, если только на нужные даты опять не придется какой-нибудь юбилей или корпоратив. Кроме того, по убийству Галины есть осужденный и отбывающий наказание преступник.

Сам Власов, спокойный и незаметный офисный планктон, в свободное время рисующий картины в технике «процарапанная краска и пастель» и изображающий только фигуры и дорожки, никак, ну просто совсем никак — ни по собранным о нем сведениям, ни по личным впечатлениям Антона Сташиса, — не годится на роль страшного целеустремленного мстителя, злобного и агрессивного, способного выслеживать жертву, приискивая наиболее подходящее время и место для убийства. Сведений о его образе жизни пока собрано не очень много, но того, что уже известно, вполне достаточно для утверждения о размеренном предсказуемом существовании. Два вечера в неделю Власов проводит с матерью, либо навещая ее дома, либо сопровождая на какие-нибудь киномероприятия. Два раза в неделю после работы ходит в спортклуб. В личной жизни тоже все просто и незамысловато: отношения с молодой разведенной женщиной, проживающей в соседнем подъезде. У женщины ребенок и мама, поэтому встречаются они на квартире Власова. В его расписании очень трудно найти прорехи, которые поставили бы под сомнение его алиби на моменты совершения преступлений. И точно так же трудно найти время для занятий такой деятельностью, которая приносила бы существенный доход, позволяющий нанимать киллера.

Если же отталкиваться не от личности подозреваемого, а от способа совершения преступления, то картина вырисовывается несколько иная. Из пяти преступлений четыре совершены при помощи огнестрельного оружия, в одном случае использован нож. При этом по меньшей мере в трех огнестрелах из четырех использован переделанный травматический пистолет.

Как только закончат баллистическую экспертизу по делу о покушении на Ганджумяна, наступит окончательная ясность. Оружие ни по одному из четырех эпизодов не найдено. Следовательно, есть все основания предполагать, что это был один и тот же ствол. Вроде бы все сходится, но почему Ефимова убита при помощи другого оружия? Если ствол один и тот же и находился все это время в руках преступника, то что мешало ему воспользоваться пистолетом? Потерял? Украли? Но ведь убийство Болтенкова произошло через два месяца после смерти Инны Викторовны Ефимовой, и в этом случае убийца воспользовался именно травматиком. Почему же для Ефимовой сделано такое странное исключение? Не было возможности выстрелить? Не получается: Инна Викторовна была обнаружена мертвой в своем автомобиле, припаркованном во дворе дома примерно в ста пятидесяти метрах от здания, где располагался салон красоты, который она регулярно посещала, — ближе места для парковки не нашлось.

Ефимова отлежала положенное время на сеансе у косметолога, посетила солярий, сделала эпиляцию, вышла, прошла сто пятьдесят метров, свернула во двор и села в свою машину. Убийца должен был подойти к ней со стороны водительского места. Стрелять вполне удобно. Бить ножом — неудобно совсем, учитывая, что жертва уже сидела в салоне.

Что говорят эксперты по делу Ефимовой? Что удар был нанесен сверху вниз, а не сбоку, то есть преступник был ростом выше потерпевшей. Такой удар мог быть нанесен только в том случае, если Ефимова стояла. Убийца подошел в тот момент, когда она открыла дверь машины, нанес удар, подхватил под мышки и аккуратно усадил на сиденье. В таком положении ее и нашли.

Почему нож? Почему не пистолет? Ответ, казалось бы, очевиден: дневное время, светло, во двор выходит много окон, звук выстрела мог привлечь чье-то внимание, и преступник рисковал быть замеченным. Случайных свидетелей нашли, конечно, но они видели только мужчину в куртке с глубоко надвинутым капюшоном. Опознать они никого не смогут. При выстреле таких свидетелей было бы намного больше, и обязательно нашлись бы те, кто двигался во встречном направлении и сумел бы разглядеть лицо. Впрочем, и это не факт: глубоко надвинутый капюшон в сочетании с, например, шапочкой и шарфом делают возможность распознавания образов практически ничтожной.

Итак, нож применен из-за дневного времени... Но, опять же, почему? Почему все остальные преступления совершены в темное время суток и при полном отсутствии свидетелей, а Ефимова убита днем? Может быть, ее образ жизни не предполагал таких ситуаций, когда она будет находиться в темное время в безлюдном месте одна? Может быть, может быть...

Хотя Настина многолетняя практика в раскрытии убийств однозначно говорила: преступник крайне редко меняет способ совершения преступления, если этот способ для него эффективен и если нет никаких привходящих обстоятельств, делающих использование проверенного способа невозможным. Нужны очень веские причины для того, чтобы вынудить человека, дважды стрелявшего в своих жертв из пистолета, взяться за нож, а потом снова вернуться к огнестрельному оружию.

Третьим основанием для анализа является мотив. Инна Викторовна Ефимова приложила руку к тому, чтобы Власова не отпустили за границу тренироваться и выступать за Федерацию другого государства. Тут понятно. Но ведь окончательное решение-то принимала не она, а чиновник из Федерации России. Да, она повлияла. Но почему же чиновник остался без отмщения? Галина Носуленко (которую можно включить в список жертв с большим допущением, касающимся недобросовестности следствия, когда плохо говорящего по-русски неимущего приезжего просто вынуждают разными способами признаться в том, чего он не совершал) старательно выживала Власова из спортшколы, не брезгуя никакими методами. Тоже понятно.

Бизнесмен Ганджумян заплатил деньги за то, чтобы его сына оставили в группе, и в итоге из группы был отчислен талантливый ребенок, которого тренировал Власов. Ну, наверное, в мире спорта это является достаточным основанием для ненависти и последующей мести.

А полицейский из Перми? Можно легко догадаться, как все было: этому офицеру, в те времена еще капитану милиции, хорошо заплатили за то, чтобы он «взял с поличным» сына судьи Елисеева — человека неудобного, с которым на тот момент невозможно было договориться. Елисеев должен срочно вылетать домой, чтобы улаживать ситуацию и вытаскивать ребенка, а на очереди стоит судья Ярцева — человек проверенный, доверенный и надежный.

Елисеев возвращается в Пермь, платит (еще раз!) деньги все тому же офицеру милиции, спасает сыночка, а судья Ярцева тем временем ставит «правильные» оценки на соревнованиях спортивных пар и выводит пару Третьякова–Власов всего лишь на четвертое место, аккуратно и элегантно проведя их мимо двери в сборную. Елисеев, конечно, ни в чем не виноват, его развели, как лоха последнего, но вот Ярцева... Отомстить ей — милое дело. А ее в списке жертв нет.

И вот здесь возникает очередная трудность: все жертвы так или иначе навредили преступнику (если, конечно, исходить из того, что преступник этот — Владимир Власов). Все, кроме тренера Михаила Валентиновича Болтенкова, тренируясь у которого Власов стал чемпионом России среди юниоров и который взял его к себе вторым тренером, когда Владимир расстался с активным спортом, осознав, что карьера окончательно не сложилась. Никакого мотива убивать Болтенкова нет.

И ни малейших доказательств того, что Владимир Власов приобретал травматический пистолет. Хотя бы один. Ромка Дзюба и второй оперативник, Федор Ульянцев, подняли все свои источники в поисках возможного канала поставки левого ствола, но пока никаких зацепок. Более того, они и возможности переделки ствола под стрельбу боевыми патронами тоже проверяли, всюду предъявляя фотографию Власова. И опять ничего. Бывшего спортсмена никто не опознал.

Ну и что получается?

— Получается, что нам нужна экспертиза по всем стволам, — вздохнула Настя. — Иначе ничего не выйдет. Мы не можем сидеть и гадать, один и тот же использовался ствол или разные. Но для этого нам нужен ваш следователь Баглаев, без него не получится.

— Да у нас и так ничего не получается, — угрюмо возразил Дзюба. — По способу выпадает Ефимова, по мотиву — Болтенков, по раскрытию — Галина Носуленко, по алиби — только два первых эпизода еще под вопросом, а остальные три не проходят. А по личности подозреваемого — вообще ничего не сходится.

— Ты забыл еще тех, на кого Власов мог обидку заковырять, — заметил Антон. — Судья Елисеев, который попросил заменить его в бригаде накануне соревнований, в полном порядке. Судья Ярцева, которую назначили вместо Елисеева и которая засудила Власова и его партнершу Третьякову и не пустила их в сборную, тоже жива. И сама Третьякова, которая его бросила, вполне благополучна. Какая-то странная выборочность получается. Одним он мстит, другим — нет. Почему?

— Он просто не успел, — хмыкнул Дзюба. — Они у него на очереди в черном списке.

— Оптимист! — засмеялась Настя. — А если рассмотреть идею о киллере? Нам с вами очень мешает убедительное алиби Власова. Я уверена, что если мы попытаемся проверить два первых эпизода — Носуленко и полицейского из Перми, — то получим все тот же результат. Как у Власова с финансами? Есть у него возможность нанять человека для исполнения своего масштабного акта возмездия?

— С финансами туго, — отозвался Антон. — И живет небогато. И за картины получает не сказать, чтоб много. И образ жизни ведет такой, какой не ведут люди, имеющие свободные деньги. А ведь у нас пять эпизодов, ну, в крайнем случае, четыре, если Носуленко все-таки действительно убил тот работяга, которого посадили. Это же огромные деньги.

— Плохо. — Настя постучала концом фломастера о столешницу. — Совсем плохо. Для того чтобы идти с этой версией к вашему следователю, нужна четкая система аргументов. Власов как подозреваемый у нас с вами не проходит. Или...

Она задумалась, глядя на площадку лестницы в том месте, где был поворот. На светлом дереве подрагивала серая тень, имевшая вполне объяснимую конфигурацию. Просто удивительно, как такое громоздкое неуклюжее тело смогло переместиться от дверей Санькиной комнаты до лестницы совершенно бесшумно. Поистине, стимул — великое дело. И невозможное становится возможным...

— Петя, ну-ка марш отсюда, — сказала она, чуть повысив голос. — Не имей дурной привычки подслушивать взрослых дяденек и тетенек, ты еще маленький для таких разговоров.

Петруччо послушался безропотно, но на пути назад его шаги были слышны весьма отчетливо: он больше не прятался.

«Глупость какая-то во мне взыграла, — весело подумала Настя. — Вредничаю, как детсадовский малыш. Неужели у меня начинается маразм и я постепенно впадаю в детство?»

Так что там сказал Ромка, зачитывая свои записи? «Мы на такое не обижаемся. Все же все понимают. Это закон стаи. Каждый думает только о себе и своей карьере, это нормально. Каждый выгрызает свой кусок и никому не отдает. Но и зла за такое же поведение со стороны других мы не держим. Мы все такие. У нас по-другому нельзя». Как это можно интерпретировать? Третьякова думала о своей карьере, а не о больном колене Власова, и она не стала его ждать и сменила партнера. Укладывается в схему? Более чем. Судья Ярцева выполняла указание Федерации, от которой зависима. Не послушается — ей перекроют кислород и судить она будет какие-нибудь соревнования на первенство водокачки, а уж о выезде за границу за счет бюджета Федерации и мечтать нечего. Тоже можно понять. Елисеев вообще ни в чем не виноват.

А теперь рассмотрим в рамках этой же концепции тех, кто уже стал потерпевшим. Полицейский из Перми боролся не за карьеру, а за собственный карман. Ай-ай-ай, как некрасиво... Галина Носуленко не спортивную карьеру делать стремилась, а выйти замуж за москвича с квартирой и пристроиться в столице. Инна Ефимова тоже карьерой не рисковала, а пыталась набить кошелек каждой подворачивающейся на ее пути копейкой. Плохая какая тетя... Грант Артурович Ганджумян спортом вообще не занимался, сыночка пропихивал, за что и заплатил немалую денежку. И если закрыть глаза на убийство Михаила Болтенкова, то отлично выводится формула: любые поступки, связанные с собственной (именно собственной! Это важно!) карьерой, спортивной или какой-то другой, преступник может принять и готов понять и простить. А вот за поступки, продиктованные чистой жадностью, ненасытностью или тщеславием, он готов мстить.

Тогда все получается. Все. Кроме Болтенкова. Нет такого поступка, за который Власов мог бы его ненавидеть. Болтенков сделал его чемпионом, Болтенков добровольно отдал его другому тренеру, который готов был развивать в юном спортсмене талант парника, хотя отдавать перспективных спортсменов, тем более чемпионов, за которых идут надбавки к зарплате, никто не любит и за них бьются до последнего. Более того, впоследствии Михаил Валентинович взял Власова к себе на работу вторым тренером, пока тот учился в институте. Отношения у них всегда были прекрасными, ни одного конфликта.

Слишком много допущений. Слишком много. Алиби Власова говорит только о том, что у него есть невыявленный пока оперативниками источник значительного дохода, который позволяет ему платить какому-то наемнику. Вероятно? Вполне. Раскрытое убийство Галины Носуленко может оказаться следствием подтасовки и выбивания показаний и признаний, это у нас случается сплошь и рядом. Может такое быть? Может, и еще как! Использование ножа при убийстве Ефимовой — результат обдумывания ситуации и осознанного принятия решения о выборе орудия преступления с учетом места и времени. Реально? Ну... если этот наемник достаточно разумен и опытен в своем деле, то вполне.

Но Болтенков, Болтенков... С ним ничего не получается.

Значит, либо Настя ошиблась и формула подбора жертв какая-то другая, либо Михаила Валентиновича Болтенкова убили совсем другие люди и по совсем другим причинам.

Либо...

— Либо мы, — она не заметила, как концовку своих размышлений произнесла вслух, — чего-то не знаем о Болтенкове.

На нее уставились две пары изумленных глаз: темные и внимательные — Антона и Ромкины — ярко-голубые и азартные.

— Что вы на меня так смотрите? — сердито спросила Настя. — Вставайте, поехали к жене Болтенкова.

— Она ничего не знает, — удрученно проговорил Дзюба. — Она вообще к спорту отношения не имеет, врач МЧС, и в то время, когда Власов тренировался у Болтенкова, они еще не были женаты. С ней и Федя Ульянцев разговаривал, и я, и Баглаев ее допрашивал. Она совсем не в курсе спортивных дел.

— Но у него была первая жена, — добавил Антон. — И кстати, ее Баглаев не допрашивал.

— Данные на нее есть?

Антон вопросительно посмотрел на Дзюбу, в очередной раз за сегодняшний день почувствовав укол самолюбия: это ж надо было так наплевательски относиться к делу! Позор и стыдоба. Хорошо, что он хотя бы спохватился не слишком поздно. Возможно, упущенное еще можно наверстать. Слава богу, Ромка не подвел, он действительно пахал на этом деле за двоих.

— Есть, — Роман открыл блокнот, — и имя, и адрес, и место работы. И телефон тоже есть.

— Звони, договаривайся, — скомандовала Настя. — Я пока быстро на стол намечу, нам надо поесть, а то если поедем — вообще неизвестно, когда до куска хлеба доберемся.

Вообще-то план на сегодняшний день у нее был изначально совсем другим, и работа с Антоном и Ромкой в него никак не входила, зато входила поездка в супермаркет за продуктами и приготовление еды для мужа, племянника и Петруччо. Саньку и

Петю ей удалось накормить из того, что нашлось в холодильнике и в шкафах, но вот ни поесть самой, ни накормить двух сильных здоровых молодых мужчин этими скудными остатками уже не удастся. И все равно надо что-то придумать, хоть горячие бутерброды, что ли... Правда, положить на них нечего: ни колбасы, ни сыра не осталось, все пошло на Петькин обед. Но, в конце концов, если намазать кусок хлеба маслом и подогреть в духовке, то со сладким чаем вполне потянет. Все лучше, чем совсем ничего. Правда, можно сварить быстренько макароны, заправить их тем же маслом и посыпать сахаром, так ее саму когда-то кормили, когда в Москве трудно стало с продуктами и далеко не всегда можно было купить в магазинах то, что хочется. Короче, выкрутится она как-нибудь, ничего, главное — парни с голоду не опухнут.

Ромка разыскал первую жену Михаила Болтенкова, работавшую учителем физкультуры в московском лицее, и договорился о встрече.

— Вот ведь причуды жизни, — задумчиво говорил он, жуя горячий промасленный черный хлеб и запивая крепким сладким чаем, — сидим в таком шикарном доме, построенном в таком дорогом месте, то есть практически миллионеры и всякие там олигархи. И едим пустой хлеб.

— Конечно, — со смехом откликнулся Антон, — в таком доме нужно поедать омаров под французским соусом и запивать изысканным вином! Ромка, в тебе бурлит чувство гармонии?

— И бурлит. — Дзюба хитро посмотрел на него. — И, между прочим, мое природное чувство гармонии противится тому, что тебя Анастасия Павловна называет на «вы». Не заслужил ты такого обращения, Тоха, не дорос еще.

— В самом деле, Анастасия Павловна, — обратился Антон к Насте, которая, держа в левой руке точно такой же кусок горячего хлеба, составляла список продуктов, которые необходимо будет купить на обратном пути. Она так увлеклась своим занятием, что прослушала начало диалога и встрепенулась только тогда, когда услышала свое имя.

— А?

Она оторвалась от списка и подняла голову.

— Я говорю: почему вы меня на «вы» называете? Ромку на «ты», а меня на «вы». Это как-то неправильно. Ромкино чувство гармонии протестует, да и мне неловко.

Настя с интересом посмотрела на Сташиса. А в самом деле, почему? Как-то так сложилось. Они познакомились два с половиной года назад, когда вместе работали над преступлением, совершенным в театре. Тогда Антону еще не было тридцати, но он выглядел очень серьезным и очень... каким-то взрослым, что ли. Зрелым. И умело держал дистанцию. У нее просто язык не поворачивался обращаться к нему на «ты». Теперь, когда их знакомству уже не один год, можно было бы и сменить форму обращения, но Антон, тяжелый, нервный, постоянно злой и напряженный, к этому не располагал. То ли дело Ромка — открытый, искренний, добрый.

— Хороший вопрос, — улыбнулась она. — Боюсь, ответ вам, Антон, не понравится.

— Ничего, я потерплю, даже если неприятно.

— Ну, смотрите, сами напросились... — Она испытующе глянула на него, словно проверяя на прочность: выдержит ли? — Вы не располагаете к доверительному общению и к панибратству. От вас веет холодом. Раньше, кстати, вы таким не были, я ведь хорошо помню вас, каким вы были осенью десятого года, когда мы познакомились. К панибратству вы и тогда и не располагали, но от вас исходило человеческое тепло, участие, готовность помочь. А сейчас вы стали другим. Извините, если обидела вас.

Он помолчал, тщательно вытирая испачканные маслом пальцы бумажной салфеткой, потом широко улыбнулся.

— Вы очень правильно все подметили, Анастасия Павловна. И возразить мне нечего. Давайте так: с сегодняшнего дня я перестаю быть недобрым и холодным, а вы начинаете обращаться ко мне на «ты». Договорились?

— Вполне, — рассеянно кивнула она, пробегая глазами список.

Надо добавить еще пару позиций, пока не забыла. Зато потом в магазине можно будет не напрягать память и просто смотреть в бумажку, не боясь упустить что-то нужное.

Перед уходом Настя перевернула схему расчерченной стороной вниз и, смеясь над собой, аккуратно положила несколько едва заметных меток. Если Саня и Педро проявят любопытство, это сразу же станет очевидным. Конечно, с ее стороны — абсолютный детский сад — штаны на лямках, но ей действительно интересно, захотят они посмотреть, над чем тут работали взрослые дяди и тети, или нет.

* * *

В теплую погоду занятия по физподготовке проводились в лицее на открытой спортплощадке. Именно здесь, на недавно выкрашенной в яркий зеленый цвет скамеечке, и сидела первая жена Михаила Болтенкова, ожидая оперативников. Увидев, что их трое, женщина сильно удивилась.

— Ой, как вас много-то! Я думала, кто-то один придет... Кто из вас мне звонил?

— Я. — Дзюба сделал полшага вперед. — Это я звонил.

С тех пор как Владимир Власов тренировался у Болтенкова, прошло не меньше полутора десятков лет, и они были готовы к тому, что жена тренера ничего не вспомнит. Но она вспомнила. И очень скоро стало понятно почему.

— Володя Власов был очень хорошим спортсменом, Миша всегда был им доволен, хвалил, радовался его успехам. Не помню ни одного конфликта между ними, хотя в той среде это довольно редкий случай.

— Почему же Власов перешел в другую группу, если все было так безоблачно? — поинтересовался Антон.

— Это была некрасивая история, — грустно усмехнулась она. — Миша банально продал мальчика Милочке Волынец. У нас в тот момент была трудная ситуация. Девяносто четвертый год, МММ... Ну, вы понимаете. Мы потеряли все, на что рассчитывали. А тут Милочка, которой нужен хороший мальчик подходящего роста, сложения и возраста, чтобы поставить его в пару. Конечно, просто так чемпиона никакой тренер не отдаст, это ведь прибавка к зарплате, не бог весть какая, но все-таки. И Миша сказал, что, если Милочка заплатит, он не станет удерживать Володю, более того, даже постарается сам объяснить ему, почему у Волынец Володе будет лучше.

— А Власов знал, что его продали? — спросила Настя.

Бывшая жена Болтенкова пожала плечами.

— Скорее всего, нет. Откуда? Ни Миша, ни Милочка не могли ему этого сказать. Ни один тренер не скажет такого спортсмену. А больше никто и не знал, только Миша, Милочка и я.

— Вы уверены, что ни Михаил Валентинович, ни Людмила Всеволодовна не рассказали об этом вообще никому? Ведь Власов мог узнать о том, что его продали, не от тренера, а от кого-то со стороны.

— Мог, — согласилась Болтенкова. — Но тут уж я ничем вам не помогу. Я не знаю. Сама я никому этого не рассказывала. А за Мишу и Милочку не поручусь. Хотя маловероятно, чтобы они трезвонили об этом на всех углах.

Они вышли с территории лицея и направились к месту, где оставили машины.

— Где у нас Волынец? — спросила Настя, открывая дверцу своего служебного «Пежо».

— В Венгрии, — уныло ответил Сташис.

— Когда вернется?

— Недели через три, не раньше.

— Номер телефона есть?

— Есть. Звонить?

— Звони. Не лететь же нам в Будапешт, — улыбнулась Настя. — Конечно, вопрос скользкий, отвечать на него ей будет в любом случае неловко, но ты уж постарайся сформулировать так, чтобы она ответила.

Антон кивнул и достал мобильник.

— Людмила Всеволодовна, позвольте еще один вопрос, — начал он, едва представившись и даже не поинтересовавшись, удобно ли ей разговаривать. — Как вы думаете, Власов мог узнать от кого-нибудь истинную причину, по которой он оказался в вашей группе?

«Молодец, — подумала Настя одобрительно. — Грамотно. Без нажима, без пафоса, без обвинений и вообще без этических оценок. Только факты».

Неизвестно, удобно или нет было в тот момент разговаривать Людмиле Волынец, но в том, что Антон попал на ее крайне раздраженное настроение, можно было не сомневаться. Он молча слушал доносящийся из трубки голос, то и дело срывающийся на фальцет, потом так же молча сунул телефон в карман.

— Ты даже не попрощался, — удивленно заметил Роман. — И не поблагодарил.

— А она трубку бросила, — ответил Антон. — Короче, она сама же Власову об этом и сказала. Он, когда работал у Носуленко, однажды пришел к ней посоветоваться по одному вопросу, зашел разговор о тренерской этике, о переманивании спортсменов, коснулись Болтенкова, и она Власову рассказала. К слову пришлось. По крайней мере, она так говорит. Я хотел спросить, как Власов отреагировал на эту информацию, но она отключилась.

— Значит, придется звонить еще раз, попозже, когда она остынет, — сказала Настя. — А пока нам и этого достаточно. Власов знал о том, что Болтенков его продал. И все укладывается в формулу: Волынец купила его ради собственной тренерской карьеры, поэтому к ней у Власова претензий нет. А вот Болтенков продал его исключительно ради материальной выгоды. Все сошлось.

Антон пообещал через некоторое время перезвонить Волынец.

— Будем надеяться, что она придет в сознание, — усмехнулся он. — И ответит на остальные мои вопросы.

— Хорошо, — кивнула Настя. — А мы с Ромой поедем назад.

— Вы с Ромой? А что, он теперь вам подчиняется, а не мне? — рассмеялся Антон, и Настя отметила, что еще вчера Сташис, пожалуй, откровенно разозлился бы на такие ее слова, а сегодня добродушно похохатывает. — А нельзя наоборот? Пусть Ромчик сам пашет, как умеет, а вы мною покомандуете, мне так спокойнее будет.

— Ну уж нет, — Настя тоже рассмеялась в ответ. — Мне нужна примитивная мужская сила, чтобы доперет сумки с продуктами. И кроме того, мне нужен человек, любящий и умеющий искать информацию в интернете. Ведь ты же не любишь, правда, Антон?

— Что есть — то есть, — признался Сташис. — Почему-то не лежит у меня душа к этому делу.

— Вот и ладно. Зато у тебя есть возможность вернуться домой и побыть с детьми, а мы с Ромкой уж сами как-нибудь.

Она уже завела двигатель, когда Антон стукнул костяшками пальцев в переднее правое окно с той стороны, где сидел Дзюба. Настя нажала кнопку, опуская стекло.

— Ром, вопрос такой...

Было видно, что Антону неловко, и Настя решила, что причина этой неловкости — она сама. Наверное, майор хотел бы, чтобы она не слышала. Пришлось сделать вид, что срочно понадобилось что-то в багажнике. Однако дело оказалось в другом. Антон не пытался говорить тихо, и ей все было отлично слышно.

— Твоя Дуня каждый день работает?

— Ну да, — ответил Дзюба недоуменно, — с десяти до семи. Но у них скользящий график, чтобы получалось по два выходных подряд, ломбард-то работает шесть дней в неделю. А в чем дело? Что-то заложить надо? Или оценить?

— Ищу варианты, кого бы просить Ваську с айкидо забирать по вечерам. Ну, на тот случай, если Эля уйдет. Утром-то я сам могу и Степку в сад, и Ваську в школу закинуть, а вот встречать уже никак не получается. Как ты думаешь, можно Дуню попросить? Хотя бы иногда...

Голос у Сташиса был умоляющим и виноватым.

— Да не вопрос ни разу! — уверенно отозвался Ромка. — Конечно, Дуня поможет, и я помогу, если что, мы же с тобой вместе не дежурим, так что если ты на сутках — я всегда подстрахую, не сомневайся. А помнишь, ты мне рассказывал про свою одноклассницу, она с тобой в одном доме живет? Ну помнишь, она однажды еще заходила к тебе, когда мы с тобой раскрытие по ювелиру обмывали. Ну?

— Да, Танька Кошевая, и что?

— Так она же сказала, когда пришла: «Тоша, можно я у тебя посижу хоть полчасика? Не могу больше в этом кошмаре находиться». И сидела с нами, между прочим, часа два, если не больше. Ты говорил, у нее вроде родители сильно пьющие и старший брат с ними заодно поддает.

— Да, было такое.

— Ну вот! — торжествующе воскликнул Ромка. — Чего ты ее-то не попросишь по вечерам с ребятами сидеть? Мне кажется, она с удовольствием будет приходить, ну, может, не каждый день, но все-таки... Она нормальная и к тебе хорошо относится, поможет с удовольствием, да и отсидится в тишине и покое.

Насте надоело делать вид, что то самое необыкновенно важное, что оказалось засунутым в багажник, никак не находится. Она захлопнула крышку багажника и подошла к Антону.

— Еще ты мне, помнится, рассказывал про соседей, супружескую пару, у которых была огромная библиотека и которые очень тебя поддержали, когда ты остался один. И кстати, если я могу быть чем-то полезной, то не забывай про старушку, — улыбнулась она. — Это сейчас я за городом прозябаю, но ситуация временная, и скоро я снова вернусь в Москву. Конечно, у меня работа, как и у тебя, не плановая, но зато свободное время бывает часто. И машина всегда на ходу. И Чистяков на подхвате. Так что имей в виду.

— Спасибо вам, — пробормотал Антон, и Насте почудилось, что он чуть не плачет.

Впрочем, наверное, почудилось. Разве может плакать бравый майор российской полиции, опер с Петровки?

* * *

Внутреннее раздражение, не покидавшее Антона уже много недель, ушло, остались горечь, чувство вины перед Лизой и детьми. И еще боль. Но отчего-то эта боль придавала мыслям ясность.

«Ведь все так просто, — думал он, разворачиваясь на шоссе, — все так очевидно. Я не сделал элементарного. Я не сделал вообще ничего. Как профессионал я — пустое место. Зря Ромчик надеется чему-то у меня научиться. Я подвел его. И себя самого подвел. И вообще всех».

Он приехал к Маклыгиным без предварительного звонка. Ни Павла Анатольевича, ни Валентины Яковлевны дома не оказалось, дверь ему открыла хорошенькая молодая женщина с большим животом.

«Еще чуть-чуть — и в декрет», — отметил про себя Антон.

— Мне папа с мамой говорили, что вы уже приходили, — приветливо улыбнулась будущая мама. — Вы что-то еще хотите спросить?

Антон ответил ей такой же беззаботной улыбкой, хотя в душе у него все ныло и болело.

— Для начала я спрошу, как вас зовут.

— Катя.

— А я — Антон, очень приятно, будем знакомы. — Он осторожно пожал протянутую мягкую маленькую ладошку. — Скажите-ка мне, Катя, у вас дома когда-нибудь были ножи фирмы «Самура», японские?

— Да, — тут же кивнула она, — мы им все время пользуемся, очень удобный.

— Можно взглянуть?

— Ну конечно. Пойдемте на кухню, только не обращайте внимания на наш беспорядок, у нас тут все заставлено...

С момента прошлого визита Антона в квартире мало что изменилось. Порядка, во всяком случае, больше не стало. Дочь Маклыгиных смотрела на гостя так, словно не видела его вообще, вся погруженная в ощущение будущего ребенка. Она даже не удивилась, почему полицейский, приходивший к ее родителям по поводу убийства их бывшей соседки по даче, вдруг спросил про какой-то нож. Ее волновало только одно: материнство.

— Вот, — Катя протянула ему тот самый маленький белый ножик, которым Валентина Яковлевна так ловко резала колбасу и который показался Антону каким-то игрушечным, ненастоящим.

Он внимательно осмотрел нож. Действительно острый. И совершенно невесомый. А вот клейма или логотипа фирмы нет. Как знать, что это действительно «Самура»? Да и какая, впрочем, разница? Ефимова была убита стальным поварским ножом, а не этой белоснежной игрушкой.

— А еще ножи «Самура» у вас есть?

— Где-то должен быть еще один, — Катя задумчиво стала обводить глазами наполовину распакованные коробки, загромоздившие кухню. — Нам подарили набор из двух ножей, это я точно помню. Каждый в отдельной коробочке. Маленьким керамическим мы пользуемся постоянно, как-то он сразу нашелся, когда мы переехали и начали вещи разбирать. А второй, стальной, видно, на дне одной из коробок спрятался, так до сих пор на глаза и не попался. А вы почему спрашиваете? Эти ножи что, ворованные были? — В ее голосе звучало беспокойство. — Или левые какие-то? Но нам их вроде приличный человек подарил, мамина коллега, она доцент, наукой занимается. Откуда у нее ворованные ножи?

Поистине, все в семье Маклыгиных были не от мира сего. Антон не стал пугать беременную молодую женщину и ухватился за ее же собственную версию.

— Но клейма-то нет, — заметил он. — Так что вполне вероятно, что коллеге вашей мамы подсунули левый товар под видом фирменного. Давайте попробуем вместе поискать второй нож.

— Да, конечно, — кивнула Катя, присела на табурет и пододвинула к себе одну из коробок.

Антон устроился на полу и занялся второй коробкой. Всего коробок, разобранных наполовину, на треть, а то и вовсе не распечатанных, было около десятка. Если совсем не повезет, то придется разбирать все до последней.

Но ему повезло. Уже из третьей коробки Катя торжествующе вытащила длинный прямоугольный черный пенал с надписью «Самура».

— Вот он! Я же говорила: на самом дне притаился.

— Позвольте!

Антон буквально выхватил у нее из рук коробку и открыл. Внутри ножа не было. Судя по конфигурации ложа, это был точной такой же нож, каким убили Инну Викторовну Ефимову.

— А где нож? — спросил он, стараясь не выдать волнения.

— Разве его там нет? — удивилась Катя. — Он должен быть в коробке, мы им совсем не пользовались, ни разу. Нам эти ножи подарили к новоселью, когда мы еще на старой квартире вещи укладывали. И мы, когда переехали сюда, маленький ножик сразу нашли и пустили в оборот, а до большого все руки не доходили. Куда же он мог деться? Он же на самом дне лежал, мы эту коробку не разобрали еще... — растерянно приговаривала Катя, снова и снова перебирая извлеченные из коробки предметы, словно какой-то из них по мановению волшебной палочки мог из шумовки или венчика превратиться в стальной поварской нож.

— А украсть нож не могли?

— Господи, да кто же мог украсть? — Катя посмотрела на него бездонными сияющими глазами, в которых не было ничего, кроме легкого недоумения. — Кому нужен столовый нож?

— Ну, мало ли... Может быть, кто-то помогал вам складывать вещи? Знаете, часто в момент переезда зовут друзей, соседей, родственников, чтобы помогли, одним-то бывает трудно справиться.

— Это да... — она улыбнулась тихой улыбкой Мадонны. — Соседи помогали. И Юрин друг помогал тоже, он как раз в Москве по делам был, у нас останавливался. Но он не мог украсть, он же Юрин друг, они с детства вместе... Нет, вы на него даже не думайте. Вы ведь не думаете, что это Игорь?

Катя вдруг забеспокоилась.

Значит, Игорь. С детства вместе с Юрием Шокиным, то есть земляк. Уж не брат ли это погибшей девушки?

— Ничего страшного, — поспешил утешить ее Антон, — может быть, и в самом деле кто-то из ваших взял его и куда-то переложил. Вот ваши родители вернутся — вы у них спросите, хорошо? Когда они вернутся?

— Вечером, у них в институте какое-то важное мероприятие.

— Кто-нибудь еще проживает с вами? — Он старательно делал вид, что ничего не знает и специально ничем не интересовался.

— Еще мой муж, Юра.

— Когда он вернется домой? Он сейчас на работе?

— Да, — кивнула Катя, вид у нее был расстроенный, — он в рейсе. Через четыре дня вернется.

— Вот и славно, — улыбнулся Антон. — Когда вернется, у него тоже спросите.

«Но я все равно спрошу у него раньше», — подумал Сташис, спускаясь на лифте вниз.

И в общем-то почти понятно, какой ответ он получит.

* * *

Войдя в дом, Настя Каменская первым делом проверила метки. Ну конечно, как и ожидалось, компьютерные гении не страдали отсутствием самого обычного мальчишеского любопытства. Мало того что ни одной метки на месте не оказалось, так еще и лист со схемой лежал не так, как она его оставила. То есть Саня и Педро его переворачивали, и не один раз.

Вероятно, схема, в которой они так ничего и не поняли, сильно взбудоражила юные умы, потому что впервые за все время, что Настя жила в доме брата, ее появление оказалось замеченным.

— Настя, это ты? — раздался сверху голос племянника.

— Это мы! — откликнулась она.

— А вас сколько?

— Две штуки. Ромка и я. Где Чистяков?

— В кабинете, кажется.

Невероятный прогресс! Еще совсем недавно Саня даже не замечал отсутствия тетки и страшно удивлялся, когда выяснялось, что ее нет дома. А сейчас не только услышал, как она пришла, но и оказался в курсе, где находится теткин муж.

«Не иначе завтра красный снег пойдет», — с улыбкой подумала Настя, разгружая продукты из пакетов и раскладывая их по шкафам и полкам холодильника.

Оставив Дзюбу одного, она зашла в кабинет, где Леша работал, когда не ездил в свой институт. Мужа она застала разговаривающим по телефону, причем голос у него был сердитый: судя по репликам, он выговаривал кому-то за нарушение сроков представления плановой работы. Алексей жестом попросил ее подойти, не прерывая словесной выволочки, усадил к себе на колени и чмокнул в висок.

— Ну и кого ты так распекал? — спросила Настя, когда он закончил разговор.

— Да ты ж понимаешь, — усмехнулся он, — у любого начальника всегда масса возможностей, подчиненных-то много, так что найти, кому намылить шею, раз плюнуть. Ты одна приехала?

— С Ромкой.

— Опять коммунистический субботник устраиваешь?

— Ну а как без этого? — засмеялась Настя, крепче прижимаясь к мужу. — Бесплатный труд на основе голого энтузиазма — это единственное, чем можно хоть когда-нибудь побороть преступность. Поможешь?

— Куда я денусь? Помогу, конечно. Но в обмен на еду. А то дома шаром покати.

— Я все привезла, сейчас приготовлю.

— Ладно. — Чистяков легко столкнул жену с колен и поднялся из-за стола. — Еду в четыре руки приготовим, так быстрее получится, а всех рабов в это время сгоним на плантации.

— Думаешь, прокатит? — с сомнением спросила она. — Ромка-то готов, он именно для этого и приехал, ты поможешь, я потом подключусь. А вот за молодую поросль не поручусь.

— Не волнуйся, — фыркнул Чистяков. — Судя по тому, какие круги они выписывали вокруг вашей схемы, которую ты так ловко оставила на столе, поросль готова потрудиться. Оба просто умирают от любопытства.

Он не ошибся. Едва Дзюба успел включить Настин ноутбук, а сама Настя вместе с Алексеем взялись за ножи и загромыхали кастрюлями и сковородками, как тут же нарисовались Санек и Петруччо. Лица у них были дело безразличными, но глаза сверкали азартом.

— Настя, а пожрать когда будет? — спросил Санек, блуждая взглядом вовсе не по разложенным на кухонном столе продуктам, а по большому столу в столовой, на котором лежала многострадальная схема и за которым уже работал Роман.

Петя явно был попроще, притворяться или не любил, или не умел, поэтому голодного изображать не стал, а просто грузно протопал к большому столу и встал за спиной Дзюбы, нахально всматриваясь в появляющиеся на экране строчки.

— А ты чего делаешь? — бесхитростно спросил он.

Дзюба не ответил, кинув вопросительный взгляд на Настю: мол, можно отвечать?

— Инфу ищем на Власова, — ответила она. — На того самого, которого вы в прошлый раз нашли.

— Так мы ж вроде все собрали, — удивился Петруччо. — Вы сами тогда сказали: все, достаточно.

— Это тогда было достаточно, а сейчас мало, надо больше. Хочешь принести реальную пользу обществу — садись и ищи, — сказала Настя, помешивая в кастрюле очередную кашу для Санька. — Не хочешь — вали наверх и не отсвечивай здесь, когда ужин будет готов — позову.

— Насть, а чейндж можно? — задал неожиданный вопрос Санек. — Мы тебе инфу на Власова накопаем, а ты мне вместо каши картошки жареной дашь. Я кашу эту видеть уже не могу.

— Не можешь — не смотри, — она равнодушно пожала плечами. — Ешь с закрытыми глазами. А инфу мы и без тебя накопаем, нас трое — Леша, Ромка и я, вполне достаточно.

— Ну ладно, ну чего ты, — забурчал Санек, двигаясь назад к лестнице. — Пошли, Петруччо.

Когда за ребятами закрылась дверь на втором этаже, Настя ткнула Чистякова локтем в бок.

— Как ты думаешь, это что означало?

— Они все сделают, — уверенно ответил Алексей. — Можешь не сомневаться.

Приготовление ужина для троих здоровых мужчин, одного язвенника и одной дамы средних лет со средним аппетитом заняло больше часа. Чтобы не мешать углубившемуся в работу Дзюбе, Настя накрыла стол на кухне. Обычно они не собирались за столом все вместе, племяннику и его другу она относила поднос с едой наверх, а одновременно с Чистяковым они, как правило, только завтракали: графики у них были несовпадающими. Конечно, если ужинать впятером, то правильнее было бы накрыть именно в столовой, которая для этого и предназначена, но в данный момент столовая использовалась как рабочее место. Ладно, ничего, потеснятся как-нибудь. Она решила в этот раз не подниматься наверх с подносом. Алгоритм надо периодически менять, это, похоже, идет на пользу Саньку.

Она собралась было уже позвать Санька и Петю, когда Дзюба оторвался от компьютера.

— Анастасия Павловна, чего-то я не пойму... Фигня какая-то получается...

— Что такое?

Она мгновенно подскочила к нему, забыв о том, что на тарелках остывает еда.

— Да тут про Власова такое... Может, это не тот Власов? Ну не может же такого быть! Или Тоха сам ошибся. Хотя он обычно в людях не ошибается. Вот, смотрите сами, я тут кое-что скопировал и в один файл собрал.

Настя быстро пробежала глазами набранные разными шрифтами строчки. Ничего себе! Бывший фигурист Владимир Власов, оказывается, является завсегдатаем нескольких клубов с не самой чистой репутацией, при этом репутация самого Власова выглядит намного хуже. И «колесами»-то у него можно разжиться, причем в долг, и девочку беременную он обидел, не то бросил, не то публично оскорбил, и карточным шулерством не пренебрегает... И когда же это он все успевает, если, как выясняли оперативники, он ведет размеренный и скромный образ жизни, дважды в неделю встречается с матерью, еще два вечера после работы проводит в спортзале, пишет картины у себя дома. И, кстати, на работу ходит исправно.

— Может, действительно не тот? — с сомнением спросила Настя. — Имя и фамилия самые обыкновенные, полных тезок тысячи наберется.

— Я вот тоже так подумал, поэтому и возился так долго, проверял, — объяснил Дзюба. — Нет, там есть упоминание и про фигурное катание в прошлом, и про работу в «Оксиджене». Правда, там не конкретно «Оксиджен» назван, но сказано, что он какой-то менеджер в какой-то крупной торговой сети.

— Мы должны быть абсолютно уверены, — твердо сказала она. — Давай быстро к столу, сейчас ребят покормим и впряжем.

На призыв садиться за стол Санек и Петруччо отреагировали, вопреки обыкновению, мгновенно. По лицу племянника Настя видела, что перспектива поедания каши и отварной курицы его ни капли не привлекала, но парень изо всех сил держал себя в руках и мужественно давился опостылевшей диетической едой, бросая завистливые взгляды в чужие тарелки.

— А чего ты не капризничаешь? — невинно осведомилась Настя. — Я уж привыкла. Без твоих капризов как-то даже скучно за столом. Давай, начинай, я приготовилась.

— Да ну тебя, — буркнул Санек. — Чего там с вашим Власовым-то? Нашли, чего хотели?

— А тебе не все равно?

— Не, ну это я к тому, что мы там тоже... Ну, порылись кое-где... Так что если интересно...

Настя не выдержала и расхохоталась. Господи, как же просто на самом деле управлять этими мальчиками, которые, казалось бы, такие взрослые, так много всего знают и умеют, чего не знает и не умеет она сама. Нет, поистине компьютерная грамотность не заменяет знания жизни.

— Да мы тут тоже не лаптем щи хлебаем, — деловито сообщил Чистяков. — Ромка уже нашел все, что нужно.

— И про таблетки, которые он втридорога под видом «экстази» толкал? А на самом деле это какая-то лажа из аптеки была? — недоверчиво прищурившись, спросил Петруччо.

— Ага, — кивнул Дзюба, энергично пережевывая кусок жареного мяса. — Клуб «Джойстик». Точно?

— Ну, — в голосе Пети послышалось разочарование. — А про деньги, которые он у всех одалживает и никогда не отдает?

— Это у всех подряд, — откликнулся Роман. — Но больше всего претензий у тех, кто тусуется с ним в «Грязном шакале» или в том же «Джойстике».

Санек и Петруччо совсем сникли. Насте даже стало жаль их.

— А про то, что он на самом деле не работает? — вдруг спросил Петя. — У него якобы трудовая книжка лежит в какой-то фирме, но он там вообще не появляется?

А вот это уже интересно! Как это не появляется? Настя испытующе посмотрела на Дзюбу.

— Анастасия Павловна, да чтоб я пропал! — возмущенно заговорил Роман. — Работает он там, я сам проверял, он был на месте. И Антон проверял. И в переписке сотрудников «Оксиджена» он все время мелькает как любовник Ольги Виторт, которого она взяла на работу и покрывает его безделье. Но там речь шла именно о том, что он плохо работает и ничего не может, а не о том, что он в офис не ходит. Ходит он, вот чем хотите отвечу!

Вот как, значит...

Она быстро собрала грязные тарелки, засунула их в посудомоечную машину и достала чашки с блюдцами.

— Чай-кофе каждый наливает себе сам и пьет на рабочем месте, — объявила она тоном, не предполагающим никаких даже попыток возразить. — Значица так, слушай мою команду: кто-то сливает в интернет порочащую Власова информацию. Это совершенно очевидно. Я должна не позднее завтрашнего утра получить ответ на вопрос: кто это делает? Задание всем понятно?

Ответом ей были звуки отодвинувшихся стульев и быстрых шагов по деревянным ступенькам вверх.

— Эй! — крикнула она вслед убегающим Саньку и Петруччо. — Предупреждаю: я вам чай наверх не понесу. И кофе тоже. Сегодня у нас полное самообслуживание!

— Ага! — донеслось ей в ответ.

Дзюба расстроенно смотрел на открытый ноутбук.

— Анастасия Павловна, с вашей машинки я ничего такого сделать не смогу. Нужно программное обеспечение, как у вашего племянника.

— У моего брата в кабинете стоит мощный комп, иди туда и работай, — предложила она. — Если Алексей Михайлович не возражает, конечно.

— Алексей Михайлович как раз таки возражает, — вмешался Чистяков. — У меня там программа запущена. Конечно, у меня есть ноутбук, но в нем программная начинка такая же, как в этом. Для хакерства не приспособлен.

— Значит, будем ждать, — Настя пожала плечами. — Ребята сделают. Рома, если хочешь — поезжай домой.

— Да вы что, Анастасия Павловна! — возмутился Дзюба. — Я дождусь. Давайте я, может, еще покопаюсь, вдруг чего найду интересного.

— Ну, копайся, копайся, — разрешила Настя.

Она навела порядок на кухне и вышла на террасу с чашкой кофе. Села за стол, с наслаждением закурила, сделала первый глоток — самый вкусный, самый сладкий. Она любила эти вечерние часы, когда спускалась темнота и затихали звуки цивилизованной жизни, оставляя лишь те, что принадлежали природе: шелест листьев, голоса птиц, тихое жужжание невидимых насекомых...

Благолепие оказалось нарушено инородным звуком притормозившей перед воротами машины. Забор вокруг дома и участка Александра Каменского глухой, и что это за машина остановилась — непонятно. Через несколько секунд зазвонил Настин мобильник.

— Анастасия Павловна, вы еще не спите? — послышался голос Антона Сташиса.

— Да куда там спать, — усмехнулась она. — Тут полный аврал.

— И Ромка у вас?

— А как же! Главный труженик!

— Можно мне зайти? Не поздно?

— Так это ты там перед воротами стоишь? — догадалась она.

— Ага, я.

Она достала из кармана брелок, нажала кнопку, открывающую ворота.

— Заезжай.

Антон медленно въехал на территорию, аккуратно поставил машину, вышел и поднялся на террасу.

— Вы извините, что я приехал. Но я подумал, что... В общем, у меня есть новая информация, и надо бы ее обсудить. Потому что вы правы, тянуть больше нельзя, надо завтра идти с этим к Баглаеву.

— Кофе хочешь? — предложила Настя.

— Потом, если можно. Сначала я скажу... Короче, Ефимову надо исключать из списка. У меня есть как минимум двое подозреваемых, и ни один из них — не Власов. Власов ее, похоже, не убивал.

— Так это же замечательно! — обрадовалась Настя. — У нас вся схема перекособочилась из-за ножа, которым убили Ефимову. А так у нас остаются только огнестрелы. Рассказывай. А потом я тебе кое-что расскажу, тоже интересное.

Она внимательно выслушала рассказ о семье Маклыгиных, о погибшей в пожаре девушке из маленького провинциального городка и о пропавшем японском кухонном ноже.

— Н-да, — протянула она, — нехорошо получается. С деньгами-то, а?

— Вот видите! — горячо подхватил Антон. — Это мой косяк. Я должен был сразу сообразить. А до мсня только сегодня утром доперло. Вот вы сразу суть ухватили. Конечно, тот факт, что пожар был два года назад, а убили Ефимову только в марте этого года, меня с толку и сбил. Я был уверен, что одно с другим не связано, уж слишком много времени прошло. Но меня все время внутри царапало что-то... Что-то, связанное с деньгами и переездом. Никак не мог сосредоточиться и додумать все до конца. А сегодня как осенило.

— Конечно, — кивнула Настя, — я понимаю. Зять Маклыгиных не знал, сколько конкретно заплатила Ефимова за участок. Ему сказали: много, достаточно, чтобы купить просторную квартиру в Москве. А считать деньги в чужом кармане и задавать прямой вопрос тестю с тещей он постеснялся. Он шофер-дальнобойщик, много времени проводит в рейсах, и поиском новой квартиры и продажей старой занимались сами Маклыгины и их дочь. А они, как ты сам уверяешь, все не от мира сего, неделовые, доверчивые. И только когда выяснилось, на какую именно квартиру хватило тех денег, Юрий Шокин и понял, сколько на самом деле заплатила за участок Ефимова. Потому что, если бы она заплатила по-честному, как он и думал раньше, этой суммы хватило бы на куда более просторную квартиру и куда ближе к центру. Шокин ведь как рассуждал? Поджог имело смысл устраивать только с одной целью: купить участок задешево. Если цена участка не снижена, значит, Ефимова ни при чем и это действительно был несчастный случай. А вот когда Шокин узнал, что цена оказалась снижена чуть ли не вдвое, если даже не втрое, в нем окрепла уверенность, что это был именно поджог. И девочка, сестренка его друга, погибла не случайно, а в результате преступных действий. Вот почему он задумал и осуществил свою месть только сейчас.

— Или он, или его друг, брат погибшей, — заметил Антон. — Игорь Журихин. Он как раз в конце марта был в Москве, жил у Маклыгиных и даже помогал им с переездом. И имел все возможности позаимствовать у них японский нож «Самура».

— Складно, — кивнула Настя. — А что Журихин этот? Где он сейчас?

— По месту жительства его нет, это я успел выяснить.

— Значит, он может быть здесь, в Москве?

— Вполне. Почему нет? Теперь вы рассказывайте, что у вас тут нового, вы же обещали.

Настя вздохнула, сделала последний глоток из чашки — кофе давно остыл и теперь казался отвратительным на вкус.

— А у нас, Антон, полная непонятка. Ты уверен в своих впечатлениях о Власове?

— Ну... Вообще-то в последнее время я уже ни в чем не уверен, — признался он. — Что-то у меня косяк на косяке. Я в чем-то ошибся?

— Или ты ошибся и Власов далеко не так тих и безобиден, как тебе показалось, или кто-то с непонятной целью сливает в интернет заведомо ложную информацию, порочащую Власова. И сейчас мой племянник и его задушевный друг Петя пытаются выяснить, кто именно это делает. То есть существует некий круг людей, которые знают нашего фигуранта Власова исключительно с негативной стороны. И я хочу понять, что это за круг и вокруг какого стержня он вращается. Но так вопрос стоит только в том случае, если ты не ошибся.

— А если ошибся? — с тоской спросил Антон. — Анастасия Павловна...

— Да не надо, Антон, не надо, — мягко прервала она его. — Я все знаю. Мне уже Владислав Николаевич сегодня позвонил. Лиза, конечно, в истерике не бьется, не по такому фасончику скроена эта девушка, но от разговоров с отцом отказывается, дверь ему не открывает и трубку бросает. Вы расстались, я правильно понимаю?

— Да, — выдохнул он.

— По ее инициативе?

— По моей.

— Понятно.

Ну в самом деле, все было понятно, и обсуждать тут было нечего.

Настя осторожно коснулась рукой ладони Антона.

— Больно? — тихо спросила она.

— Сам не знаю, — признался Антон. — Вроде и больно... Но больше стыдно. Чувствую себя подонком.

— Ты поступил честно, — сказала Настя. — А честно — это почти всегда больно. Как ни странно. Думаешь, почему люди так часто лгут? Да, процентах в десяти всех случаев — для собственной выгоды. А в остальных девяноста процентах случаев — просто чтобы не сделать другому больно. Так устроена наша жизнь. К сожалению. Поздно уже, Антон, тебе, наверное, к детям нужно ехать.

— Их Эля забрала на выходные к себе. Так что я не тороплюсь. Обещал завтра сводить их мороженого поесть, если с работой ничего неожиданного не выплывет. А оно, похоже, выплывет.

Они сидели и молчали на неосвещенной террасе — когда Настя выходила с чашкой кофе, свет еще не был нужен, а теперь вставать уже не хотелось.

С грохотом распахнулась ведущая в дом дверь, на террасу вывалилась живописная группа во главе с безразмерным Петруччо, за мощными телесами которого вполне успешно прятались не только худощавый Санек, но и плечистый крепкий Дзюба.

— А че вы тут в темноте... — начал было Петя и осекся, увидев силуэт, в котором он не сразу опознал Антона.

— Включи свет, пожалуйста, — попросила Настя, — а то мне вставать лень.

Щелкнул выключатель, террасу залило мягким желтоватым светом.

— Вы представляете, чего оказалось-то! — возбужденно заговорил Петруччо.

— Не, ну ты не так рассказываешь, — перебил его Санек. — Ты ж с самого начала давай, чтобы был виден весь масштаб нашего подвига.

— Да иди ты! — отмахнулся Петя. — Короче, там левых ай-пи адресов три кучи, типа заяц петли выписывал, но мы все равно докопались: всю эту инфу сливал один и тот же человек по имени Филипп Орехов. Он...

— Да погоди ты, — снова одернул товарища Санек. — Ты самое главное пропустил. Короче, Насть, мы там проверили все, что писали в личке и в блогах завсегдатаи этих клубов, ну, где якобы Власов тусуется. Так вот, никто никогда этого Власова там не видел и не знает. Ни одного упоминания. Все обсуждалово Власова — под разными именами и с разных адресов, но творчество одного человека — Филиппа Орехова. Не хило, да?

— Не хило, — покачала головой Настя. — И кто он есть, сей светлый муж?

Саня и Петя дружно замолчали и повернули головы в сторону Дзюбы, скромно стоящего в сторонке. Стало понятно, что в какой-то момент ребята работу все-таки разделили, чтобы не ходить друг за другом по пятам одними и теми же тропами. Или это мудрый Чистяков их надоумил?

— Филипп Орехов — единственный сын владельца компании «Файтер-трейд» Вадима Константиновича Орехова, — четко доложил Роман. — Официально — менеджер отдела по работе с ВИП-клиентами, отвечает за поставки в сеть «Оксиджен». Неофициально — балбес, бездельник и разгильдяй.

— Значит, в «Оксиджен», — задумчиво повторила Настя. — А в «Оксиджене» у нас работает Владимир Власов. То есть они вполне могут быть знакомы. И даже наверняка знакомы, раз Орехов так активно поливает его грязью. Видно, чем-то Власов ему сильно насолил. Ну-ка, молодая поросль, быстро по рабочим местам, вскрывайте что хотите, но узнайте мне, что за конфликт между Власовым и Ореховым. В первую очередь, естественно, найдите их переписку между собой. Где у нас Чистяков?

— В кабинете работает, — ответил Санек. — Позвать?

— Не трогай ученого человека, — засмеялась Настя. — У него работа.

— А у нас что? — обиделся Петруччо. — Развлекалово, что ли? Мы ж для дела...

— Для дела, для дела, — успокоила его Настя. — Идите уже.

Племянник с товарищем скрылись в доме, а Дзюба остался, присел за стол рядом с Антоном, вопросительно посмотрел на него:

— Ты давно здесь?

— Давно. Час, наверное.

— А чего приехал? Случилось что?

— Да как сказать... — Сташис пожал плечами. — Вроде я убийство Ефимовой раскрыл. Вот думаю теперь, как не отдать. Это мое раскрытие. А ждать придется еще четыре дня, если никого в известность не ставить и не подключать.

— Да ладно! — не поверил Ромка. — Точно — раскрыл? Значит, сто пудов не Власов?

— Практически, да. Власов ни при чем. У меня двое подозреваемых, надо брать обоих, потому что кто бы из них ни убил Ефимову, второй все равно сообщник. Но один из них дальнобойщик и сейчас в рейсе, вернется во вторник только, а второй вообще неизвестно где, по месту жительства не обнаружен. Одному мне не справиться, а докладывать руководству неохота, сами все сделают, ну, как обычно, а мне только руку пожмут. Ты же понимаешь, им намного приятнее списать Ефимову по графе «бытовые мотивы», чем искать заказчика среди крупных чиновников, которые начнут давить на все рычаги и устраивать им неприятности. Никому связываться неохота. Вон смотри, стоило только чуть-чуть копнуть липу по делу о пожаре — так мне быстро рот заткнули. Так что если я только заикнусь о своей версии, у меня ее тут же отберут, спасибо, если руки не оторвут от радости.

— Проблема... — понимающе протянул Дзюба. — Может, я могу помочь? Неофициально, конечно, потому что меня же в вашей группе нет.

— Подумаем, — кивнул Антон. — Может, что и придумаем. Анастасия Павловна, что-то мне ничего в голову не приходит насчет Власова и Орехова. Орехова я, конечно, не видел, но, судя по тому, что рассказал Ромка, не может у него быть никаких конфликтов с Власовым. Слишком уж они разные, чтобы между ними, в принципе, мог быть хоть какой-то контакт.

— Посмотрим, — вздохнула Настя. — Мне трудно судить, я ни того ни другого не видела. Кстати, надо бы поинтересоваться, где у нас сегодня ночью зависает молодой Орехов. Пятница, самое время закатиться в клубешник до утра. Рома, будь добр, поднимись к ребятам, скажи им, пусть обратят внимание на это, если им удалось уже что-то найти.

— Да я вообще-то и сам могу, — заметил Дзюба. — Если они пустят меня за один из своих компов, то на то, чтобы крякнуть личку, у меня мозгов хватит.

— Ну, давай сам, — согласилась она. — Тебе, кстати, домой не надо? А то ведь дело к полуночи. Скоро последняя электричка уйдет.

— Гоните? — обиделся Дзюба.

— Не-а, — она задорно тряхнула головой. — Проверяю твою готовность служить родине и делу борьбы с преступностью. Если выяснишь, что Филипп Орехов сегодня проводит время в конкретном клубе, то я приглашаю тебя на романтическое свидание. Если ты, конечно, не постесняешься появиться в обществе пожилой, но молодящейся дамы, которая тебе в матери годится.

Дзюба замер на мгновение, потом быстро поднялся.

— Понял, не дурак, — бросил он на ходу и скрылся в доме.

Антон задумчиво посмотрел ему вслед.

— Вы хотите поехать в клуб посмотреть на Орехова? — спросил он.

— А почему нет? Может, познакомиться, а может, и просто со стороны глянуть, понаблюдать. Надо же понимать, с кем мы имеем дело. И что это вообще за дело. Вот дождемся результатов, узнаем, что у него за конфликт с Власовым, и можно выдвигаться. Ромку, конечно, жалко, испорчу я ему репутацию... Но тебя просить не могу, у тебя дети, твоя репутация еще ценнее, — засмеялась Настя. — И потом, ты мало похож на дурачка, которого может использовать нимфоманка пенсионного возраста. А Ромчик вполне подойдет для такой роли.

— А я и не понял, это вы мне сейчас комплимент сказали или обругали, — улыбнулся Антон.

— Я и сама не поняла, — усмехнулась в ответ Настя.

Откуда-то справа раздался истошный гортанный визг, к нему немедленно присоединился еще один голос такого же пошиба, но более низкий.

— Коты задрались, — объяснила Настя. — На соседнем участке у хозяев кошечка какая-то невероятно породистая и не стерилизованная, так к ней ухажеры со всей округи бегают, причем круглый год, не только весной. Особенно часто появляется огромный рыжий котище, он, вероятно, считает себя главным претендентом, типа официального жениха, поэтому, если одновременно с ним, не дай бог, кого-то еще принесет, — драка гарантирована.

— Да, — задумчиво протянул Антон, — животные — это здорово... У меня дочка собаку просит. А сын — кролика. Даже не знаю, когда смогу себе это позволить. Кролик-то еще так-сяк, посадил в клетку — и корми да убирай. А вот собака — это проблема. С ней гулять нужно, причем по часам, а какой у меня режим?

— Антон, Василисе скоро одиннадцать, что ты из нее дитя малое делаешь? Взрослая девочка, спортом занимается. На сборы ездит уже?

— В этом году поедет в первый раз.

— Вот видишь. Взрослая и самостоятельная. Может, пора уже побольше ей доверять? Твоя няня с ней занимается чем-нибудь, кроме школьной программы?

— Ну да, готовить научила, уборку они вместе делают, в магазине вместе продукты покупают. Эля очень много времени тратит на то, чтобы ее всему научить, но...

— Да перестань ты! — Настя досадливо махнула рукой. — Ты себя вспомни в этом возрасте. Небось, прекрасно все умел и мог сделать сам. Перестань держать ее возле юбки, перестань водить за ручку. Ты просто никак не можешь привыкнуть к мысли, что ей уже не пять лет. Вот помяни мое слово: как только Эля выйдет замуж и перестанет у тебя работать, тут же выяснится, что вы отлично справляетесь без няни. Я прекрасно понимаю, чего ты боишься, и я на твоем месте боялась бы точно так же. Но в конце концов для того, чтобы ребенок не ходил один по улицам, вполне можно организовать какую-нибудь молодую пенсионерку, которая будет водить ее из школы в спортсекцию и потом домой. И Степу она домой приведет. И стоить это будет вполне доступно для тебя. А уж дома-то, особенно если ты будешь регулярно закупать продукты, Василиса отлично управится. Ты же знаешь: дети, серьезно занимающиеся спортом, взрослеют раньше своих ровесников. Конечно, будут проблемы в первые месяцы, пока Степка не приучится нормально проводить время дома в полном одиночестве, но и с этим можно справиться. Вот поверь мне, Антон, все не так катастрофично, как тебе кажется сейчас.

Из дома раздались голоса, что-то возбужденно говорил Санек, Петруччо вяло возражал, но все перекрыл мощный бас Чистякова:

— Я сказал — ша! По одному и медленно!

Голоса снова забубнили, но уже потише и по очереди.

— Кажется, есть предмет для обсуждения, — заметила Настя. — Пошли, поучаствуем.

Они поднялись и вошли в дом. Через пять минут расклад стал более или менее понятен. Первое: Филипп Орехов забил стрелку как минимум с двумя приятелями на сегодняшнюю ночь в клубе «Джойстик». Второе: ни с кем из своих корреспондентов Филипп за последние полгода ни разу не обмолвился даже единым словом о том, что у него конфликт с неким Владимиром Власовым. Более того, даже имя этого Власова в личной переписке Филиппа не мелькало. И третье, еще более интересное: в пространстве интернета не обнаружено ни единого контакта между Филиппом Ореховым и Владимиром Власовым. Ни писем, ни сообщений на сайтах. Словно они не были знакомы и никогда друг друга в глаза не видели.

— Но они не могли не видеть друг друга, — заметил Дзюба. — Орехов по должности отвечает именно за поставки в «Оксиджен», то есть он должен был постоянно контактировать с отделом Ольги Виторт, а Власов работает в этом отделе.

— Значит, у них конфликт именно по бизнесу, — сделал вывод Антон. — Поэтому Филипп в личке его не обсуждает, все равно никто из его друзей-приятелей, с которыми он приятно проводит время, Власова не знает и про рабочие проблемы ничего не поймет.

Повисло молчание, при этом каждый понимал, что именно осталось несказанным. Первым нарушил молчание простодушный Петруччо.

— Не, если в это ввязываться, то быстро не получится, там защита такая, что за пять минут не крякнешь. И попасться легко.

— А сесть — еще легче, — добавил Дзюба. — Но все равно если завтра идти к Баглаеву, то можно продавить этот вопрос. Правда, все бумажки оформлять геморройно, но если получить принципиальное добро, то потом уже можно договориться на личном обаянии.

Да, взламывать сайты операторов телефонной связи — дело муторное и небезопасное. А узнать, существуют ли личные контакты между Власовым и Ореховым, просто необходимо. Они, как показала первая, самая поверхностная, проверка, ни на каких сайтах не переписываются и нигде сообщениями и письмами не обмениваются. По крайней мере под своими настоящими именами. Но, может быть, они просто общаются по телефону и посылают друг другу эсэмэски?

— Значит, так, — решительно произнесла Настя. — Мы с Ромой сейчас поедем в клуб, посмотрим на этого Орехова. Что-то мне не нравится, что в сети не нашлось ни одной его фотографии. А ты, Антон, завтра же с утра встречайся с Ольгой Виторт и постарайся вытряхнуть из нее максимум информации о контактах Власова и Орехова.

— А мы? — хором спросили Санек и Петручо. — А нам чего делать?

— А вам — спать.

— Ну да, щас! — презрительно фыркнул Санек. — Еще соску предложи в рот взять.

— Ну, если спать не хотите, тогда ищите как следует, где и как пересекались наши милые мальчики. Кто первым найдет — тому конфету. Антон, ты домой поедешь или останешься здесь?

— Я с вами поеду в клуб.

— Не нужно, — остановила его Настя. — Незачем нам всем троим своими физиономиями там светить. Пусть хоть кто-то один останется незасвеченным. Если хочешь — посиди в машине, подожди нас. Мы недолго.

— Ладно, — согласился Антон, — вы правы. Потом я Ромку к себе домой заберу до утра, заодно и посовещаемся.

— Тогда быстро съешьте что-нибудь. Как сказали бы в каком-нибудь южно-славянском регионе: «Извиняйте, храждане, стол не такой, шоб прихласить». Но уж как есть, не обессудьте. А я пока сбегаю переоденусь и сделаю пару звонков. Предупреждаю сразу: не пугаться, когда я вернусь. Зрелище будет устрашающее.

Она скрылась в спальне, спиной чувствуя недоверчивые взгляды. Только один человек из присутствующих — ее муж — знал, в каком виде может появиться Анастасия Каменская.

Настя открыла шкаф и задумчиво оглядела содержимое. Спальня гостевая, здесь только их с Лешкой одежда, Дашины вещи находятся в гардеробной рядом с хозяйской спальней. Какой вариант выбрать? Тот, который она озвучила? Молодящаяся нимфоманка при юном любовнике... Для такого образа нужно лезть в Дашкины одежки и выбирать юбку покороче. На невысокой Даше такая юбка будет иметь вполне приличную длину до колена, а при Настином росте подол поднимется примерно до середины бедра. Ноги, слава богу, пока еще можно показывать, не стыдно. Или выбрать другой вариант?

Она плюхнулась на широкую кровать и вытащила из кармана джинсов мобильник. Хорошо, что она совсем недавно звонила Эжени (в миру — Евгении Владимировне, а еще раньше — Женьке-Монашке), и о себе напомнила, и убедилась, что мадам в полном здравии и не откажется быть полезной. Время за полночь, но для Эжени — самая работа.

— Скажи-ка мне, Женечка, кто у тебя есть в клубе «Джойстик»? — спросила Настя, услышав в трубке знакомый невинный хрустально-звенящий голосок, именно благодаря которому проститутка Женя когда-то и получила прозвище Монашка. — Нет, по части дури мне не надо, мне бы к руководству, чтобы все культурно. Ага... Ага... Спасибо, котик, я пока оденусь, а ты мне перезвони, ладно?

Н-да... Одеться-то не проблема, а вот накраситься... Настя Каменская даже в молодости терпеть не могла делать макияж «просто так». Хотя если нужно было для дела, то занималась этим с выдумкой и удовольствием. Сейчас нужно было как раз для дела, но времени это займет чертову уйму.

Может, как-то упростить процесс? Если правильно выбрать одежду, которая сама за себя все скажет, то лицо отойдет на второй план. Итак, розовые узкие брюки, черный короткий пиджак в талию, на шею нитку жемчуга, в уши — жемчужные пуссеты. Жемчуг Насте не идет категорически, плохо сочетается с природным цветом кожи, придавая ей нездоровый оттенок. То, что нужно. В жемчугах Настя почему-то всегда выглядит лет на десять старше, чем обычно. Кольцом с крупной жемчужиной подстарим руки.

Вот и все, дальше можно особо и не париться, даже глаза не красить, достаточно только губной помады, но непременно точно в цвет брюк. Этот цвет Насте тоже не идет, но совпадение тона само по себе говорит о стремлении к строгости и элегантности. Ну и пусть не идет, ей важно не красивой быть, а образ создать. Придется, правда, надевать туфли на высоких каблуках, но это ничего, она потерпит, визит в клуб не должен оказаться слишком уж долгим.

Она уже прятала патрончик помады в черную, отделанную искусственным жемчугом сумочку-клатч, когда позвонила Эжени. Еще через три минуты Анастасия Каменская была полностью готова к выходу в свет. В одной руке — элегантная сумочка, в другой — пакет с туфлями, которые она наденет уже на месте. Водить машину она предпочитала все-таки либо в кроссовках, либо в мокасинах-«драйверах».

— Что-то ты не очень смахиваешь на нимфоманку, — Чистяков критическим взором окинул жену, появившуюся в гостиной.

— А я передумала, — беззаботно сообщила Настя. — Нимфоманка и альфонс — это пошло и избито. Лучше пусть будет деловая женщина с сомнительной репутацией и ее верный паж, которому она, так и быть, иногда позволяет приблизиться к телу.

Дзюба смотрел на нее, открыв рот.

— Что, Рома? — весело спросила она. — Тебе что-то не нравится?

— Вы... — он покраснел и отвел глаза. — Ну, это...

— Старая? Так и задумано. Антон, сколько лет дашь мне навскидку?

Сташис задумчиво посмотрел на нее.

— Ну, чуть за шестьдесят, пожалуй.

— Когда вы в джинсах и в майке, я бы вам больше тридцати не дал, — выпалил Ромка. — А сейчас вы такая серьезная дама — аж страшно. Теперь я понимаю, почему Петруччо вас бабкой называет. Он, наверное, вас видел в таком образе, да?

— Нет, — рассмеялась Настя. — Он меня вообще, по-моему, видеть начал только в последние пару дней, а до этого я была для него не физическим лицом, а словом, абстрактным понятием. Родители Санька — старичье, а старшая сестра отца — тем более старуха. Чего на нее глядеть? Она свое отжила и никакой пользы принести не может, от нее вред один, лекарства пить заставляет, еду невкусную дает, за гамбургеры и колу ругает, да еще зудит без конца, что сутками просиживать за компом — вредно для здоровья. Ведь так, Ромка? Говорил тебе Петруччо такое?

— Говорил, — признался Дзюба. — А я ему сказал, что он козел.

— Молодец, — одобрительно кивнул Чистяков. — Защитник. Не дал старушку в обиду. Кстати, Аська, если хочешь — возьми мою машину, она все-таки посолиднее. А то твоя серебристая игрушечка уж больно девический вид имеет.

— Правильная мысль, — согласилась она. — Спасибо, Лешик.

* * *

К клубу «Джойстик» подъехали на двух машинах: Настя с Дзюбой на черном внедорожнике ехали первыми, Антон — следом. Припарковавшись, Настя быстро сменила обувь, и когда Ромка, как и полагается помощнику-пажу, открыл дверь и помог ей выйти, на ногах у нее красовались черные в розовую полоску туфли на высоченных каблуках с металлическими набойками. В выбранном ею образе немаловажное значение имел «шаг хозяйки», а шаг этот должен быть слышен издалека. Конечно, от такой обуви немедленно заныла спина, но что ж поделать...

Превозмогая боль, Настя, звонко цокая каблуками по асфальту, подошла к охране.

— Сагдеева позови, — произнесла она сквозь зубы, не глядя в лицо здоровенному верзиле, призванному осуществлять пресловутый фейс-контроль. — Скажи: к Роберту Аркадьевичу от Минея.

Верзила переменился в лице, отвернулся и что-то быстро заговорил в микрофон. Буквально через несколько секунд из дверей клуба выскочил на улицу плешивый вертлявый тип, непрезентабельная внешность которого Настю обмануть не могла: она сразу оценила холодный жесткий взгляд уверенного в себе человека, знающего свое дело. Сагдеев, правая рука управляющего клубом, Роберта Аркадьевича.

На самом деле Роберт Аркадьевич был настоящим хозяином «Джойстика», но по официальным бумагам таковым не числился, фигурируя всего лишь в качестве наемного управляющего. Клуб, как почти всегда, был оформлен на кого-то, кто и знать об этом не знал. А вот Минеев, он же Миней, от которого якобы пришла дама в розовых брюках, был фигурой весьма и весьма значительной, и если уж он кого-то присылал, то отмахиваться от таких людей никак невозможно. И неправильно. И даже опасно. Ибо Миней занимал в МВД настолько высокую должность, что мог раздавить любой «подведомственный» ему клуб одним легким движения ногтя. Никаких проколов не ожидалось, Эжени давно уже занимала место дамы сердца Минея, соответственно, все и обо всем были своевременно предупреждены.

— Прошу, прошу, — любезно заговорил Сагдеев. — Роберт Аркадьевич вас ожидает.

Настя молча двинулась к двери, не оглядываясь на Дзюбу, который, следуя инструкциям, не отставал от нее ни на шаг, держась строго сзади. Впереди бежал Сагдеев, распахивая двери и раздвигая людей. В клубе было шумно, многолюдно и дымно, основной контингент — молодежь от 25 до 35 лет, совсем зеленому молодняку здесь делать было нечего — цены в «Джойстике» кусались. Настя с удовлетворением отмечала, что ее появление не прошло незамеченным. На нее оборачивались, провожали глазами. Значит, она все сделала правильно: ее проход через зал клуба оказался и виден, и слышен. Как и было задумано.

— Мальчику моему налейте и дайте поесть, — негромко скомандовала Настя Сагдееву, когда тот приостановил свой бег перед дверью, ведущей из общего зала в задний коридор. Кабинет управляющего находился именно там.

— Разумеется, — тут же откликнулся Сагдеев, махнул кому-то рукой, указав на Дзюбу, и быстро и тихо дал нужные распоряжения.

В коридоре сразу стало потише, дверь кабинета управляющего оказалась первой же справа. Сагдеев постучал и вошел, не дожидаясь приглашения.

— Роберт Аркадьевич, гостья от Минеева, — доложил он.

— Приглашай, — раздался приятный, хорошо поставленный баритон. — И распорядись там.

Настя довольно бесцеремонно отодвинула загораживающего вход в кабинет Сагдеева и прошла вперед, бросив на ходу:

— Пусть принесут кофе и воду без газа.

Управляющий изобразил полное радушие, встал навстречу посетительнице и приложился к ручке.

Однако как только дверь за Сагдеевым закрылась, лицо его стало спокойным и серьезным.

— Чем могу помочь, Анастасия Павловна? Я так понял, что вам просто отсидеться надо у меня в кабинете, чтобы все думали, что вы пришли по делу. Ведь так? Или я чего-то недопонял?

— Вы все поняли правильно, — улыбнулась Настя. — И спасибо, что согласились помочь. Я очень вас прошу, о наших с вами договоренностях и о просьбе Минея никто знать не должен, даже ваш главный помощник Сагдеев. Хорошо? Я могу на вас надеяться?

— Разумеется, — кивнул Роберт Аркадьевич, — но в обмен на откровенность. Конечно, в пределах разумного. Не люблю, когда меня держат за болванчика.

Снова распахнулась дверь, и очаровательная девушка вкатила тележку с напитками и закусками. Настя сделала несколько первых громких шагов по кабинету, одновременно произнося злым голосом:

— Это нарушение договоренностей, дорогой Роберт Аркадьевич, никакие задержки с проплатами здесь недопустимы, люди Казначея этого просто не поймут...

Девушка собралась было обслужить управляющего и его гостью, но, повинуясь короткому яростному взгляду Роберта Аркадьевича, испуганно ретировалась. Они снова остались одни, и Настя присела на обитый мягкой кожей диванчик и с облегчением скинула туфли.

— Скажу все, как есть, — она мягко улыбнулась. — В вашем клубе постоянно проводит время один молодой человек. Нам нужно к нему присмотреться. Мы не знаем, как он выглядит, но, поскольку он здешний завсегдатай, я попрошу вас дать указанис любому из ваших служащих найти его в клубе и обозначить. В зале остался мой помощник, который сделает всю работу. Мое появление — это просто легенда для помощника, все должны думать, что он пришел со мной, сидит и ждет, когда я закончу наши с вами деловые переговоры. Это избавит его от лишних вопросов и в то же время даст определенную свободу. Единственное, в чем я попрошу вашей помощи, это в идентификации человека, который нас интересует. Поиски его по всему клубу могут занять немало времени, расспросы исключены, знакомство должно быть случайным и естественным. Кто-нибудь может помочь в этом?

Роберт Аркадьевич поднялся со своего кресла и сделал приглашающий жест.

— Прошу вас, пересядьте сюда, у нас всюду камеры, все выведено на мой компьютер. Если вы назовете мне имя интересующей вас особы, то я немедленно дам команду его найти. Вам его покажут.

Через минуту все распоряжения были сделаны, и Настя, присев за стол Роберта Аркадьевича, стала просматривать изображения с многочисленных камер, переключая картинки с одного зала на другой, с коридоров на холлы перед туалетами, дисциплинированно следуя по пятам за высоким, очень худым официантом, на которого указал ей управляющий. Филипп Орехов был обнаружен минут через десять в зале, где на подиуме не сильно одетые девушки исполняли эротические танцы. Филипп сидел в компании двух молодых мужчин и четырех девиц. Вероятно, кто-то из особ мужского пола никак не мог определиться с выбором. Хотя вполне возможно, что четвертый просто куда-то отошел, например в туалет.

Она достала из сумочки телефон и позвонила Дзюбе.

— Он в другом зале, — сообщила она, — там, где эротические танцы. Дальняя стена, третий столик от левого угла, трое мужиков, четыре девицы.

— Понял, найду, — коротко ответил Роман.

Камера в зале установлена так, что столик, за которым приятно проводил время Филипп Орехов, был виден вполне отчетливо, однако сам Филипп сидел спиной, и лицо его можно было разглядеть, только когда он поворачивался в профиль. Настя с интересом наблюдала за развитием событий. Вот Ромка входит в зал с высоким стаканом в руке, рассеянно оглядывает публику, с интересом смотрит на полуобнаженных девушек на подиуме, планомерно продвигаясь к Орехову... Однако что-то пошло не так. Дзюба замер, отвернулся и сделал несколько шагов назад, встал за колонну, пропав из сектора обзора камеры.

И почти сразу же зазвенел телефон Каменской.

— Я его видел, когда приходил в «Оксиджен», — быстро проговорил Роман. — И разговаривал с ним. Спрашивал, где отдел Ольги Виторт. Если он меня узнает, то вся легенда псу под хвост.

— Стой на месте, я подумаю, — ответила она.

С тяжким вздохом всунула ноги в туфли и поднялась с диванчика, который оказался на удивление удобным.

— Мне придется вас покинуть на несколько минут, уважаемый Роберт Аркадьевич. Но я вернусь.

— Что-что случилось?

— Небольшое осложнение. Сейчас я его исправлю, и мы с вами будем продолжать мирно пить кофе. В нужный мне зал я попаду из коридора? Или только из того зала, через который меня сюда привели?

— Конечно, можно из коридора. Направо и до конца, последняя дверь.

Она вышла в тихий прохладный коридор, дошла до нужной двери, восстановила в памяти картинку с видеокамеры: колонна, за которой стоит Ромка, должна находиться слева, примерно метрах в пяти, еще дальше налево — столик, за которым сидит Орехов. Между колонной и столиком расстояние приличное, его нужно сократить, особенно с учетом громкой музыки и гомона толпы. Снова позвонила Дзюбе.

— Я сейчас войду через служебный вход. Посмотри, найди дверь и оцени расстояние. К тому моменту, как я подойду к тебе, ты должен стоять строго за спиной Орехова, как можно ближе к нему, чтобы он мог нас слышать.

— Понял.

Она толкнула дверь и снова оказалась в шуме и темноте, резко разрываемой яркими вспышками разноцветного освещения. Ромка молодец, учел и расстояние, и темп «хозяйского шага»: они столкнулись нос к носу точнехонько за спиной Орехова-младшего.

— Чего ты тут шатаешься? — противным голосом начала выговаривать Настя. — Опять девку свою высматриваешь? Я тебе где велела сидеть?

Она не была уверена, что Дзюба правильно понял ее замысел, поэтому на всякий случай не давала ему вставить ни слова, решив проговорить весь нужный текст самой.

— Ты должен стоять у запасного выхода и ждать, когда я выйду от Роберта. Вот иди туда и стой. Хорошо, что я проверила, как ты выполняешь мои указания. Еще один прокол — и твой испытательный срок закончится. У меня разговор еще на полчаса примерно. И эти полчаса ты должен стоять там, где я сказала. Бездельник хренов!

Резко развернулась и ушла. Все, что нужно для подстраховки, сказано: если Филипп вспомнит, что видел Ромку в «Оксиджене», где тот искал Ольгу Виторт, то теперь у него есть все возможности прикинуться безнадежно влюбленным поклонником, разыскивающим свою фею там, где она может находиться. Если Филипп в чем-то засомневается, то всегда можно выкатить легенду о какой-то другой работе и о том, что нынешней своей деятельностью Роман занимается всего ничего — для этого нужна была фраза про испытательный срок. Для прекращения контакта в нужный момент обозначен срок в полчаса, который при необходимости можно сократить или увеличить. Ну а для завязывания знакомства — собственно, все остальное, включая мерзкий характер хозяйки, ее грубость и хамоватость.

Настя вернулась в кабинет Роберта Аркадьевича, налила себе кофе из красивого серебряного кофейника, снабженного специальным тряпичным треугольничком, чтобы не обжечься о горячую металлическую ручку.

— Все в порядке? — спросил управляющий, перебирая бумаги на столе. — Будете смотреть или на диванчике посидите?

— Буду смотреть, с вашего позволения.

Он молча уступил ей место за своим столом, взял какую-то папку и устроился в глубоком кресле, закинув ногу на ногу и неторопливо покачивая ступней в изящном ботинке из запредельно дорогой кожи. Настя с интересом наблюдала, как разговаривают

Орехов и Дзюба. Какое-то время Роман стоял, потом Филипп пригласил его присоединиться к ним за столиком. Ромка играл роль добросовестно, не забывал каждые две-три минуты посматривать на часы (ну а как же! Хозяйка же обещала через полчаса выйти!), от спиртного отказывался, но одну из девушек честно потискал, как и полагается молодому мужчине, проводящему время в ночном клубе.

Интересно, узнал его Филипп или нет? Ромка умничка, сел, когда его пригласили, с самого края полукруглого дивана, вынудив Орехова пододвинуться и оказаться в профиль к камере. Правда, сам Дзюба теперь сидел спиной к камере, но это уже неважно. Судя по жестикуляции, он что-то рассказывал об оружии. Ну правильно, о чем еще можно говорить с телохранителем? Филипп, судя по всему, слушал с интересом, даже вопросы задавал.

Наконец Дзюба, в очередной раз посмотрев на часы, решительно поднялся из-за стола. Значит, первое впечатление он составил, а продолжение общения нежелательно. Настя тоже встала.

— Спасибо вам огромное, Роберт Аркадьевич, вы очень меня выручили, — искренне поблагодарила она. — Надеюсь на вашу сдержанность.

— Ну, само собой, — широко улыбнулся хозяин кабинета, не скрывая облегчения от того, что столь странный визит, слава богу, закончился. — Обращайтесь, если еще какая нужда возникнет. Сагдеева вызвать?

— Обязательно, — кивнула Настя, снова с отвращением влезая в туфли. — Я должна выйти точно так же, как вошла, и все должны это видеть. Ваша девушка, наверное, всем уже рассказала, что я пришла кидать предъяву от имени Казначея, вот и не будем портить впечатление.

Шустрый Сагдеев появился в считаные секунды, после чего последовал торжественный проход немолодой дамы в розовых брюках и черном пиджаке через весь зал в сопровождении плечистого рыжеволосого охранника. Если Филипп Орехов решит полюбопытствовать, то увидит именно то, что ему и пытались показать: важная гостья, явно из криминальных кругов, которую второе лицо заведения услужливо сопровождает сначала в кабинет первого лица, а затем к выходу. Ничего опасного. И уж тем более ничего даже отдаленно напоминающего полицию.

Роли исполнялись тщательно вплоть до того момента, как машина отъехала от клуба. Следом сразу же двинулся автомобиль Антона.

— Что скажешь? — спросила Настя, остановившись через пару кварталов, чтобы переобуться.

Антон тоже остановился и пересел к ним в машину.

— Анастасия Павловна, по-моему, это была не очень хорошая идея — вам сидеть за рулем, — заметил он. — Как-то это... Вопросы вызывает, одним словом. Снижает достоверность.

— Возможно, — согласилась она. — Но я не могу пустить Ромку за руль Лешиной машины. Если бы на моей ехали — не вопрос. Машина принадлежит моей фирме, доверенность есть, документы в порядке. А на Лешкину машину у меня ничего нет. И если бы нас остановили, была бы куча головной боли. Я-то ладно, у меня в паспорте штамп стоит, что я жена гражданина Чистякова, я бы отбрехалась как-нибудь, но и то не факт, что быстро и успешно. А Ромке оно зачем? Но я на всякий случай пробросила про испытательный срок. Так что если кто и задумается, почему за рулем я, а не охранник, то отвст очсвиден: я ему пока еще не доверяю, мало работает. Ну и потом, я ж дама немолодая, имею право на странности. Так что скажете, какие впечатления?

Роман почему-то не спешил ничего рассказывать, сидел задумчивый и какой-то рассеянный, поэтому первым заговорил Антон:

— Пока вы были в клубе, я пробил Орехова по учетам. Ничего особенного на него нет, кроме одной весьма любопытной вещи: он получил разрешение на приобретение травматического пистолета. И даже использовал его, причем дважды, как и предусмотрено законом. То есть купил официально два ствола.

— Когда? — быстро спросила Настя.

Антон улыбнулся.

— Когда надо, Анастасия Павловна. Ровно за два месяца до убийства полицейского в Перми.

— Но зачем? Зачем вся эта муть с убийствами людей, которые ничего плохого ему не сделали? И теперь слив всеразличных помоев на Власова, с которым он едва знаком... Такое впечатление, что он хочет посадить Власова, подставить его капитально, убивая именно тех людей, к которым у Власова могут быть претензии. Но почему? И все равно не получается: если бы у него была цель расправиться с Власовым таким манером, он бы улики подбрасывал, доказательства. Ствол бы ему подсунул, что ли... А на Власова ничего нет. Вообще ничего. Рома, что ты молчишь? Говори.

— Да я как-то... — медленно проговорил Дзюба. — В общем, Орехов меня не узнал. Я сначала даже поверить не мог, ну ей же богу! Меня всегда все запоминают с первого раза, потому что я рыжий. И я был стопудово уверен, что он вспомнит! А он не вспомнил.

— Может, со зрением проблемы? — предположил Антон. — Ты не обратил внимания, он щурится?

— Вроде нет. Но лица он не запоминает, это точно. Пока мы за столиком сидели, он попросил официанта принести виски, и потом двум другим официантам, которые проходили мимо, напоминал, мол, сколько можно ждать, я же просил! И дружки Орехова каждый раз со смехом объясняли ему, что это не их официант. Так-то он парень веселый, незлобивый, очень мне сочувствовал, что у меня хозяйка такая... ну, вы понимаете какая. Как только вы отошли, он сразу обернулся ко мне и начал разговор, спросил, кто вы да что. Узнал, что я ваш охранник, и начал про оружие спрашивать. Я аккуратно так насчет подпольного казино прокинул, дескать, раньше было где в картишки перекинуться, а теперь искать надо — он не отреагировал. Вообще никак. Даже глаз не блеснул.

— Значит, то, что Власов — карточный шулер, полная лажа, — сделал вывод Антон.

– А я о чем? — Ромка постепенно говорил все оживленнее. — Потом, когда девчонка ко мне на колени уселась, я грубо так пошутил насчет чистоты и гигиены в половой жизни, и снова никакой реакции. То есть это точно не его тема. Короче, понятно, что Власов ко всему этому никакого отношения не имеет.

— Понятно-то оно понятно, — протянула Настя. — Но хотелось бы понимать зачем. Ладно, друзья мои, спать пора. Рома, еще что-нибудь добавить можешь?

— Еще? — Дзюба призадумался. — Ну, есть коечто, но такое... Филипп Орехов считает, что все нормальные люди должны быть такими же, как он сам. Кто не такой — тот полный дебил. Я понимаю, все люди в большей или меньше степени такие, па себя только ориентируются и считают себя самыми правильными, но у Орехова это как-то... Доминирует, что ли. То есть ему даже в голову не приходит, что можно рассуждать не так, как он сам, и хотеть чего-то другого, не такого, как хочет он.

— А чего он хочет? — с интересом спросила Настя.

— Много денег и ничего не делать, только развлекаться. Яхты там, отели семизвездочные, девочки, выпивка, короче, весь джентльменский набор примитивного мажора. Никаких разговоров про свой бизнес, про то, чтобы стать крутым боссом, людьми командовать, решения принимать, бабло тоннами заколачивать. Эта часть жизни ему совсем не интересна. И он свято верит в то, что любой нормальный человек должен хотеть именно этого и думать именно так.

— Любопытно, — кивнул Антон. — Это все? Или еще что-то есть?

— Ну... — Дзюба замялся и смутился. — Есть еще одна штука, но я даже не знаю, это важно или нет...

— Давай-давай, не стесняйся, — подбодрил его Сташис. — Говори.

— У него выражение самое ходовое: «И все!» Я сначала внимания не обратил, ну, у каждого же из нас есть мусорные слова, так что нормально... Но потом вслушался повнимательнее. Даже не знаю, как объяснить... В общем, получается, что он не видит дальнюю цель. Видит только ближнюю и считает, что если ее достичь, то все. Проблема будет решена.

Настя нахмурилась.

— Я что-то плохо поняла. Пример можешь привести?

— Ну вот смотрите, я вам процитирую почти дословно: «Были бы бабосы — и тогда жизнь заиграет всеми красками! Белоснежная яхта в Средиземном море, стада отборных телок, мегалитры вискаря. И все! Жизнь удалась!» Теперь понимаете?

— Теперь понимаю, — усмехнулась Настя. — Человек искренне полагает, что можно всю жизнь провести на яхте в Средиземном море в окружении девочек и выпивки. А что будет, когда закончатся деньги, а девочки постареют и утратят свежесть? А вдруг надоест? А если он сам начнет стареть и болеть? Нет, так далеко наш маленький Орехов не заглядывает, он видит только ближнюю цель. И все! Ладно, подведем итоги: сейчас надо поспать, а с утра сделать несколько вещей. Антон, ты встречаешься с Ольгой Виторт и выясняешь, насколько хорошо знакомы ее сотрудник Власов и маленький Орехов и не было ли между ними каких-то конфликтов. Это первое. Второе: выяснить, где находился Орехов в дни и желательно часы убийств полицейского в Перми, Галины Носуленко и Михаила Болтенкова, а также во время покушения на Ганджумяна. И если то, что мы узнаем, удовлетворит наше любопытство полностью, вам, милые мои, придется идти к следователю. Приятного разговора не обещаю. Это был третий пункт нашей обширной программы. Теперь четвертое: надо быстро собрать все сведения о компании «Файтер-трейд», особенно меня интересует руководитель службы безопасности. И психологическая характеристика Орехова-старшего, в частности, его отношения с сыночком. И последнее: проверьте все места, где могли переделывать травматик. Вы проверяли их уже с фотографией Ламзина и ничего не нашли, потом то же самое проделали по Власову — и снова ничего. Придется идти по третьему кругу и проверять Орехова. Это ничего, что я тут раскомандовалась?

— Все нормально, Анастасия Павловна, — сказал Антон. — Я же сам вас попросил помочь.

— Ну и как? Помогла хоть чуть-чуть? — усмехнулась она. — Впрочем, пока еще трудно судить. Завтра узнаем. Точнее, уже сегодня. Все, по домам.

* * *

Антон повез Дзюбу ночевать к себе. Правильнее было бы сказать — не ночевать, а проводить жалкий остаток ночи, потому что до рассвета оставалось всего ничего. Квартира, в которой не слышалось звуков включенного телевизора и детских голосов, казалась огромной и нежилой. Перед тем как увезти детей к себе в загородный дом, Эля приготовила Антону еду на два дня, так что голодными сыщики не остались.

— Тоха, а давай Кузьмича попросим помочь, — предложил Ромка, мгновенно умяв люля-кебаб, лежавший в его тарелке. — У него же хорошие завязки с технарями, они ему все за бутылку без всяких бумажек сделают. Алиби Власова он ведь нам помог проверить, так почему еще разок не попробовать? Телефон Орехова есть?

— Пока нет, но это без проблем, достанем. Правда, в субботу будет напряжно, но, может быть, Ольга эта поможет. Она может знать номер его мобильника. Нам же нужен не тот номер, который он официально купил у оператора, а тот, которым он реально пользуется. А это может быть совсем другой номер, сам понимаешь.

— Да понимаю, конечно, — понурился Дзюба. — А давай мы Кузьмичу еще один номерок подкинем, этого твоего парня, ну, брата сгоревшей девушки.

— Журихина, что ли?

— Ну да! Тебе же все равно его найти нужно, а к тем, кто этим занимается, ты обращаться не хочешь. Может, с Кузьмичем прокатит?

— Рома! — Антон строго посмотрел на него. — Где ты этому научился? Обманывать старших товарищей, особенно своих руководителей, нехорошо.

— Ага, я знаю, мне мама рассказывала, в детстве еще, — засмеялся Ромка. — А потом, уже в Академии, меня научили, что без обмана вообще ни фига никогда не раскроешь. Работа такая. Так я к чему это все говорю-то? Если ты сможешь уломать Кузьмича и втереть ему оба номера, то я помогу тебе с Журихиным. Быстро и чисто, никто и знать не будет. Ты его расколешь и отдашь своей группе, которая по Ефимовой работает, а с признательными показаниями у тебя раскрытие уже никто не отберет. Можно даже будет потянуть до вторника, подождать, когда этот дальнобойщик появится, и свинтить его без шума и пыли, сунуть ему в нос показания Журихина, и куда он денется после этого? И сдать сразу двоих. Тогда уже без вариантов, никто вякнуть не сможет.

— Мечтатель ты, Ромка, — вздохнул Антон. — Пошли спать, потом на свежую голову подумаем.

Он постелил Дзюбе в детской на диване, на котором спала Эля, когда оставалась ночевать. Выдал Ромке чистые полотенца, сидел в гостиной и ждал, пока тот освободит ванную. Добрая душа, Эля часто забирала детей к себе за город не только для того, чтобы они подышали свежим незагазованным воздухом, но и для того, чтобы Антон мог провести ночь с Лизой. Теперь это уже не нужно...

Когда он был у Лизы? Вчера? Позавчера? Или сегодня? Кажется, что это было так давно... Может, не следовало ему вот так резко все обрывать? Получилось, что он ударил в спину без предупреждения. За что? Лиза — хороший человечек, умный, порядочный. Да, она не нравится детям, да, у него нет к ней того чувства, при котором хочется много лет жить вместе, но разве это повод наносить такой удар? Она не заслужила такого. Она не виновата, что влюбленность у Антона прошла, а любовь так и не возникла. С другой стороны, говорят же, что отрубать хвост по частям еще больнее.

Антон принес из кухни стаканы, достал едва начатую бутылку коньяку, налил себе немного и залпом выпил. Из ванной притопал разрумянившийся от горячего душа Дзюба, от талии до ступней завернутый в большое банное полотенце.

— Выпьешь? — предложил Антон.

— Давай, — кивнул Ромка. — Только немного, а то меня потащит с устатку. Ты к экспертам-то ходил с коробкой от ножа?

— Ходил, просил посмотреть по-тихому и быстро. На том ноже, которым убили Ефимову, пригодных для идентификации отпечатков не оказалось, но потожировые кое-какие нашлись. Если на коробке, помимо следов самих Маклыгиных, найдутся следы их зятька Шокина и его дружка Журихина, то это тоже ничего не даст, потому что оба они участвовали в сборе вещей при переезде. А вот если этих следов там не будет, тогда я начну сомневаться в своих выводах по поводу этой парочки. Хотя потожировые следы на ноже хорошие.

— В смысле?

— Третья группа крови, резус отрицательный. Она не на каждом шагу встречается. Так что если у

Шокина или Журихина третья отрицательная группа, то можно будет покувыркаться. Но лучше бы, конечно, признательные у них выбить. Так оно надежнее. Еще налить?

— Только чуть-чуть, — снова попросил Дзюба. — Тоха, я вот насчет признательных показаний подумал... Как нам труп Носуленко Баглаеву втереть? По нему человек сидит, дело считается законченным, если мы будет шум поднимать, нас не поймут. Это же скандал. Головы полетят. И промолчать нельзя, человек-то без вины сидит, его выпускать надо.

Антон выпил, зажмурился, потряс головой.

— Во-первых, мы с тобой не знаем точно, без вины он сидит или с виной. Это мы только предполагать можем, каким макаром у него признание получили.

— Но пуля-то из травматика!

— И что? На этой земле есть только один-единственный человек, который убивает людей из переделанных травматиков? Это может оказаться чистым совпадением, как с Ефимовой.

— А не многовато совпадений для одного дела? — сердито огрызнулся Ромка.

— Многовато, — согласился Антон. — Но в жизни и не такое бывает, уж ты мне поверь. Во-вторых, опера, которые работали с этим работягой из Средней Азии, тоже не первый день на свете живут, и совсем уж невинную овцу на заклание они не поведут. Им свои головы дороже, если они, конечно, не полные отморозки и беспредельщики. Ну я бы понимал еще, если б дело было резонансное, все СМИ трубят, руководство каждые два часа отчета требует. Тогда, конечно, им надо любым способом как можно скорее от висяка избавиться и отчитаться. Тут и на совсем невинного могли повесить с дурна ума или с перепугу перед начальством. А здесь-то что? Массажистка из СПА-салона. Для чего ребятам ради такого раскрытия подставляться по полной? Скорее всего, у них был какой-то фигурант, которого взяли с поличным на чем-нибудь тяжком, например на разбое или изнасиловании, начали его крутить — на нем еще пара убийств оказалась, так что пожизненный срок ему в любом случае обеспечен. И с ним просто договорились: он берет на себя труп Носуленко, а за это, к примеру, его семью, которая здесь же, в Подмосковье, не трогают, не депортируют и вообще дают жить. Обычный вариант.

— А если все-таки они полные отморозки и беспредельщики? Тоха, все равно ведь скандал, что так, что эдак. А скандалов никто не хочет. И Баглаев нас с тобой за Носуленко с какашками смешает. И никаких наших доводов слушать не станет.

— Ромыч, Баглаеву хуже всех, и мы должны это понимать. Еще налить?

— Нет, мне хватит уже, — решительно отказался Дзюба.

— А я еще глоток сделаю, — Антон снова плеснул в стакан спиртное. — Ты пойми, мы должны к нему прийти и убедительно показать, что он закрыл невиновного. А ему придется с нами согласиться и при этом как-то так вывернуться, чтобы лица не потерять. И вот тут мы ему подсовываем информацию о том, что есть еще труп Носуленко, и надо поднимать дело из архива, возобновлять его и объединять производство, плюс дело Ганджумяна, плюс запрашивать дело из Перми. С Ганджумяном и пермским полицейским все отлично, без проблем, а насчет Носуленко ему придется докладывать руководству следственного комитета. И представь, сколько врагов он себе наживет, если будет настаивать на фальсификации материалов уголовного дела. Оно ему надо?

— Не надо, — сонно кивнул Роман, у которого от усталости и выпитого начали слипаться глаза. — И чего делать?

— Не знаю, — пожал плечами Антон. — Есть вариант, но он тухлый совсем. Пробить того кренделя, которого посадили за Носуленко, и если окажется, что на нем куча доказанных тяжких, то и хрен с ним, пусть сидит. А мы эпизод с Носуленко из нашей разработки вообще убираем. Оставляем только полицейского, Болтенкова и Ганджумяна. Опять же если сумеем доказать, что все три эпизода — дело рук одного человечка, то сидеть этому человечку — не пересидеть, что за три тяжких, что за четыре — разницы уже нет, все равно пожизненное. Но решить мы с тобой должны это сейчас, чтобы прийти к следователю стройными рядами. А до этого нам еще Ульянцева надо обработать, он же хочет труп Болтенкова на Ламзина повесить, чтобы себе палку в отчетность поиметь, поэтому ему наши с тобой изыскания тоже не сильно понравятся.

— И правда тухло, — согласился Дзюба. — Но зато появляется предмет для торговли. Представь, если мы припрем к стенке Орехова с этими убийствами, а доказуха у нас для следствия будет слабовата, можно будет предложить ему убрать эпизод с Носуленко в обмен на признание по остальным трупам.

— Не, не прокатит, — покачал головой Антон. — У Орехова папа богатый, а значит — адвокат будет хороший, грамотный, и он своему подзащитному быстро объяснит, что на меру наказания это не повлияет. Так что если у нас будут только косвенные улики и ни одного прямого доказательства, то ничего мы с этим Ореховым сделать не сможем. И Баглаев, кстати, очень хорошо это понимает. Он уже с Ламзиным лоханулся, второй раз он на такое не пойдет. Ладно, Ромыч, давай попробуем поспать, завтра работы много.

Дзюба не заставил себя упрашивать, и уже через несколько минут из детской донеслось ровное громкое сопение. Антон был уверен, что не сможет заснуть, но, вопреки ожиданиям, довольно скоро отключился.

* * *

Ни одно окно в доме не светилось, и когда Настя вошла, стояла полная тишина. Она включила лампу возле двери, чтобы найти тапочки, неосмотрительно бросила пакет с туфлями на пол, и металлические набойки даже через тонкий пластик глухо стукнули о каменную плитку, которой выложен пол в прихожей. Весь первый этаж, за исключением кухни и санузла, представлял собой зонированное открытое пространство — холл плавно перетекал в гостиную, гостиная — в столовую, между столовой и кухней — раздвижные двери, которые Настя все время держала открытыми.

Вот как раз из гостиной и донесся до нее звук, состоящий одновременно из оханья и скрипа диванной кожи.

— Аська, ты, что ли? Свет зажги, а то я не вижу ни фига, — раздался голос Чистякова. — Задремал тут, пока тебя ждал.

Она щелкнула всеми выключателями, влезла в тапочки и подошла к мужу, присела рядом, привалилась к его плечу.

— Я думала, что ты спишь, как положено приличному ученому человеку, в спальне, на удобной кровати, — пошутила она виновато.

— Нет, я, как приличный семейный человек, жду свою жену, которая по ночам работает, — улыбнулся Алексей. — Ну, как съездили? С пользой?

— Угу, — промычала она, блаженно прикрывая глаза.

Рядом с Лешей на нее всегда накатывали необъяснимая благодать и покой.

— Пацаны спят? — спросила она.

— Как убитые, оба. Петька даже домой не пошел. Упахала ты их, рабовладелица. Завтра, небось, опять впряжешься сама и их привлечешь?

— Насчет пацанов — не знаю пока, но самой, наверное, придется кое-что поделать.

— Тогда немедленно спать, — скомандовал Алексей.

— Не хочу! — Она еще крепче прижалась к мужу. — Леш, а давай чайку попьем на террасе? Ночь такая теплая, воздух вкусный, и спать совсем не хочется.

Чистяков слегка отстранил ее от себя и внимательно посмотрел Насте в глаза, потом усмехнулся и кивнул:

— Давай. Иди переоденься, сними с себя этот старушечий прикид, а я пока чай заварю. Какой? Черный или зеленый?

— Какой-нибудь цветочно-ягодный, вкусненький, — попросила она. — И нечего критиковать мой наряд, он модный и элегантный, между прочим.

— Но выглядишь ты в нем ужасно! — рассмеялся Леша. — Злая вредная старуха. Знаешь ведь, как говорят: не страшно быть дедушкой, страшно спать с бабушкой. А мне, как любому нормально ориентированному мужику, хочется думать, что у меня молодая красивая жена.

Настя на цыпочках поднялась наверх, переоделась и вышла на террасу, где на столе уже стоял большой фарфоровый чайник и чашки. Из дома появился Чистяков, неся в одной руке миску с сухариками, в другой — тарелку с тонко нарезанным сыром.

— Даже ночное чаепитие должно быть красивым и правильным, — изрек он, разливая красноватый ароматный цветочный чай. — Аська, а ты знаешь, что после выхода в отставку ты сильно изменилась?

— Кто? — изумилась Настя. — Я? С чего ты взял? Я точно такая же, как была.

— Ничего подобного. Во-первых, пока ты работала, ты все время хотела спать, для тебя утренний подъем по будильнику был смертной мукой, я же помню. А теперь уж утро скоро — а у тебя сна ни в одном глазу.

— И что это означает?

— Что ты стареешь, подруга моя, — рассмеялся он. — Годы, ничего не попишешь. Начинается старческая бессонница.

— Да ну тебя... — расстроенно проговорила Настя. — Вот взял и настроение испортил. А что во-вторых? Только если такая же гадость — не смей мне говорить!

— Ну, Асенька, какая же это гадость? Ты ешь сыр-то, ешь, в нем кальций, стареющим женщинам он необходим, чтобы остеопороза не было, — поддразнил ее Чистяков. — А бессонница — это же замечательно! Представляешь, сколько дополнительного времени освобождается для жизни! И для работы, между прочим. Страдающие бессонницей люди имеют хорошие шансы прочесть все непрочитанные когда-то книги и посмотреть все пропущенные фильмы. Но это, как ты справедливо заметила, только первое. А второе состоит в том, что ты перестала убиваться по каждому пустяку, более того, ты теперь не переживаешь даже по серьезным поводам. У тебя постоянно хорошее настроение, и ты все время улыбаешься. Не заметила?

Она с удивлением посмотрела на мужа.

— Ты это серьезно? Я что, действительно постоянно хожу с дурацкой улыбкой на лице? Кошмар какой!

— Да нет у тебя никакой дурацкой улыбки, — поспешил успокоить ее Алексей. — Ты просто улыбаешься. Кстати, очень красиво.

— Вот если ты сейчас брякнешь что-нибудь про то, что я и готовить начала, я тебя сразу убью, — пообещала Настя.

— О, нет, на это у меня окаянства не хватит! Я же понимаю, что твои подвиги на кухне — это просто выполнение родственного долга и никакого удовольствия тебе не доставляют.

Она сделала последний глоток из своей чашки и долила еще чаю.

— А знаешь, Лешик, ты прав, наверное, — задумчиво сказала она. — Я действительно перестала психовать и расстраиваться на каждом шагу, как в молодости. Похоже, я уже достигла того возраста, когда начинаешь более отчетливо понимать, из-за чего имеет смысл нервничать и переживать, а из-за чего не имеет.

— Ну ладно, пойду тебе навстречу, согласен называть это не возрастом, а состоянием ума. И само собой, я прав, просто потому, что я муж, а значит — я всегда прав.

— А эти перемены... они тебе не нравятся? — осторожно спросила Настя. — Тебя что-то стало раздражать во мне?

Алексей закинул в рот горсть маленьких сухариков и звучно захрустел.

— Аська, я люблю тебя уже столько лет, что мне, честно признаться, совершенно все равно, какая ты.

— Привык, что ли?

— Ага. Корнями в тебя пророс. Так что можешь смело меняться в любую сторону, на мое отношение к тебе это не повлияет. Только любовника не заводи, этого я уже не вынесу.

— Ну вот, — она забавно сморщила нос. — Уже начались условия и ограничения.

— Ну а как ты хотела? — Леша картинно развел руками. — Условия и ограничения — непременные элементы любых переговоров. Кстати, об условиях и ограничениях: ты отдаешь себе отчет, что то, во что ты втянула мальчишек, противозаконно? А если они попадутся?

— Не попадутся, — беззаботно ответила Настя. — Санек же в этом деле профессионал, он хакером был уже тогда, когда еще таблицу умножения не выучил. А Петруччо — профессионал еще покруче Санька. Как у них принято говорить — визард. И потом, кому надо их отслеживать? Я еще понимаю, если бы они базы Пентагона крякнули или банка какого-нибудь мощного, тогда их, конечно, стали бы искать. А так-то... Подумаешь, лички вскрывают. Никто и не заметит. А то, что делает Дзюба с моего ноутбука, вполне законно, он ничего не взламывает, ищет только в открытом доступе. Но зато как ищет! Зацени, Чистяков!

— Вот и еще одно изменение в тебе, — заметил он. — Раньше ты старалась закон не нарушать, сильно переживала по этому поводу.

— Так я и сейчас стараюсь, — Настя посмотрела на мужа самыми честными и невинными глазами, какие только смогла изобразить. — Вот ей-богу, Леш, стараюсь изо всех сил. Но знаешь, мое буйное правосознание как-то поутихло в последние годы. Когда постоянно видишь, что законы всем по фигу и никто не парится их соблюдать, поневоле начинаешь терять уважение к таким понятиям, как законность и правопорядок. Вот смотри: невиновный человек заключен под стражу и находится в СИЗО. Для того чтобы доказать, что он невиновен, нужно найти настоящего преступника. А чтобы его найти и при этом еще суметь убедить следователя, нужно получить кучу информации. Для этого нужна еще одна куча бумаг, подписей, разрешений и согласований. А человек-то сидит... И ему там ох как несладко. Я ни в коем случае не хочу сказать, что цель оправдывает средства, нет. Я только привожу тебе пример ситуации, в которой мое правосознание ложится спать и видит долгие сладкие сны. Леш, я не прошу, чтобы ты считал меня правой. Я сама знаю, что не права. Я просто хочу, чтобы ты меня понял.

— Я тебя понял. Так что насчет лечь поспать? Вместе с правосознанием? — насмешливо спросил Алексей. — А то вон небо уже светлеть начало. И холодно стало.

— Пойдем, — согласилась Настя. — Ты ложись, а я еще подумаю немножко.

— Немножко — это сколько? Часа два?

— Ну, примерно. Подумаю, потом приготовлю еду и поеду в тир, постреляю. Они в семь открываются, и с утра никогда народу не бывает.

— Совсем спать не собираешься?

— Леш, мне правда не хочется.

— Ладно, смотри сама, большая девочка, — вздохнул Чистяков. — Тогда убери здесь все, а я пойду. У меня старческой бессонницы пока нет.

— Не старческой, а возрастной! — возразила она и пребольно ущипнула мужа за руку.

Чистяков ушел спать, а Настя принесла из дома теплый плед, завернулась в него и уселась в саду на качелях.

«Лешка прав, — думала она, мерно покачиваясь под едва слышное поскрипывание цепей. — Я действительно стала другой. Раньше ни за что не упустила бы возможности поспать пару часов, а теперь почему-то не хочется. И еще лет десять назад выцарапала бы глаза тому, кто посмел бы утверждать, что я могу попустительствовать нарушению закона со стороны моего родственника».

Она смотрела на наливающееся светом небо, слушала оживающий птичий гомон и перебирала в голове информацию о Владимире Власове и Филиппе Орехове. Вроде бы информации этой было немало. Но она почему-то нигде и никак не состыковывалась.

В пять утра Анастасия Каменская вернулась в дом и встала к плите, в шесть выпила подряд две чашки крепкого кофе с сахаром и сливками, в шесть двадцать пять поднялась наверх, зашла в спальню, неслышно переоделась, потом спустилась вниз, написала длинную записку, одна часть которой была адресована мужу, другая — племяннику и его другу, и уехала в тир.

* * *

Дзюба проснулся первым, и когда Антон продрал глаза, Ромка уже сидел за компьютером и азартно что-то искал.

— Тоха, давай пожрем что-нибудь, — попросил он, не отрываясь от работы. — Я замаялся ждать, пока ты проспишься.

— Так взял бы что-нибудь, — удивился Антон. — В холодильнике полно еды. Руки отсохли бы, что ли?

— Конечно, отсохли бы. В чужом доме хозяйничать не положено. Смотри, чего я нарыл: начальником службы безопасности в компании Вадима Орехова работает некто Усиков, в прошлом сотрудник ОБЭП, а в еще более давнем прошлом — БХСС, полковник в отставке.

— Понял, — кивнул Антон, мгновенно сбрасывая с себя остатки сна. — А еще что?

— Еще я покопался в официальном сайте «Файтер-трейда» и нашел перечень отделов с указанием имен руководителей, замов и старших менеджеров. В том отделе, где работает маленький Орехов, есть старший менеджер по фамилии Химин. Помнишь, нам эта фамилия пару раз встречалась в личной переписке Орехова?

— Не помню, — признался Антон. — Точно встречалась?

— Да точно, точно! — горячился Роман. — Один раз он написал кому-то, что Химин задолбал его чем-то, второй раз тоже что-то подобное. То есть можно сделать вывод, что с этим Химиным Филипп наиболее тесно связан по работе. Я его уже пробил и по базе, и по учетам, приличный мужик, нигде и ни в чем не засветился, и адресок есть. И телефончик, само собой. Смотри: если ты сумеешь сегодня встретиться с Ольгой Виторт, а я отловлю этого Химина, то мы сможем подъехать к проблеме с двух концов. Если у Орехова с Власовым конфликт на почве работы, то кто-нибудь из этих двоих обязательно в курсе. Не один — так другой. Заодно и об отношениях Филиппа с отцом можно попробовать поговорить. И опять же все номера телефонов маленького Орехова нам нужны? Нужны. И Химин их может знать, а Ольга — вряд ли, ей известен, скорее всего, только его официальный номер.

— Ну... вообще-то да, — согласился Антон. — Пошли завтракать и начнем отлов свидетелей.

С Химиным повезло, Роман дозвонился ему с первой же попытки. Правда, ни малейшего восторга от перспективы тратить время в свой законный выходной день на разговоры с работником полиции Химин не выразил, но и уклоняться не стал, попросил только, чтобы встреча состоялась максимально близко к месту его жительства.

А вот Ольгу Виторт найти никак не удавалось. Сначала она не брала трубку домашнего телефона, потом при звонках на мобильный номер последовало равнодушное сообщение о том, что «абонент временно недоступен или находится вне зоны действия сети».

— Ромыч, я детям обещал сегодня провести время с ними, — сказал Антон, одеваясь. — Я и так их почти не вижу. Ты давай двигай к Химину, а я съезжу к Эле, возьму ребят и хотя бы в кафе-мороженое их отведу, раз все равно эта Ольга Виторт неизвестно где. Нам главное — все левые телефоны Орехова узнать, чтобы мне было с чем к Кузьмичу в ноги падать.

Он довез Дзюбу до метро и направился в сторону выезда из города. Майским субботним утром желающих провести время на природе или на даче оказалось немало, шоссе было изрядно загруженным, и дорога до дома, где жила Эльвира, заняла много времени. Увидев Степку и Василису, сидящих на крыльце и напряженно всматривающихся во все проезжающие автомобили, Антон почувствовал, как сжалось у него сердце. Он пообещал — и дети верят ему. Они не хотят знать о том, что у отца такая работа, при которой он не волен распоряжаться ни своим временем, ни самим собой. Папа обещал — и этим все сказано. Это нерушимо и обязательно будет выполнено.

Он уже вышел из машины, и дети уже мчались к нему по зеленой лужайке... И зазвонил телефон.

— Ольга Виторт, — послышался в трубке холодный деловой голос, словно лишенный всяких эмоций. — У меня на телефоне несколько ваших звонков. Чем могу помочь?

— Моя фамилия Сташис, я из полиции, из уголовного розыска. Мне нужно поговорить с вами.

— Пожалуйста, я вас слушаю

— Не по телефону. Мне нужно с вами встретиться.

И снова спокойное, без малейшей заминки:

— Пожалуйста. Это опять насчет картин и Володи Власова? Я в курсе, что вы этим интересовались. Мне нужно куда-то подъехать?

Антон растерялся. Оказалось, что к такому простому вопросу он готов не был, потому что, не дозвонившись до Ольги в течение утренних часов, уже перестроился на субботу с детьми. Но и откладывать встречу тоже нельзя.

Я сейчас за городом, — неуверенно начал он, — и проведу здесь еще как минимум три часа...

— Но вопрос у вас срочный? — все так же спокойно и деловито поинтересовалась Виторт. — Или он терпит до вечера?

— Вопрос срочный.

— Говорите адрес, я подъеду.

— Вы знаете детский развлекательный комплекс «Винни-Пух»? Это пятнадцатый километр...

— Я знаю. — В голосе собеседницы Антону почудилось некое подобие улыбки. — Я подъеду и перезвоню вам. Примерно через час.

— Трафик тяжелый, — предупредил Антон.

— Значит, через полтора.

Вот так, коротко и без лишних слов. Деловая колбаса эта Виторт. Лара Крофт, будь она неладна.

Дети стояли чуть в стороне и напряженно и испуганно всматривались в лицо отца, ловя каждое слово, сказанное им по телефону. Они очень хорошо знали, чем чаще всего заканчивались такие вот разговоры, особенно если папе звонили в тот момент, когда они все вместе куда-то собирались.

— Мы не идем есть мороженое? — удрученно не то спросила, не то сделала вывод Василиса.

— Почему же? — Антон подхватил на руки Степку. — Идем обязательно, только я немножко отдохну с дороги.

— А с кем ты договаривался? — настырно допытывалась Вася. — У кого срочный вопрос?

— У меня, — улыбнулся Антон. — Срочный вопрос у меня, и одна тетя будет настолько любезна, что сама приедет, чтобы на него ответить.

— Она красивая? — ревниво спросила девочка.

Антон пожал плечами.

— Понятия не имею, никогда ее не видел. А тебе какая разница? — поддразнил он Васю. — Я не жениться на ней собираюсь, только поговорить. Пошли в дом, надо с Элей поздороваться.

В доме вкусно пахло чем-то сладким: Эля давала Василисе очередной урок домоводства, темой которого был, судя по запахам, десерт.

— Пробу снимете, Антон? — весело предложила няня, ставя перед ним креманку.

Он сунул в рот полную ложку, но даже проглотить не успел — снова зазвонил телефон. Дзюба.

— Есть телефоны Орехова, — быстро проговорил Ромка. — Бери бумажку и записывай, их много, он их менял чуть ли не каждые три месяца.

«Ну вот, — думал Антон, глядя на исписанный карандашом листок. — Сейчас я еще пару номеров сюда добавлю. И позвоню Кузьмичу. И это будет последнее, что я сделаю в своей короткой жизни. Потому что Сергей Кузьмич в живых меня не оставит».

— Степка, гони сюда айпад, — потребовал он.

Мальчик попытался сопротивляться: он смотрел на планшете мультик и перерыв в его планы на данный момент не входил, но, к удивлению Антона, выступила Василиса.

— Степка, немедленно отдай папе айпад, — строго велела она. — Не видишь, что ли? Папе для работы нужно, а ты тут детский сад разводишь. Большой уже, сам должен соображать.

«А ведь Анастасия Павловна права, — подумал Антон. — Васька намного взрослее, чем я привык считать».

Забрав у сына планшет, он вошел в свою почту и написал длинное письмо, сплошь состоящее из номеров телефонов. Телефоны Филиппа Орехова. Телефон Юрия Шокина. Телефон Игоря Журихина.

Рядом с каждым номером указал временной интервал, который его интересует. У Орехова таких интервалов было четыре — по числу убийств, в которых он подозревался. У Шокина и Журихина — по два: на момент убийства Инны Викторовны Ефимовой и на тот вечер, когда Антона в подъезде «строго и по-хорошему предупредили». Об этом странном эпизоде Антон никому не рассказывал и искренне надеялся, что Кузьмич ничего не заметит.

Еще раз перепроверил каждую цифру в письме, сверяясь со своими записями, сохранил письмо в «Черновиках», мысленно перекрестился и позвонил подполковнику Зарубину.

Крест не помог. Вернее, помог, конечно, но не полностью, потому что первые две-три минуты Антону пришлось выслушать от Зарубина много ярких высказываний в свой адрес. Хорошо еще, что все они были не новыми и никаких неожиданных откровений в себе не несли.

Самое главное было вырвать у Кузьмича клещами заветные слова:

— Ладно, засылай, только трубку не клади, я сперва сам посмотрю, что там у тебя.

Антон нажал пальцем на окошко «отправить». Сергей Кузьмич недовольно сопел в трубку, щелкал «мышкой» и, кажется, еще что-то прихлебывал из чашки.

— Ну?.. — требовательно вопросил Зарубин. — Где твое письмо?

— Сейчас, Кузьмич, ну подожди еще три секунды, сейчас дойдет.

— Сам-то где?

— Да я с детьми, — честно сказал Антон.

— Это я слышу, не глухой, — с усмешкой заметил Зарубин. — Где конкретно?

— У Эли, за городом.

— Хорошо там, наверное? — мечтательно протянул подполковник.

— Хорошо. Зелени много, птички поют.

— О! Вот и письмо нарисовалось. Ну, посмотрим-поглядим, в какую авантюру ты меня на этот раз втравить пытаешься... — забормотал Сергей Кузьмич. — Так, это я понял, это сибирская гастроль... Кстати, ты авиарейсы проверил?

— Еще нет, не успел. Дзюба обещал сегодня сделать.

— А чего не сделал до сих пор? Время к обеду, а у тебя одни обещалки, — недовольно заметил Зарубин.

— Так он номера телефонов доставал. Вот как раз тех самых, — торопливо объяснил Антон.

— А-а-а, ну ладно тогда. Пойдем дальше... Это у нас кто?

— Массажистка.

— Ага, ага... Так там вроде закрыли уже кого-то, ты говорил?

— Говорил, — подтвердил Антон. — Но проверить надо.

— Ладно. Так... Это я и сам знаю кто... Это тоже знаю... А это что у нас?

Судя по всему, Сергей Кузьмич дошел до телефона Юрия Шокина.

— Это Ефимова.

— Ефимова? И с какого это перепугу... — начал было возмущаться Зарубин.

— Кузьмич, я тебе потом все объясню. Просто прошу тебя: помоги, пожалуйста.

— По Ефимовой у тебя такие силы и такая техника есть, что мировой заговор раскрыть можно, а ты меня грузишь, — продолжал выговаривать подполковник. — Втемную пытаешься сыграть?

— Слушай! — внезапно вспылил Антон. — Я тебя хоть раз обманул? Хоть раз подставил? Я же сказал: я все объясню, но не по телефону же! Ты можешь просто мне поверить?

— Да легко, — Зарубин неожиданно развеселился. — Хорошо, это у нас Ефимова, и вот это у нас тоже, получается, Ефимова, два номера. А вот это что? Номера те же, а время к чему привязано?

А вот это и было то самое, что Антон пытался скрыть от Зарубина: время эпизода в подъезде. Можно было бы уже и рассказать об этом подполковнику, но не сейчас, когда рядом дети. Особенно Васька со своим стремлением все слышать и все контролировать.

— Надо, — уклончиво ответил он. — Есть одна мысль.

— Толковая мысль-то? — усмехнулся Сергей Кузьмич.

— Да фиг его знает. Но проверить имеет смысл.

— Ладно. Номеров много, точек много, так что с тебя... Ну, сам понимаешь, — предупредил подполковник.

— Понимаю, Кузьмич, все будет в лучшем виде, — с облегчением пообещал Антон.

Он положил телефон на стол, вернул Степке айпад и снова потянулся было к ложке и креманке, но попытка опять не удалась. Телефон звякнул: пришло сообщение от Дзюбы: «С кем треплешься? Не могу дозвониться. Мальчик ездил в Пермь на поезде, назад самолетом».

Есть! Конструкция, казавшаяся такой воздушной и сказочно-невозможной, обрела первую реальную подпорку. Конечно, если это именно Филипп Орехов застрелил полицейского в Перми, то добираться он туда должен был как раз на поезде: в самолете он бы не смог провезти оружие без соответствующих разрешительных документов. А вот почему в Москву он возвращался самолетом? Ответ понятен: потому что оружия при нем уже не было. Не пожалел, выбросил. Или продал кому-то.

Быстро сунув в рот еще одну ложку изготовленного дочерью «учебного» десерта, Антон перезвонил Дзюбе.

— Ты сейчас где?

— Еду портрет показывать. Есть у меня одно подозрение, что все получится быстро и без крови, — сообщил Ромка. — Да, тебя Каменская искала, но у тебя занято все время было, так она мне позвонила.

— И чего сказала?

— Сказала, что пацаны ее кое-что нарыли. Там сложная какая-то схема, я сам половину не понял, но они уверены, что письмо бизнесмену написал тоже наш мальчик. Ты с Виторт встречался?

— Нет еще, вот жду, должна подъехать.

— Ага, ладно, тогда я поперся. Если что будет — отзвонюсь.

Антон снова положил трубку и с опаской посмотрел на креманку. Интересно, чем может закончиться третья попытка? А может, ну его совсем, этот десерт? Роковой он какой-то...

— Папа, ты чего не ешь? — тут же раздался голос Василисы. — Тебе не вкусно? У меня не получилось?

— Очень вкусно, — улыбнулся Антон. — Ты становишься настоящей хозяйкой.

— Вот видишь! Я же тебе говорила, что меня Эля всему научила уже, не надо нам никакой Лизы, пап, ты мне обещал! Мы сами справимся.

— Я помню, Васюша, не надо мне напоминать. Вот я сейчас прямо при тебе все доем.

Он сделал страшное лицо, изображая угрозу, схватил в одну руку креманку, в другую ложку. Вася залилась счастливым смехом.

И снова зазвонил телефон.

— Это Виторт, — прозвучало в трубке. — Я буду на парковке через десять минут. Где мне вас ждать? Как я вас узнаю?

— Кафе «Крошка Ру», я буду с детьми, десять лет и шесть, девочка и мальчик. Не ошибетесь. И не волнуйтесь, я сам вас узнаю.

Не рассказывать же ей, что он уже вдоволь насмотрелся на ее фотографии, размещенные на личных страничках Ольги Виторт.

— Ребята, вперед, в машину! — громко скомандовал он. — Едем в «Винни-Пух» объедаться мороженым!

— Уррраа! — радостно закричал Степка и помчался надевать кроссовки.

— Пап, а мой десертик?– огорченно спросила Вася. — Так и бросишь? А я старалась...

— Ни за что! — провозгласил Антон, схватил обычную столовую ложку вместо крошечкой кофейной, которую ему подала Эля, и в три секунды опустошил креманку.

* * *

На территории развлекательного комплекса «Винни-Пух» было множество детских кафе, в которых можно было поесть мороженого, но Антон Сташис выбрал именно «Крошку Ру», в котором, как правило, детей было как раз немного. Изначально это заведение задумывалось как место для проведения времени родителями, пока их чада смотрят кино или участвуют в затеях с профессиональными клоунами и аниматорами. Такое «взрослое» место, где и потише, и поспокойнее. И в то же время в меню есть все, что может заинтересовать детей любого возраста — от совсем малышей до подростков.

Ольгу Виторт Антон увидел сразу. Она была в точности такой же, как на фотографиях. Почему-то ее деловой официальный топ в телефонном разговоре заставил Антона нарисовать в воображении женщину, которая каждую свободную минуту занимается чем-то важным и не может позволить себе терять время впустую. Он ожидал увидеть Ольгу с включенным компьютером или хотя бы с айпадом, но ничего этого не было. Просто яркая миниатюрная молодая женщина за дальним столиком. Стол рядом с ней тоже был пуст, но на стуле, как успел заметить Антон, стояла чья-то сумка.

Ольга поднялась им навстречу, протянула руку сначала Антону, потом Василисе, потом Степке.

— Ольга Виторт, — три раза представилась она, — очень приятно.

— Василиса Сташис, — нимало не смущаясь, произнесла Вася, пожимая протянутую руку, и Антон подумал, что, наверное, девочка привыкла в спорте называть себя полным именем, и для нее в этом нет ничего необычного.

Степка, конечно, застеснялся, не сразу сообразил, как нужно себя повести, с ним ведь никогда еще не здоровались как со взрослым. Но Васька не растерялась, наклонилась к брату и что-то прошептала ему на ушко. Все это время Ольга терпеливо стояла с протянутой рукой, ожидая, пока крошечная Степкина ладошка не прикоснется к ней.

— Степан Сташис, — важно произнес мальчик и тут же взгромоздился на стул.

— Два меню, пожалуйста, — сказал Антон подошедшей тут же официантке в костюме, стилизованном под кенгуру, как того требовал весь концепт дизайна кафе.

— Четыре меню, пожалуйста, — невозмутимо сказала Ольга.

Антон бросил на нее удивленный взгляд. Детям, по его мнению, меню вообще не полагалось. Обычно он сам его читал и предлагал сыну и дочери на выбор то, что сам считал приемлемым для них, а они или соглашались, или просили почитать дальше.

Ольга поймала его взгляд и перевела глаза на Степку.

— А что, разве Степан не умеет читать?

— Я умею! — гордо заявил Степка. — Я давно уже сам книжки читаю.

— Тогда и меню сумеешь прочитать, — заметила Ольга.

Вася растерянно взяла в руки принесенное официанткой меню в обложке со смешным кенгуренком и вопросительно посмотрела на Антона.

— Выбирай, — кивнул он, покосившись на сумку, так и стоящую на стуле у соседнего столика.

Конечно, терактов в Москве давно не было, но все равно любая бесхозная сумка вызывала у него чувство тревоги, особенно если рядом были дети.

— Вы не видели, кто оставил сумку? — спросил он у Ольги.

— Это моя, — ответила она, не отрывая глаз от меню. — Я заняла соседний столик, чтобы дети могли там сидеть. И с вами рядом, и под присмотром, но слушать наши с вами разговоры, я думаю, им не обязательно.

Антон почувствовал укол недовольства самим собой. И почему он сам об этом не подумал? Конечно, ничего такого особенного он спрашивать у этой Виторт не собирался, никаких разговоров про секс или кровавые подробности не предполагалось, но все равно... Она была права. А он — нет.

— Папа, а можно мне яблочный штрудель? — спросил Стёпка. — И мороженого три шарика.

— Можно.

— А я буду вот это. — Вася ткнула пальцем в строчку. — Ти... ра... тирамису. Вот. Это вкусно?

— Попробуешь — узнаешь, — улыбнулся Антон. — А мороженое?

— Само собой. Ореховое.

Когда официантка подошла снова, чтобы принять заказ, Антон собрался было по привычке сам все сказать за детей, но наткнулся на взгляд Ольги и промолчал. Оказалось, дети вполне справились самостоятельно, внятно изложив свои просьбы. Только Стёпка замешкался, отвечая на вопрос, какой сок ему принести. Поколебался и выбрал ананасовый.

— И молодым людям накройте, пожалуйста, за соседним столиком, — не терпящим возражений тоном проговорила Ольга. — Они будут сидеть отдельно.

— Пап, а почему мы отдельно? — спросила Василиса, когда официантка приняла заказы у всех и отошла.

— Потому что вы уже взрослые, — объяснил Антон. — И вполне можете сидеть отдельно и вести за столом свои собственные разговоры. А мы с Ольгой поговорим о том, что интересно нам.

Вася, проникнувшись важностью, немедленно слезла со стула и пересела за соседний стол, Степка последовал за ней, а Ольга, протянув руку, забрала свою сумку и поставила рядом с собой. Потом повернулась в сторону Васи.

— Василиса, у тебя очень сильная рука, — сказала она. — Спортом занимаешься?

— Да, айкидо. А вы?

— Только фитнес. Но зато регулярно и давно.

Она перевела взгляд на Антона и чуть смущенно улыбнулась.

— Вы не могли до меня дозвониться, потому что я была в спортзале, потом в бассейне. Так о чем вы хотели поговорить? О Власове? Почему полицию так интересуют его картины?

— Картины полицию уже не интересуют, с ними все понятно. Полицию интересует, почему вы держите у себя в отделе такого работника.

— Но вам ведь уже все объяснили, — в голосе Ольги не было ни возмущения, ни злости. Казалось, ничто не может вывести ее из равновесия. — Володя мне говорил, что вы приходили к нему и спрашивали, как он попал в «Окси». И он вам сказал, что я взяла его по протекции Аллы Владимировны Томашкевич. Он был дружен с ее покойным сыном, и Алле Владимировне небезразлична его судьба. Вот и все. Володя долгое время сидел без работы и сильно пил, Алле Владимировне хотелось ему как-то помочь. Да, не спорю, работник Володя никудышный. Но у него есть рабочее место и твердая зарплата, а это немаловажно. И потом, кое-что, ну, что-то самое простое, он все-таки делает.

— Кто-нибудь, кроме вас и Томашкевич, знает, что Власов — бывший спортсмен?

Ольга отрицательно покачала головой.

— Это очень болезненный момент для Володи. И он сразу сказал, что у него есть условие: никто не должен знать, что он в прошлом занимался спортом.

— Почему? Что в этом криминального? Ну я понимал бы еще, если бы он судимость скрывал, или три развода и пять брошенных детей, или проблемы с наркотиками... Но спорт? Люди обычно гордятся спортивным прошлым и никогда его не скрывают, наоборот, выставляют напоказ. Вам это не показалось странным?

Ольга пожала плечами.

— Видимо, психологическая травма. Володя не любит об этом распространяться, но когда Алла Владимировна нас познакомила, он еще прилично попивал и не всегда хорошо себя контролировал, и пару раз говорил о том, что не вынесет, если его еще раз хоть кто-нибудь спросит, почему из него ничего не получилось: ни спортсмена, ни тренера. Его сестра сильно этим доставала. В общем, это не мое дело. Я просто приняла как данность, что для Власова это вопрос болезненный. Алла Владимировна просила за него — значит, я должна пойти навстречу, даже если чего-то не понимаю.

Принесли заказ, дети с жадностью набросились на свои десерты, Антон и Ольга попросили только кофе.

— Скажите, Ольга, ваш отдел часто имеет дело с компанией «Файтер-трейд»?

— Постоянно. А что?

— Филипп Орехов вам знаком?

— Разумеется, он отвечает как раз за поставки в нашу сеть.

— Как вы оцените его деловые качества?

Ольга внимательно посмотрела на Антона и чуть заметно улыбнулась.

— Я думала, вас Володя интересует, потому что убили его бывшего тренера и вы вроде как его подозреваете. При чем тут Филипп?

— И все-таки, — настойчиво проговорил Антон. — Что вы можете сказать о младшем Орехове?

— Ничего хорошего. Он такое же ничтожество в плане работы, как и Власов. Но Власов очень хорошо понимает свое место и свой уровень. А Филипп недоволен своим положением, он хочет быть более значительным, хотя данных для этого у него никаких нет. Балбес и разгильдяй. И все-таки: почему вы спрашиваете об Орехове?

— Меня интересует, могли ли у Власова быть какие-нибудь конфликты с Филиппом Ореховым на почве сотрудничества ваших компаний. Рабочие конфликты.

— Рабочие конфликты? — Ольга смотрела на Антона в полном изумлении. — Никогда. Заявляю ответственно. Ни Власов, ни младший Орехов не являются фигурами, принимающими решения. То есть по должности они их принимать, конечно, должны, но в силу личностных особенностей им этого не доверяют. Они оба совершенно некомпетентны. Решения принимаю я как начальник отдела и начальник отдела по работе с ВИП-клиентами из «Файтера». В крайнем случае — старший менеджер этого отдела. Власов и Орехов просто пешки, рабочие лошадки, которым делить совершенно нечего. Более того, Филипп Володю в упор не замечает. По-моему, он даже не знает, как зовут Власова. Спасибо еще, если в лицо опознает.

— То есть вы считаете, что никаких контактов между ними нет?

— Ну, я сильно удивлюсь, если они есть.

Антон обратил внимание, что Ольга, отвечая на его вопросы, все время посматривает на сидящих за соседним столиком детей. Посматривает внимательно, цепко, но при этом совсем не строго.

— Значит, по вашему мнению, Владимир Власов совсем никудышный?

— Только как работник моего отдела. Во всех остальных смыслах он грамотный, образованный и крайне неглупый человек. Картины пишет. Не могу судить, насколько они талантливы, я в этом не разбираюсь, на мой вкус — достаточно однообразны. Но ведь сам факт, что человек много лет занимался одним делом и вдруг занялся совершенно другим, о многом говорит, согласитесь. Не каждый на это способен. Все-таки большинство из нас обычно встает в какую-то колею и двигается по ней, пока на пенсию не попросят.

— Вы сказали: образованный, — заметил Антон. — Вы имели в виду что-то конкретное?

— Он меня однажды очень удивил. — В этот момент Ольга улыбнулась солнечно и как-то восторженно и совершенно перестала походить на строгую деловую женщину. — Именно благодаря Володе Власову я узнала о термине «газлайтинг» и о фильме «Газовый свет». Вы видели этот фильм?

— Нет. Даже не слышал о таком.

— Вот и я не слышала! Это американский фильм сороковых годов, его помнят в основном специалисты, киноведы, кинокритики. А наше с вами поколение о нем и знать не знает. Оказывается, Власов этот фильм знает, и не понаслышке. Его мать преподает во ВГИКе, и американское кино тридцатых-сороковых годов — ее специальность, вот Володя, видимо, вместе с ней все эти фильмы и посмотрел. Антон —

Ольга внезапно понизила голос и наклонилась над столом, приблизив лицо к его лицу. — Степан уронил мороженое на джинсы, скажите Василисе, чтобы взяла салфетку и помогла ему вытереться.

Антон повернулся к детям. И точно: на коленке у Степки красовалась приличная клякса быстро таявшего мороженого. Он рванулся было, чтобы самому вытереть пятно, но почему-то вспомнил странные слова Ольги: «Скажите Василисе». Непонятно. Но еще более непонятным было то, что он послушался.

— Вася! — позвал он девочку и глазами указал ей на место «аварии».

Васька немедленно подхватилась и захлопотала вокруг братика.

Антон с интересом посмотрел на Ольгу.

— Может, объясните?

— Что?

Она глядела на него яркими темно-карими глазами из-под длинной челки, и из этих глаз буквально выплескивались одновременно и нежность, и смех.

— Ваши педагогические приемы.

Она снова наклонилась над столом, на этот раз Антон подался ей навстречу.

— Никаких приемов. Просто я хорошо помню себя в детстве. Я терпеть не могла, когда со мной обращались как с маленьким ребенком. А если со мной говорили как с равной, я готова была горы свернуть. И вообще, я сюсюканья не выношу. Ребенок — это личность, и любой ребенок намного умнее, тоньше и наблюдательнее, чем о нем думают взрослые, особенно его родители. А любая личность достойна того, чтобы к ней относились с уважением. И уж во всяком случае, как мне кажется, не нужно делать за ребенка то, что он прекрасно может сделать сам.

— В том числе выбрать еду по меню? — засмеялся Антон.

— В том числе и это, — кивнула она очень серьезно. — Я понимаю, вы боялись, что, будучи предоставлены сами себе, они закажут гору еды, которую не смогут одолеть. Но, как видите, они сделали совершенно нормальный выбор: по одному десерту и по одной порции мороженого. Не по десять, и даже не по пять. А вообще-то дети у вас замечательные!

Антон расплылся от удовольствия.

— Правда?

— Чистая правда.

Лицо Ольги Виторт при этих словах было таким сияющим и искренним, что с трудом верилось, будто эта женщина может стремиться быть похожей на Лару Крофт. А что, если спросить? Только аккуратно, чтобы не вылезло то неприглядное обстоятельство, что оперативники копались в ее личной переписке и вообще как-то собирали о ней информацию в интернете.

— Ольга, Власов мне сказал, что вас на работе называют Ларой Крофт. Это правда?

Она молча кивнула.

— Да. И что?

От сияющей улыбки не осталось и следа, снова перед Антоном сидела собранная и настороженная собеседница.

— Ничего, просто интересно: почему?

— Так проще для карьеры, — коротко ответила она. — Не будешь жесткой в бизнесе — ничего не добьешься.

— А чего вы хотите добиться? Высоких постов?

Она задумчиво покачала головой и неожиданно снова улыбнулась, мягко и будто бы даже неуверенно.

— Я хочу только одного: независимости. А независимость могут дать только деньги. Я буду строить свою карьеру ровно до того момента, пока не заработаю достаточно.

Антон не был полностью согласен с такой позицией, но спорить не стал. Какой в этом смысл? Главное — он узнал то, что хотел узнать. И о Владимире Власове, и о его начальнице Ольге Виторт.

Он попросил счет, и Ольга немедленно достала кошелек и положила в папку с чеком деньги за выпитый ею кофе. Антон оценил этот жест и протестовать не стал, хотя сумма его не разорила бы. Человек стремится к независимости, зачем ему мешать?

Едва они вышли из кафе на улицу, Степка, к огромному удивлению Антона, схватил Ольгу за руку.

— А вы пойдете с нами на карусели кататься?

Ну надо же... К Лизе Степка даже близко не подходил, а если она пыталась его обнять — старательно уворачивался.

Карусель в планы Антона Сташиса сегодня не входила. Надо отвезти детей к Эле и мчаться в Москву. Он выразительно посмотрел на часы.

— Про карусель мы не договаривались, — твердо ответил он. — Мне нужно вернуться на работу.

— Ну па-ап, — начал канючить Степка, при этом за руку он дергал почему-то Ольгу.

— Степа! — строго сказала Василиса. — Ты что, не слышал? Папе надо на работу.

— А пусть он едет на работу, а мы с тетей Ольгой на карусели пойдем.

— Нет, Степан, сегодня не получится. — Ольга сохраняла полную серьезность. — Если бы мы с тобой раньше об этом договорились — тогда другое дело. Но мы же не договаривались. И мне нужно ехать в другое место.

— А если мы потом договоримся, вы приедете с нами покататься? — допытывался мальчик, по-прежнему не отпуская ее руку.

— Если договоримся — обязательно. Мы же взрослые люди, а взрослые люди всегда сначала договариваются. Правда?

— Правда, — важно кивнул Степка, с явной неохотой отпуская ее руку.

Они распрощались на парковке и разъехались каждый в свою сторону. Степка выглядел расстроенным, Вася была задумчивой.

— Когда ты приедешь? — грустно спросила девочка, выходя из машины перед домом, где жила Эля. — Завтра?

— Не обещаю, — честно ответил Антон. — Ты же понимаешь, это не от меня зависит. У меня такая работа.

— Я понимаю, папа. А Ольга...

Она замялась.

— Что — Ольга?

— Она еще приедет к нам?

Антон прижал металлический кружочек электронного ключа к замку и толкнул калитку.

— Вряд ли.

— Она твоя знакомая?

— Не совсем. Мне нужно было кое-что спросить у нее по работе. Больше мы, наверное, не увидимся. А что? Она тебе понравилась?

Вася неопределенно пожала плечами и вдруг выпалила:

— Она лучше твоей дурацкой Лизы! Она умная и добрая! А Лиза твоя злая! И с ней холодно.

Глаза девочки налились слезами, и она стремглав помчалась в дом, чтобы не разрыдаться перед отцом и братом. Степка растерянно смотрел ей вслед, решая, то ли разреветься за компанию, то ли не спеша, как и подобает взрослому человеку, подняться на крыльцо. В конце концов мальчик выбрал второй вариант и с крыльца помахал отцу рукой.

Сердце у Антона разрывалось. Но что же делать, если у него такая работа...

* * *

Встретиться договорились на Петровке, там было всем удобнее. Федор Ульянцев с недоверием поглядывал на Сташиса и Дзюбу, которые поступали как-то странно для оперов: фактически уговаривали Федора присвоить себе все лавры по раскрытию нескольких преступлений, да не каких-нибудь там карманных краж, а самых настоящих убийств.

— Ты же оттаптывал все места, где возможна переделка травматиков, но сначала искал тех, кто видел там Ламзина, и не нашел. Ведь не нашел же? — напористо говорил Дзюба.

— Ну, — соглашался Федор, — не нашел.

— А потом у тебя появился новый фигурант, Власов. — Антон положил перед Федором фотографию. — Бывший ученик Болтенкова, который имел основания мстить своему учителю. Ты узнал, что в свое время Болтенков за деньги продал своего лучшего ученика, чемпиона России, другому тренеру, Людмиле Волынец.

— Откуда я это узнал?

— Вот здесь все написано. — Дзюба бросил на стол толстую папку. — Учи слова. Ты встретился с первой женой Болтенкова, и она тебе рассказала. Не сомневайся, так и было на самом деле. Если что — ее можно допрашивать, она под протокол подтвердит. И ты начал проверять Власова. Но тоже обломался на первых порах. А потом ты получил оперативную информацию о том, что люди, так или иначе напакостившие Власову за время его спортивной карьеры, тем или иным образом пострадали. Таким путем ты нашел и нераскрытое убийство полицейского из Перми, который за большую взятку поучаствовал в комбинации по замене неудобного судьи на нужного. И Галину Носуленко ты вычислил точно так же. И натолкнуло тебя на эту мысль покушение на бизнесмена Ганджумяна, сын которого занимается фигурным катанием. Ты покопался поглубже, поговорил с людьми и выяснил, что из-за Ганджумяна у Власова не сложилась карьера тренера. Здесь Баглаев ничего тебе не скажет, потому что про Ганджумяна мы с ним уже говорили, и он вроде даже с нами согласился.

— Все равно криво, — упирался Ульянцев. — Ахмедыч смотрел экспертизу пули и гильзы по Ганджумяну, там другой ствол. Тоже переделанный травматик, но другой.

— Во-о-от! — в этом месте Дзюба сделал многозначительное лицо. — И ты, умный и ушлый сыскарь, начал работать с учетами разрешительной системы, причем не только по Власову, но и по его ближайшему окружению, поскольку у Власова непробиваемое алиби. И знаешь, что ты обнаружил? Ты обнаружил некоего Филиппа Орехова, с которым Власов знаком и контактирует по работе. Они примерно одного возраста и вполне могли найти общий язык и подружиться. И вот этот самый Орехов вдруг ни с того ни с сего получает разрешение на приобретение травматического оружия и под это разрешение легально покупает два ствола. И через два месяца после этого убивают полицейского в Перми, а через какое-то время — Галину Носуленко. В обоих случаях использован переделанный травматик, и в обоих случаях он не найден. И обе жертвы имели прямое отношение к спортивной карьере Власова. То есть у тебя есть все основания подозревать, что Власов нанял Орехова для осуществления широкомасштабной мести. За деньги ли, по дружбе ли — это уж ты потом выяснишь. Вот тебе все материалы, читай, изучай.

Ульянцев с опаской смотрел на толстую папку, не решаясь ее открыть. Какой-то во всем этом был подвох. Но какой?

— Ребята, — спросил он, — а вам-то это зачем нужно? С какого бодуна вы раскрытие мне отдаете? У вас самих какой интерес?

Вот это и был тот самый главный вопрос, ответить на который следовало правильно.

— Мы хотим, чтобы преступление было раскрыто и чтобы невиновный не сидел, это понятно, — взвешивая каждое слово, начал Антон. — Но есть еще ряд привходящих обстоятельств. Следак у тебя сложный, с характером, мы с ним раньше ни разу не работали, подходов к нему не знаем, контакта с ним у нас нет. А ты работаешь с ним давно, вы из одного округа, сталкиваетесь постоянно. И только ты можешь найти правильные слова, чтобы заставить его рассмотреть новую версию и при этом не затронуть его самолюбие. Мы этого не сможем. А ссориться с ним нам без мазы. Он всегда будет помнить, что вот эти два опера из главка его опрокинули. И никакой работы не получится.

— И все? — недоверчиво прищурился Ульянцев.

На его взгляд, аргумент был слабоват. Должны быть еще подводные камни.

— Нет, — улыбнулся Сташис, — не все. Есть еще адвокат Кирган, Виталий Николаевич. Ты с ним на каком-нибудь поле сталкивался?

— Не приходилось.

— А вот нам приходилось и придется еще не один раз. Ты же понимаешь, нас подвязывают на серьезные убийства, громкие, а Кирган — адвокат опытный, солидный, с репутацией, его именно на такие дела и приглашают. И нам с ним еще не один пуд соли схавать предстоит. Знаешь, чем опасен хороший адвокат? Тем, что ты принесешь следаку три кучи доказухи, а хороший адвокат все эти кучи расхерачит по признаку допустимости, это как минимум, а то и по достоверности или по достаточности. Поэтому с таким адвокатом лучше иметь худой мир, чем добрую ссору. В деле Болтенкова–Ламзина так получилось, ну, совершенно случайно, что мы нарыли доказательства как раз в пользу адвоката. И мы хотим сделать так, чтобы твой следак к нему прислушался. И выпустил Ламзина как можно скорее. А без твоей помощи нам этого не добиться.

— Это все? — снова хмыкнул Ульянцев.

— Не все, — вздохнул Сташис. — Есть еще один момент. Убийство Носуленко. Мы все проверили, по нему отбывает срок тип, на котором пробы негде ставить, ему что с Носуленко, что без, все одно пожизненное. Но если поднимать шум, то пострадают люди. Хорошие, между прочим, люди. Девочка-следователь, молодая, неопытная совсем, выехала на труп Носуленко по дежурству, ей дело и отписали.

АЛЕКСАНДРА МАРИНИНА

Опера — волки зубастые, прожженные, ей по ушам начали ездить, она и повелась. Кстати, за одного из них она потом и замуж вышла, сейчас уже ребеночка ждут. Дело оформила, как конфетку, потом, когда оказалось, что эпизодов на задержанном как веснушек на рыжем, дело, конечно, другому следователю передали, но по трупу Носуленко все было сделано уже идеально. Никому и в голову не пришло. Ни второй следователь, ни прокурор, ни судья — никто не засомневался.

— Чем же его взяли, этого кренделя? — поинтересовался Федор.

— Братом и женой. Там вся семейка активно участвовала в сбыте добытого преступным путем. Пообещали семью не трогать в обмен на то, что он возьмет на себя труп Носуленко. Так вот, Федя, мы тебе выложили все как на духу. Если играть почестному, то нужно рассказывать всю биографию Власова, упоминать всех людей, которые сделали ему подлянку, и тогда обязательно вылезет Галина Носуленко, которая буквально выжила Власова с тренерской работы, чтобы занять его место. И вот в этом пикантном месте и у тебя, и у Баглаева могут возникнуть ненужные вопросы. Особенно если он поднимет дело из судебного архива и увидит там экспертизу, в которой черным по белому написано про переделанный травматик. Люди пострадают. А это нехорошо. Это только кажется, что работников правоохранительных органов очень много. На самом деле нас мало, прослойка узкая, и мы постоянно друг с другом сталкиваемся. Нам ссориться ни к чему. Поэтому мы с кровью и слезами отрываем от себя «палку» за раскрытие этого дела и отдаем тебе. А ты за это готовишь почву для адвоката Киргана и молчишь про убийство Носуленко. По-моему, бартер вполне достойный.

— Но дело-то оперучета у меня в производстве, — ехидно заметил Ульянцев. — Значит, «палка» по-любому моя. Темните вы что-то, ребятки.

— Это ты прав, — в разговор включился Сергей Кузьмич Зарубин, который до той поры сидел за своим столом молча, ни во что не вмешивался и только внимательно слушал. — Но ты забыл маленькую деталь: в карточке статистичсского учета обязательно отмечается, как, какими силами и средствами раскрыто преступление. И вот тут имеет колоссальное значение бумага из главка, в которой прописано, какую именно оперативную информацию предоставили следствию приданные силы, то есть вот майор Сташис и старший лейтенант Дзюба. И из этой бумаги становится очень хорошо видно, кто что на самом деле сделал, а кто не сделал ничего. Так вот в нашей власти сделать так, чтобы бумагу направили на твою землю. Или не направили. Какую инициативу мы проявим — так оно и будет.

— Ну, хорошо, — кивнул Ульянцев. — Будем считать, что вы меня убедили. Какие доказательства есть на Орехова?

— Вот, смотри, — Дзюба положил перед ним очередной листок распечатки, весь испещренный цифрами. — Это полученная у технарей информация о том, в каких точках регистрировался мобильный телефон Орехова в периоды совершения убийств. Интервал взят часовой, для верности. А вот здесь расшифровка с точными координатами каждого места регистрации. И вот еще тебе справка из Управления железных дорог и из авиакомпании «Сибирь», из которой видно, что Филипп Орехов в интересующее нас время выезжал поездом в Пермь и обратно в Москву возвращался самолетом. А это список свидетелей, которые неоднократно видели Орехова в стрелковом комплексе, где есть большая оружейная мастерская.

— Неоднократно? — удивился Федор. — Так он что, все стволы в одном месте переделывал? Он что, кретин полный? Не боялся, что его запомнят?

— Там оружейка большая и бестолковая, работают и с ружьями, и с пистолетами, порядка нет. Наверное, Орехов надеялся, что его не запомнят. Понимаешь, Федя, какая штука у этого Орехова, — начал объяснять Дзюба. — У него дефект есть, он лица не запоминает. Вот он пришел в эту оружейку в первый раз, просто понюхать, познакомиться, а когда пришел во второй раз, ему показалось, что люди там совсем другие. То есть типа проходной двор, много сотрудников и много клиентов, и никто друг друга не знает. А люди-то были одни и те же, и они Филиппа преотлично запомнили. А он со спокойной душой носил туда ствол за стволом. Сначала два принес, те, которые легально приобрел, потом еще три раза приходил, по одному травматику приносил. Мастер-оружейник был один и тот же, с ним Орехов договорился, он, конечно, под протокол ничего не скажет, а вот свидетелей, которые его там видели, — полно.

— Значит, всего пять? — уточнил Ульянцев. — А огнестрелов у нас четыре. Получается, он планирует еще одно убийство?

— Нет, вряд ли, — успокоил его Антон. — У него была на примете еще одна жертва, тетка из Москомспорта, которая Власову когда-то помешала уехать за границу тренироваться, но даму эту успели благополучно приговорить по другому поводу. Так что ствол просто не пригодился.

— А-а-а, — протянул Федор, — понятно. А источники приобретения трех левых стволов?

— Ну, друг сердечный, ты совесть-то имей! — расхохотался Зарубин. — Ты уж нам-то, сиротам голодным, оставь хоть что-нибудь. Нам ведь тоже перед своим руководством отчитаться нужно. Вот и получится, что ты главный, босс, можно сказать, вычислил подозреваемого и дал нам задание отработать источники приобретения оружия, мы их тебе отработали. Но ты Баглаеву этого пока не говори, ладно? Там еще кое-что перепроверить нужно. И потом, это ведь для следствия значения не имеет, все равно Орехов на допросе скажет, что купил ствол у неустановленного лица, и дату не вспомнит, и место напутает.

Ульянцев собрал все переданные ему материалы, аккуратно уложил в папку, посмотрел на часы.

— Сегодня Ахмедыч опять на сутках, в кабинете сидит, самое подходящее время для такого разговора. Если, конечно, на место происшествия не сорвут. Но погода хорошая, тепло, сухо, вторая половина и вечер субботы... Если что и будет происходить, то в области, в городе-то мало кто остался. Будем надеяться, что все получится.

Уже у самой двери он вдруг остановился и посмотрел на Зарубина.

— Насчет бумаги из главка — это точно? Накладок не будет?

— Зуб даю! — поклялся подполковник.

Несколько минут они сидели молча, словно боясь разрушить хрупкую тишину в кабинете.

Первым заговорил Зарубин:

— Втравили вы меня черт знает во что... Ульянцеву голову совсем заморочили. Хорошо еще, что он соображает не очень быстро, а то от ваших изысканий камня на камне не оставил бы. Есть два очень стремных момента: мотив и пятый ствол.

— Да ладно, Сергей Кузьмич, — весело откликнулся Дзюба, которому казалось, что беседа с оперативником «с земли» прошла более чем продуктивно, — ну чего мотив-то? Разве это главное? Вон Баглаев Ламзина закрыл на одном только мотиве, и что? Никаких доказательств как не было, так и нет.

— Ромчик, ты, я смотрю, врать учишься прямо на глазах. — Зарубин с шутливым неодобрением погрозил ему пальцем. — Втирал Ульянцеву, что Власов и Орехов хорошо знакомы и там может быть мотив денежный, а может — и просто чисто по дружбе. Друг мстит за друга. Красиво было, я аж сам заслушался. Но мы-то все тут прекрасно знаем, что ничего этого нет. Нет у них никакой дружбы, и даже личное знакомство не доказано, ни одного контакта вне «Оксиджена». Денег на оплату такого количества заказных убийств у Власова тоже нет. И Орехов зачем-то обливает Власова помоями в интернете. Про то, что это именно Орехов пытался вымогать деньги у Ганджумяна, вы тоже, между прочим, промолчали. Нет, как хотите, а с мотивом тут у вас полная фигня получается. Вернее, не получается вообще ничего.

— Да и ладно, — отозвался Антон. — Пусть Баглаев займется Ореховым, начнет его допрашивать, а там и мотив вылезет. Нам сейчас важен результат: Баглаев должен поверить Феде и запросить материалы дела из Перми. Дело приостановлено, стало быть, пуля и гильза находятся в материалах, и можно направлять баллистам на новую экспертизу вещдоки по пермскому эпизоду, по Болтенкову и по Ганджумяну. А по убийству Носуленко все равно результата не будет, потому что решение суда вынесено и вещдоки, в соответствии с законом, уничтожены. Так что мы правильно решили это дело не трогать.

— Слушай, — встревоженно заговорил вдруг Роман, — а если Орехов сам признается? Ну вдруг он окажется таким дурным слабаком, что начнет про все рассказывать, в том числе и про Носуленко?

— Ну, милый друг, ты опер или где? — развел руками Зарубин. — Ты ж поговори с ним первым, сразу после задержания, и поговори правильно. И Тоха вон тоже поговорит. И тоже правильно. Все в ваших руках. Как дети малые, ей-богу! С кем приходится работать?!

— И вообще, до задержания еще долгая песня, — продолжил Антон. — С пятым стволом у нас не гладко. Идеально было бы взять Орехова в момент очередного покушения, тогда геморроя меньше, а доказухи больше получится.

— Тоха, но мы же с тобой посчитали, что пятый ствол приобретался для убийства Ефимовой. Он просто не понадобился. — Ромка покрутил головой, взъерошил пятерней волосы на затылке и поморщился. — Черт, зарос уже, стричься пора.

Антон внимательно изучал какой-то список, вздыхая и покачивая головой.

— Посчитать-то мы, конечно, посчитали, но все равно... Пока не будет результатов новой экспертизы, мы не можем знать, использовал Орехов каждый раз одно и то же оружие или разные. Да, стволы приобретал, да, переделывал, но не факт, что использовал. Может, он стрелял каждый раз из одного и того же.

— А зачем тогда приобретал и переделывал? — резонно заметил Ромка. — Типа как в старом анекдоте: варил яйца и продавал по цене сырых — и наварчик остается, и при деле. Глупость же! И затратно. И потом, Тоха, из Перми-то он точно возвращался без ствола, самолетом летел. Значит, он оружие там скинул.

— И опять не факт. Он мог попросить кого-нибудь перевезти пистолет из Перми в Москву поездом, а сам вернулся самолетом.

— Да... Вообще-то мог... — согласился Дзюба. — И что получается?

— Смотри. — Антон вооружился фломастером и положил перед собой два календаря — на 2012-й и 2013-й годы. — Вот примерное время, когда Орехов приобретает первые два легальных ствола. — Он обвел тонким фломастером неделю. — Вот примерное время, когда он принес оба в оружейку для переделки под стрельбу боевыми патронами. Точную дату тоже никто не вспомнил, много времени прошло, но приблизительно. И вот у нас точное время убийства в Перми. Предположим, он ствол скинул там. Значит, у него остался еще один. Все верно?

— Пока да, — кивнул Роман, напряженно вглядываясь в мелкие цифры на карманных календариках.

— Вот у нас точная дата убийства Галины Носуленко. К этому времени у него должен был остаться второй ствол из приобретенных легально. Но! Вот у нас оперативная информация, в которой точно указано, что в начале сентября, а именно — в День города, Филипп Орехов приобретает нелегальный травматик. И в середине сентября снова появляется все в той же оружейной мастерской. Зачем, если у него есть еще один ствол?

— Про запас, на будущее, — быстро ответил Ромка. — У него планов-то громадье было! Размах! Макбет отдыхает!

— Допустим, — согласился Антон. — Итак, на момент убийства Носуленко в ноябре прошлого года у Орехова на руках как минимум два ствола. Зафиксировал?

— Так точно! — бодро отрапортовал Ромка.

— При убийстве Носуленко один из стволов был использован. Тут два варианта: либо Орехов его тоже скинул, либо оставил у себя. Таким образом, после убийства у него остается как минимум один пистолет. Но возможно — два. Возможно, даже и три, если он из Перми каким-то образом оружие все же вернул в Москву. Дальше мы вступаем в область предположений. Следующая жертва — Инна Ефимова. Орехов начинает к ней подбираться, но Инна Викторовна дама не такая простая, как массажистка, пешком по безлюдным неосвещенным местам она не ходит, все больше на машине передвигается и находится в людных местах. С ней не получилось так быстро, как с пермским полицейским, который просто вышел из дома поздно вечером, чтобы вынести мусор, и был застрелен. На подготовку убийства Ефимовой уходит много времени. Орехов же должен вести внешне обычный образ жизни, ходить каждый день на работу, в свободное время тусоваться с приятелями, в клубах зажигать, так что дело движется медленно. Прогуливать работу не получается — папаша бдит, как тебе, Ромыч, доложил твой свидетель Химин. А тут и неизвестный доброжелатель с ножичком фирмы «Самура» подвернулся, всю грязную работу выполнил сам. Орехову облегчение вышло. Но — внимание! — если заказчик убийств Власов, то почему он не знал о том, что Ефимова убита? А он совершенно точно не знал, головой поручусь.

— Ой, Тоха, поберег бы ты голову-то, — скептически заметил Зарубин. — Я бы на нее в последнее время не стал полагаться. Косяков за тобой многовато, все не о том думаешь. Раньше я твоим выводам доверял полностью, а теперь вот меня что-то сомнение взяло.

Антон стиснул зубы, побледнел, но удержался от вспышки и даже нашел в себе силы примирительно улыбнуться. А какой смысл вспыхивать, если Кузьмич прав? Конечно, неприятно это слышать, но и возразить нечего.

— Хорошо, — спокойно продолжил он. — Допустим, я ошибся, и Власов о смерти Ефимовой знал. В раскладе со стволами это ничего не меняет. При убийстве Ефимовой травматик не использовался, таким образом, на руках у Орехова к этому моменту должны были оставаться как минимум одна, как максимум — три единицы оружия. Тем временем, пока Ефимова еще жива, Орехов приобретает в феврале нынешнего года очередной левый травматик и в воскресенье, третьего марта, тащит его все в ту же оружейку на все ту же переделку. Ефимову убивают двадцатого марта. То есть к этому времени у Орехова уже четыре ствола. Он их что, копит? Коллекционирует? Даже если посчитать, что после каждого убийства он их сбрасывает, что было бы правильным и разумным, то убийств он к марту тринадцатого года совершил всего два, а стволов у него четыре. Правда, у него впереди еще две жертвы — Болтенков и Ганджумян. Так что в этом смысле все сошлось бы, если бы не одно противное обстоятельство: в апреле этого года он приобретает еще один ствол и снова несет все тому же оружейному мастеру. Вопрос: зачем?

— Значит, есть еще кто-то, кто сильно испортил жизнь Власову, — отозвался Дзюба. — Но мне кажется, мы перешерстили его биографию от и до. Всех нашли и всех проверили. Николай Носуленко погиб в автокатастрофе, Инну Ефимову убили по другой причине, во всех остальных стреляли из травматика. Больше никого не осталось.

— Может быть, мы что-то пропустили, — покачал головой Антон. — Информации было много, нас ею буквально завалило, мы с трудом из-под этой кучи выбрались. Могли пропустить что-то важное.

— Тоха! — Глаза Дзюбы внезапно загорелись тем самым азартом, который охватывал Ромку, когда в голову ему приходила очередная невероятная версия. — Только не бей меня сразу по голове, выслушай сначала.

— Давай-давай, — Зарубин поудобнее устроился за своим столом. — Я послушаю. Люблю в субботний день сказки послушать, раз уж на дачу не получилось выехать.

Дзюба возбужденно зашагал взад-вперед по маленькому кабинету, размахивая руками.

— Власов действительно ничего не знает, ты не ошибся. Орехов хочет его подставить. Он совершает убийства именно тех людей, которым Власов мог бы отомстить. А потом он переведет на Власова все стрелки. И слив инфы в сети — это часть комбинации. Я не очень понимаю, какой именно и как эта грязь поможет уличить Власова в убийствах, но заподозрить — точно поможет. Орехов действительно не контактирует с Власовым, чтобы тот ненароком его не вспомнил. Где-то когда-то Власов очень сильно перешел дорогу Филиппу Орехову. Причем ситуация сложилась так, что Власов даже и не знал, кому именно навредил, кого обидел, и ни имя, ни лицо Орехова ему ни о чем не говорят. А вот Орехов очень хорошо знает, кто виноват. И сейчас осуществляет свою месть.

— И пятый переделанный травматик... — начал Антон.

— Так вот именно! Пятый ствол нужен для того, чтобы подсунуть его Власову. Наверняка из него совершено хотя бы одно убийство, и теперь Орехов бережет его как зеницу ока, чтобы в нужный момент этот пистолет нашли у Власова.

— Все равно по арифметике не выходит, — заметил Зарубин. — Четыре огнестрела — четыре ствола, три сбросил, один оставил, чтобы использовать в нужный момент. Пятый-то зачем?

— Ну Сергей же Кузьмич! — От досады Роман взвыл и даже ногой притопнул. — Человек, который все это мог придумать и осуществить, по определению не является дебилом. У него есть мозги. И Закон об оружии он наверняка прочитал. А там написано, что после приобретения оружия владелец обязан каждые пять лет его перерегистрировать, то есть приносить в полицию и предъявлять. Орехов приобрел легально два ствола, они официально зарегистрированы. Когда пройдет года четыре с момента приобретения, он тихо-мирно явится в полицию и напишет заяву об утрате одного травматического пистолета. Одного, понимаете? А второй-то придется предъявить. Писать две заявы опасно, может вызвать подозрения. А одну — в самый раз, травматики без конца воруют. Так что пятый ствол лежит у него дома...

Ромка вдруг потух и с досадой стукнул кулаком по столу.

— Переделанный, — едва слышно пробормотал он. — И при первой же проверке это будет выявлено. Переделанный ствол он не может отнести на перерегистрацию. Значит, схема не такая. И проверки же... Участковый в любой момент имеет право прийти к владельцу зарегистрированного оружия и проверить соблюдение порядка и условий хранения, наличие металлического запираемого шкафа и все такое... И что будет, если он придет с такой проверкой, а у Орехова вместо двух травматиков только один, и тот переделанный под боевой патрон, а второго вообще нет, и об утере или краже он не заявлял. Нет, фигню я сморозил. Не получается.

Антон внезапно улыбнулся и дружески хлопнул донельзя расстроенного Дзюбу по спине.

— Ромка! Ты гений! Ты все правильно говоришь!

— Так не получается же! — в отчаянии воскликнул Роман.

— Да все отлично получается! Ты вспомни, что говорил об Орехове после знакомства с ним в клубе? Ну вспомни, вспомни! Тебя еще...

Он хотел было сказать: «Анастасия Павловна просила пример привести», но вовремя прикусил язык. Говорить при Зарубине о том, что они плотно сотрудничают с частным сыском на стороне защиты, вряд ли было разумно.

— Ну, я тебя попросил пример привести, а ты про яхту рассказывал. И говорил, что Орехов не видит дальнюю цель, только ближнюю. Ну?!

Поникшие плечи Дзюбы распрямились, глаза снова засверкали.

— Ты хочешь сказать, что он об этом вообще не подумал?

— Может, и подумал, но наплевал. Пять лет — это же огромный срок! А к этому времени он уже расправится с Власовым — и все! Дальше он не думает и не видит.

— А проверки участкового?

— Ну, тут он на папу и на Усикова надеется. Быть того не может, чтобы владелец шикарного дома в ближнем Подмосковье не прикармливал местную милицию. А Усиков своих в обиду не даст. Так что никаких неожиданных проверок и нежданных гостей.

— Усиков? — вдруг переспросил Зарубин, нахмурившись. — Это не Олег Семенович, случайно?

— Он самый, — кивнул Роман. — Вы его знаете?

— Ну а то! — самодовольно хмыкнул подполковник. — Правда, я всю жизнь в розыске пахал, а Ус с преступлениями в сфере экономики боролся, как умел, но вместе мы много чего понаделали, даже сейчас вспомнить приятно! Очень грамотный был опер, просто на редкость. А сейчас он, стало быть, кто у нас?

— Руководитель службы безопасности компании «Файтер-трейд», владельцем которой является отец нашего фигуранта Филиппа Орехова, — доложил Дзюба.

— Ну, хоть в чем-то повезло, — философски изрек Зарубин. — Да, кстати, Пална тоже прекрасно его знает. Ус был в нее даже влюблен целых три дня. Или пять... Что вы на меня так смотрите? Думаете, я не знаю, сколько вас было сегодня ночью в клубе? Вы меня вообще за кого держите? За лоха педального? Вы не смотрите, что я маленький, у меня глаза зоркие и уши большие. И руки, между прочим, очень длинные. За сокрытие информации от старшего по должности буду наказывать нещадно. Клоуны, понимаешь ли!

Говорил он весело и беззлобно, одновременно заваривая чай в большом керамическом чайнике, который Сергею Кузьмичу кто-то подарил на Новый год. Чайник был настолько уродлив, что нести его домой и украшать им свою кухню Зарубин не решился. В то же время для использования в служебном кабинете сей продукт посудного производства подходил отлично: вместимость его составляла ровно три большие кружки.

— Подставляйте свои ведра, — скомандовал подполковник. — И поведайте мне, старому немощному менту, историю с письмами Орехова. Я так понимаю, мальчик решил попутно еще и бабло срубить, но не вышло. То есть не вышло в случае с Ганджумяном. А с остальными он не пробовал?

— Похоже, нет, — покачал головой Антон. — Наверное, хотел попробовать с Ефимовой, но не успел. А остальные — народ не денежный, с них и не возьмешь много, да и в заказ они вряд ли поверили бы.

— Ну почему?! — возразил Зарубин. — Полицейский при должности вполне мог поверить, за его головой наверняка многие охотились. Хотя с нами, ментами, связываться — себе дороже, так что ты, пожалуй, прав: Ганджумян — единственная его попытка такого рода. А это точно, что письмо писал Орехов? Вы же мне вроде говорили, что ребята проверяли, адреса все левые, слова какие-то употребляли мудреные про анонимайзеры и прочую хрень. Опять что-то мудрите?

Дзюба и Антон старательно размешивали в своих кружках сахар с таким видом, словно ничего важнее в этот момент в их жизни не существовало.

— Я понял, — удовлетворенно кивнул Зарубин. — Пална сейчас живет у брата, а у ейного братца Александра, которого я знаю как облупленного, имеется сынок подходящего возраста и сомнительных компьютерных наклонностей. Значит, это он вам Орехова вычислил.

— Скучно с тобой, Кузьмич, — проронил Антон, глядя в окно. — Тебя ни удивить, ни обмануть... Тоска.

— Было б весело — вас бы уже всех давно поувольняли к такой-то матери, — ответил Сергей Кузьмич. — И меня заодно с вами. Скучные — они, знаете ли, усидчивые, в том смысле, что подолгу в своих креслах сидят. Именно потому, что скучные. Ни удивить их, ни обмануть. Чего сидим? Кого ждем? Ноги в руки — и бегом раскапывать биографии Власова и Орехова вплоть до детского садика и ясельного возраста. Ромыч дело говорит: очень вся эта история похожа на месть и попытку подставить, причем тот, кто мстит, знает, кому и за что он мстит, а вот его жертва даже не подозревает о том, что когда-то наступила на хвост именно этому мстителю. Если вы найдете мотив, то, вполне возможно, найдете ответ на вопрос, зачем нужен пятый ствол.

— Чай-то можно допить? — насмешливо осведомился Антон.

— Нельзя! — рявкнул Зарубин неожиданно зычным голосом.

Но они все равно допили чай и даже догрызли несколько последних печений из круглой жестяной коробки.

— Сташис! — крикнул ему в спину Зарубин, когда Антон и Ромка покидали кабинет.

Антон обернулся, вопросительно посмотрел на подполковника.

— Помнишь, что сказал папа Мюллер Штирлицу?

Антон мрачно кивнул. Фраза «Штирлиц! А вас я попрошу остаться» стала чуть не поговоркой, ее знали даже маленькие дети. Значит, у Кузьмича припрятана за пазухой плохая новость.

— Ромыч, подожди меня в коридоре, я сейчас, — сказал он Дзюбе и, прикрыв дверь, привалился к ней спиной.

— Если ты думаешь, что я, как ручной попугай, выполняю твои просьбы и не вникаю в их суть, то ты сильно ошибаешься, — продолжал Зарубин весело и спокойно. — Ты дал мне на проверку телефоны Орехова и еще двух кренделей, предположительно причастных к убийству Ефимовой. Так вот, я посмотрел, что получилось. Оба этих красавца находились в момент убийства Ефимовой именно в том районе, где нашли труп. Это хорошо. Но почему-то несколько дней назад местонахождение их мобильных телефонов было зарегистрировано неподалеку от твоего дома. Поздно вечером. Ты ничего не хочешь мне сказать?

— Не хотел, — угрюмо ответил Антон. — Но теперь, видимо, придется.

* * *

Анастасия Каменская и Виталий Кирган сидели в машине адвоката, припаркованной примерно в полукилометре от здания следственного комитета, где находился кабинет Баглаева. Федор Ульянцев вошел в это здание около трех часов назад. Он обещал после разговора со следователем сразу позвонить Антону Сташису, и если результат беседы окажется удовлетворительным, Антон должен будет перезвонить Насте или самому Киргану, а тот уж станет действовать по ситуации. Вечернее время на суточном дежурстве — самое удобное для разговора в кабинете следователя: никакие следственные действия на это время не назначаются, и если нет не-

АЛЕКСАНДРА МАРИНИНА

обходимости выезжать на место происшествия, то собеседникам ничто и никто не мешает.

Настя познакомилась с Кирганом совсем недавно, общих тем для обсуждения у них не было, а все, что важно для дела, они давно уже обсудили и теперь сидели, уткнувшись каждый в свой айпад. Кирган писал письма, Настя складывала пазл и предавалась размышлениям об американском и английском кинематографе тридцатых-сороковых годов. Вернее, не о самом кинематографическом искусстве, а о том, что вот она, например, совершенно ничего о нем не знает и из режиссеров того периода может назвать навскидку только Альфреда Хичкока. А вот Владимир Власов, оказывается, знает такого режиссера Кьюкора, о котором Настя не слышала. Каков вообще круг интересов и знаний этого Власова? Неожиданно для всех стал художником, но изображает только строго ограниченный набор фигур и дорожек. Знает американское и английское кино... Что еще? Возможно, что-то совсем уж необычное, но именно это необычное и протянет ниточку между ним и Филиппом Ореховым, который ни с того ни с сего, вот просто так, за здорово живешь, вдруг затеял длинную и сложную комбинацию с целью упрятать Власова на зону, причем пожизненно.

Она закрыла пазл, нажав на кнопку «пауза», вышла в поисковик и стала, сама не зная зачем, смотреть информацию об англоязычных режиссерах, читала их биографии, названия фильмов, имена актеров, которые в этих фильмах снимались...

«Я что-то ищу, — зудела в голове навязчивая мысль. — Причем мое подсознание точно знает, что именно, а на уровень сознания это никак не выходит. Зачем я это читаю? Что хочу здесь найти?

А ведь точно что-то хочу, только не могу понять, что именно».

Она злилась на себя и все равно продолжала методично, файл за файлом, открывать информацию и просматривать ее, даже не пытаясь ни осмыслить, ни запомнить. Наконец, дошла до Хичкока, на экране планшета появился перечень его фильмов. Большинство названий было Насте знакомо, несколько лет назад Лешка подарил ей коллекцию дисков с фильмами Хичкока в толстенных коробках, и после выхода в отставку она успела посмотреть десятка полтора картин мастера. «Леди исчезает», «Подозрение», «Дурная слава», «К северу через северо-запад», «Психо», «Не тот человек», «Незнакомцы в поезде»...

Зазвонил телефон, Антон Сташис сказал, что у Ульянцева все получилось. И даже совсем малой кровью обошлось, потому что Баглаев все-таки очень профессиональный мужик, хотя и с характером. Он и сам уже, судя по разговору с Федором, давно почуял, что двигается не в том направлении, но другого направления просто не видел.

Настя сунула телефон в нагрудный карман ветровки и повернулась к адвокату.

— Вроде бы все в порядке. По крайней мере, Федор ушел из кабинета следователя живым и без телесных повреждений.

— Это хорошо, — кивнул Кирган. — Выжду для приличия минут двадцать, и если Баглаев не уедет на происшествие, рискну сам ему позвонить. Если он согласится меня принять сейчас, значит, у нас все получилось, и мы... — Он не успел закончить фразу, когда зазвонил его телефон. — Наверное, Антон мне тоже решил позвонить для верности, — предположил Виталий Николаевич, откидывая крышку, и тут же брови его поползли вверх. — Это Баглаев.

Он нажал кнопку и заговорил как ни в чем не бывало:

— Слушаю, Тимур Ахмедович... Да нет, что вы, конечно, я не сплю, детское же время, еще даже десяти нет. А что, что-то случилось? Конечно, я подъеду, не вопрос. Одну минуту, я по навигатору трафик посмотрю... Ну, он мне обещает, что минут за двадцать я до вас доберусь. Дождетесь? Ах, вы на дежурстве. Ну, разумеется, Тимур Ахмедович, если вам придется выехать на происшествие, я буду вас ждать. Нет-нет, не беспокойтесь, если вас не будет на месте, я в машине посижу, у меня тут удобно. Договорились.

Кирган выключил телефон и задумчиво потер пальцем переносицу.

— Как-то все неожиданно поворачивается... Я готовился к другому раскладу. Но в любом случае то, что Баглаев сам мне позвонил сразу после разговора с Ульянцевым, говорит о том, что мозги у него острые и работают быстро. Ну что ж, Анастасия, наверное, вы можете ехать домой. Спасибо, что приехали и успели поделиться со мной всей информацией и вашими соображениями, теперь к следователю я пойду во всеоружии. У вас усталый вид, вы же не спали прошлой ночью.

— Я останусь, — сквозь зубы пробормотала Настя. — Мало ли, как обернется ваш разговор. Тогда у меня будет время до утра, чтобы предложить какой-то новый план. Вы не беспокойтесь за машину, я пересяду в свою, а вы поедете.

Кирган задорно рассмеялся.

— Вот уж нет! Поедем вместе на моей колымаге. А вдруг мне придется ждать Баглаева, если его вызовут на происшествие? Вы составите мне компанию и поможете скоротать время.

Они выждали обещанные двадцать минут, после чего подъехали к зданию следственного комитета. На всякий случай Кирган перезвонил Баглаеву, который, к счастью, оказался все еще на месте.

— Ну, я пошел, благословясь. — Он улыбнулся Насте, хотя глаза его оставались серьезными и в них притаился опасный блеск готовящегося к прыжку зверя.

— Удачи вам.

Она смотрела, как адвокат вошел в подъезд, потом медленно перевела взгляд на планшет, на экране которого по-прежнему висел список фильмов Хичкока.

«Незнакомцы в поезде». Господи, как все просто...

* * *

Детские и школьные годы Владимира Власова и Филиппа Орехова пришлись, увы, на докомпьютерную эру, поэтому, дожидаясь, пока наступит понедельник и следователь Баглаев начнет запрашивать другие уголовные дела по преступлениям, предположительно совершенным Ореховым, Антон Сташис и Роман Дзюба старательно собирали те сведения, которые оказались доступны с учетом воскресного дня. К вечеру стало понятно, что таким способом сыщики многого не добьются.

Власов и Орехов никогда не проживали не то что в одном доме или на одной улице, но даже и в одном районе, посещали разные дошкольные учреждения и учились в разных школах. Более того, мать Власова и отец Орехова тоже никогда и нигде не пересекались. Жена Вадима Константиновича Орехова, мать Филиппа, умерла очень давно, с тех пор Орехов-старший в браки официально не вступал, но сердечные привязанности, разумеется, имел. Эти дамы тоже были проверены, хотя и достаточно поверхностно. Отца Владимира Власова отыскать вообще не смогли, он, как выяснилось, уже много лет не проживал в Москве.

— Все, Ромыч, я иссяк, — честно признался Антон к концу дня. — Уже ничего не соображаю. Давай закину тебя домой и поеду отсыпаться. А хочешь, поехали вместе ко мне.

— А дети? Эля, наверное, их уже привезла, завтра же понедельник, Ваське в школу надо...

— Эх ты, бездетный бессемейный мужлан, — рассмеялся Антон. — Какая школа? Каникулы уже начались. Эля сегодня позвонила и предложила оставить детей у себя за городом, будет только Ваську в спортшколу возить, когда надо. Я ее понимаю, ей так удобнее, там Трущев под боком, он же ее сосед, через дом живет. И вставать можно не так рано. Я согласился, пусть пару недель поживут в нормальных экологических условиях. Конечно, я буду скучать по детям, — грустно добавил он. — Надеюсь, они по мне тоже. Но объективно им у Эли лучше.

— Так ты холостой? — обрадовался Дзюба. — Тогда давай к тебе поедем. А то у меня дома уже напряг, расслабиться не дают.

— Из-за чего конфликт? — без всякого интереса спросил Антон, просто из вежливости.

— Из-за Дуни.

— Да ладно! — не поверил Сташис. — Не гони! Никогда не поверю, что твоя Дуня может кому-то не понравиться. Она же ангел во плоти, таких девочек вообще перестали выпускать, по-моему, в конце девятнадцатого века.

— И тем не менее, — хмуро подтвердил Роман. — Мама считает, что лучше меня знает, как я должен жить, как одеваться, сколько спать и чем питаться, а Дуняша считает, что это гиперопека, что мама ущемляет свободу моей личности и пытается меня подавлять, мешая мне развиваться и учиться принимать самостоятельные решения. Так она не только так считает, но сщс и в лицо маме это говорит. Конечно, предельно вежливо, корректно, без хамства, но твердо.

Антон отчего-то развеселился.

— Ай да Дуняша! Вот уж от кого не ожидал — так это от нее. Слушай, — вдруг спохватился он, — а у нас же жратвы нет. Эля наготовила только на два дня, и мы с тобой уже все сверетенили. Надо хоть в магазин, что ли, заехать по дороге.

— Давай заедем. А можно Дуню попросить, она приедет, приготовит, ей не в лом. А, Тоха?

— Ага, — со смехом кивнул Антон, — и останется ночевать с тобой. Ты кого обдурить собрался, салага?

Ромка залился румянцем.

— Да ну тебя, — пробормотал он. — Я же хотел как лучше.

Антон собрался было ответить что-то шутливо-ехидное, но ни в коем случае не обидное, но его отвлек сигнал телефона: пришло сообщение.

Сообщение оказалось неожиданным: «Удобно ли вам сейчас ответить на мой звонок? Ольга Виторт».

Чего это она? Нет, понятно, что она деловой человек, и как любой деловой человек прекрасно понимает, что отвечать на звонки далеко не всегда бывает удобно, поэтому завела в телефончике шаблон с таким вот текстом и в нужных случаях предварительно посылает его тому, с кем нужно поговорить. Но поступать таким образом с оперативником, да еще в половине одиннадцатого вечера? Хотя, возможно, это просто привычка, стандартное поведение со всеми.

Он не стал посылать ответное сообщение, а просто перезвонил Ольге.

— У вас что-то случилось? — спросил он.

— Нет, у меня все в порядке, — голос был, как и накануне, строгим, холодным и невыразительным. — Вы просили поговорить с Аллой Владимировной о Володе, все-таки она была знакома с ним много лет, а я его практически не знаю, просто держу в своем отделе и позволяю получать зарплату. Так вот, я поговорила с ней сегодня.

— И что она сказала?

— Ничего. Она никогда не слышала, чтобы Володя упоминал имя Филиппа Орехова. Мы много говорили с ней о том, с кем вообще мог бы дружить Володя, с кем общаться, учитывая его характер. Филипп ему в друзья совсем не подходит, ну совсем. Но дело даже не в этом. Я отвезла Аллу Владимировну на съемку и все думала про наш с вами разговор, про ваши вопросы. И пришла к выводу, что между Володей и Ореховым не могло быть никаких отношений. И дело здесь не столько в Володе, сколько в самом Орехове. Понимаете...

— Подождите, Ольга, — перебил ее Антон. — Давайте поговорим подробно и без спешки. Вы сейчас дома?

— Нет еще, еду от подруги. Хотела успеть позвонить вам до одиннадцати, пока еще прилично.

— И где вы находитесь?

— Ленинский проспект, в сторону центра, через километр будет съезд на Третье кольцо.

— Вы могли бы встретиться со мной сейчас? — спросил Антон, не вполне отдавая себе отчет, зачем он все это затевает и почему нельзя выслушать свидетеля по телефону.

— Конечно, без проблем, если нужно.

В голосе Ольги не было ни удивления, ни возмущения. Интересно, у нее вообще бывают какие-то эмоции? Или она — хорошо сконструированная и четко работающая машина? Антон тут же вспомнил их вчерашнюю встречу и ту теплую заботу и нежность, с которыми она посматривала на его детей. Вроде в те моменты она казалось нормальной бабой... А в другие моменты производила впечатление механизма, сделанного из металлопластика.

Они быстро уточнили маршрут и место встречи, Ольга давно водила машину и Москву знала прекрасно.

— Ну что, везунчик, — Антон лукаво усмехнулся, — добрасываю тебя до ближайшего метро и доверяю ключи от своей квартиры. Можешь звонить своей Дуняше. Кто будет продукты покупать — сами разбирайтесь, вот тебе деньги. — Он сунул в руку Дзюбе несколько купюр. — Но чтобы к моему возвращению стол ломился. Кстати, ваше присутствие за столом не обязательно.

— Спасибо, Тоха, — искренне обрадовался Ромка. — Ты настоящий друг!

И тут же принялся названивать своей девушке.

У входа в метро Дзюба пулей вылетел из машины и ринулся вниз по ступенькам.

* * *

Антон Сташис и сам не смог бы ответить на вопрос, с чего вдруг решил прогуляться по бульварам в районе Патриарших прудов. Просто наваждение какое-то накатило... С детьми он там не гулял — слишком далеко от дома. С Лизой тоже — Лиза вообще не была любительницей прогулок, все ее время четко распределялось между работой над диссертацией и свиданиями с Антоном, причем в свиданиях этих не было ничего романтического. Прогулочно-театрально-букетно-конфетный вариант отношений для нее будто бы не существовал вовсе.

И хотя все детство Антона прошло в том самом доме, где он жил и сейчас, то есть далеко от центра города, но родители частенько приезжали сюда вместе с тремя детьми, и бульвары в районе Патриарших накрепко связались в памяти с ощущением большой любящей семьи. Потом скоропостижно, прямо на глаза у Антона, умер отец, потом погиб в Чечне старший брат, следом в результате несчастного случая погибла старшая сестра, и мама, не выдержав беспрерывную череду потерь, приняла решение уйти из жизни. В семнадцать лет Антон остался один. Совсем один. И ему так не хватало семьи...

Он приехал раньше Ольги и успел заскочить в фирменную булочную-кондитерскую на углу Малой Бронной и Садового кольца, чтобы купить пару плюшек. Теперь они медленно ходили вокруг пруда, жевали слоеные плюшки, и Ольга пересказывала случайно подслушанный разговор Филиппа Орехова с отцом.

— Так что сами видите, — говорила она, — такой, как Володя Власов, не имеет никаких шансов хоть чем-то заинтересовать Филиппа. Ему интересны такие, как этот его новый приятель: веселый мошенник, легко разводит людей на бабки и не отдает, шулер в карточных играх, азартный, неразборчивый в интимной жизни. Вот это — настоящий круг Филиппа, среди таких людей он чувствует себя как рыба в воде.

Все это было не просто интересно. Это было более чем интересно. Сначала маленький Орехов рассказывает все это папе, а потом то же самое повторяет в сети. Разница только в том, что папе он имени своего нового друга в тот момент не назвал, а в сети поливал грязью вполне конкретного Владимира Власова, бывшего фигуриста, нигде не работающего, но ловко пристроившего трудовую книжку в уважаемую компанию «Оксиджен». Во всем этом должен быть какой-то смысл.

— Если звезды зажигают — значит, это кому-нибудь нужно... — непроизвольно пробормотал вслух Антон.

— Маяковский? — тут же отозвалась Ольга. — Любите стихи?

— Нет, — признался Антон. — Никогда не любил и не разбираюсь в поэзии. А вы?

— Я тоже. Правда, память хорошая, школьную программу до сих пор не забыла. Так при чем тут Маяковский?

— У меня тоже память хорошая, — улыбнулся он. — Мы же примерно ровесники, значит, школьная программа у нас была одинаковая.

— Вы еще спрашивали про взаимоотношения между Филиппом и его отцом. И когда я вспомнила тот разговор на корпоративе, я вспомнила и свои ощущения. Я тогда очень удивилась, что Филипп так спокойно рассказывает отцу о довольно сомнительном новом знакомом. И подумала, что у них, наверное, отношения очень доверительные. У меня с моими родителями так никогда не было. Я даже немного позавидовала, если честно.

— И сейчас тоже доверительных отношений нет? Или вы повзрослели, и отношения изменились?

— Сейчас их тем более нет. — От Ольги внезапно повеяло холодом, хотя вот только что, еще несколько секунд назад, она была совершенно спокойной и даже, казалось, расслабленной. — Я одна с четырнадцати лет.

— А я с семнадцати, — неожиданно вырвалось у Антона, хотя он не имел ни малейшего намерения обсуждать с малознакомой свидетельницей свою жизненную ситуацию.

— Надо же... — Она покачала головой. — Какое совпадение. Но теперь-то у вас снова есть семья, жена, двое детишек. А у меня так и не сложилось. Говорят, у меня отвратительный характер, и никто не хочет со мной связываться. Я же Лара Крофт. — Ольга усмехнулась, как показалось Антону, горько и слегка недоуменно.

— Дети — да, дети есть. А жены нет. Ее убили. Застрелили на улице, когда она была беременна третьим ребенком.

Зачем, зачем он все это говорит? Какое ей дело до его покойной жены, его детей, да и вообще до самого Антона Сташиса?

Ольга внезапно остановилась, подняла голову и посмотрела на него с тревогой.

— А с кем же сейчас дети? Если жены нет... Простите, я, наверное, должна была сначала выразить

302

вам соболезнования, но как-то сразу о детях подумала. Ведь уже очень поздно.

Он поспешил успокоить ее, объяснив, что дети с няней, за городом, под присмотром.

— Значит, вы сейчас один? А кто же вас кормит? Кто посуду за вами моет? — Теперь в ее голосе звучали неподдельные сочувствие и забота. Трудно было даже представить себе, что эту молодую женщину кто-то мог называть Ларой Крофт.

— Да я сам все могу, — рассмеялся Антон. — Я же только до семнадцати лет был младшим сыном при маме, а потом быстро всему научился. Просто работа такая, что времени ни на что не хватает и спланировать ничего невозможно.

— Я понимаю. А сейчас у вас дома еда есть? Вы же голодны, я видела, как вы свою плюшечку проглотили.

— Надеюсь, что есть. Я отправил к себе домой моего коллегу, он обещал пригласить свою девушку, которая замечательно готовит, так что к моему возвращению ужин должен быть обеспечен. Хотя...

Он весело рассмеялся, представив себе, как Дзюба и его Дуняша, оставшись наедине в пустой квартире, готовят ужин на кухне. Маловероятно! Даже скорее из области фантастики. И даже если все-таки допустить мысль, что они оба действительно находятся на кухне, то занимаются ну уж никак не приготовлением еды. А вероятнее всего, они в гостиной на широком раскладном диване и ни о каком ужине и не вспоминают. У них есть более интересное занятие.

Ольга будто прочитала его мысли.

— Коллега с подружкой, — насмешливо проговорила она. — Но хотя бы продукты-то у вас дома есть?

— Должны быть, — уверенно ответил Антон.

— Хотите, мы сейчас поедем к вам домой, и я вам приготовлю еду ну хотя бы дня на три?

Он опешил от неожиданности, но еще больше удивился, услышав собственный голос, помимо его воли произносящий:

— Вы, наверное, надеялись, что я вежливо откажусь? Сами виноваты. Я с благодарностью принимаю ваше предложение.

Господи, что он несет? Зачем? Зачем он согласился привести к себе домой эту Ольгу Виторт, непробиваемую Лару Крофт? Чтобы она готовила ему еду?! Бред, бред, бред! Там Ромка с Дуняшей, они наверняка наготовили уже кучу еды и ждут его, хозяина дома, а он собирается явиться в обществе совершенно незнакомой им женщины, да еще свидетельницы по делу... Хуже того: бывшей подозреваемой. У него что, полностью крышу снесло?

Антон решил, что детальным изучением состояния своей крыши и определением масштабов сноса он займется позже.

И только спросил:

— Где вы оставили машину?

— Прямо на Бронной, удалось удачно втиснуться. А вы?

— На Садовом, во дворе. Тогда я жду вас перед сквером у театра Моссовета.

— Хорошо, — кивнула Ольга.

* * *

Свет в прихожей горел, и в кухне тоже. Однако никаких запахов стряпни не ощущалось, и вообще стояла мертвая тишина. В первый момент Антон даже подумал, что Ромка с Дуняшей куда-то ушли, но тут же увидел на полу Ромкины кроссовки и рядом крохотные босоножки. Значит, ребята уже спят. Или не спят, но притаились, как мышки.

— Заснули, наверное, — шепотом проговорил Антон. — Вот вам тапочки, пойдемте на кухню.

В общем, все оказалось примерно так, как он и предполагал. Многочисленные пакеты с едой валялись прямо на полу. Один пакет был подвергнут попытке разбора — на кухонном столе лежали хлеб, пачка сахару и две упаковки какой-то нарезки. Но дальше этого дело, видимо, не продвинулось.

— Фартук есть? — спросила Ольга тоже шепотом.

Антон молча протянул ей фартук, в котором обычно работала на кухне Эля. Ольга принялась разбирать пакеты, в которых оказались довольно дельные продукты. Вероятно, в магазине Ромка с Дуняшей находились еще в более или менее вменяемом состоянии.

— Давайте я вам сразу сделаю чай с бутербродами, вы поедите и пойдете спать, на вас смотреть больно. Могу быстро сделать сырники, но это лишние пятнадцать минут, лучше вы их проспите, чем будете тупо ждать.

— А вы как же?

— А я останусь здесь и все сделаю. Или вы боитесь, что пока вы будете спать, я обнесу всю вашу квартиру? — тихонько рассмеялась она.

— Да у меня и брать-то нечего, — пробормотал Антон. — Техника вся в гостиной, но там народ спит, а в остальных комнатах ничего ценного нет.

— Вот и отлично. — Она ловко резала хлеб и делала бутерброды, украшая их дольками огурца, сладкого перца и веточками укропа. — Вы будете спать, а когда проснетесь — у вас будет полный холодильник еды в контейнерах, останется только разогреть.

Возражать не хотелось. И вообще ничего не хотелось. Хотелось только есть и спать. Или хотя бы просто лечь, вытянув ноги и закрыв глаза.

* * *

Он проснулся резко, как от толчка, и долго еще не мог вспомнить, как ложился. Как раздевался, как принимал душ. Последнее, что помнил Антон, это открытая дверь спальни и светлое пятно золотистого покрывала на кровати. Он пошевелил рукой, озадаченно разглядывая предплечье, и понял, что вспоминать, в сущности, было нечего. Он не раздевался, не принимал душ, не расстилал постель, он просто подошел к кровати и рухнул на покрывало прямо в одежде.

В квартире было тихо. Часы показывали начало седьмого утра. Наверное, Ромка с Дуняшей еще дрыхнут.

Антон быстро разделся, принял душ, побрился, почистил зубы, надел свежее белье, чистые джинсы и тонкий хлопчатобумажный пуловер и только после этого заглянул на кухню. Пол отмыт так, что с него можно есть. На рабочем столе стоят в ряд пластиковые контейнеры, на расстеленном полотенце сохнут перевернутые вверх дном вымытые кастрюли и сковородки. На кухонном столе, идеально чистом, он обнаружил длинную записку с подробным перечислением изготовленных блюд и точным указанием, что в каком контейнере находится. Почерк у Ольги был твердым и четким, похожим на нее саму. Текст записки сугубо информационный, без всяких там «с добрым утром», «привет!», «целую» или хотя бы «до встречи». И подпись как на документе: «О. Виторт». И время: 4.10.

«Ну и баба!» — подумал Антон не то с уважением, не то с восхищением, после чего довольно бесцеремонно вломился в гостиную, где, по его представлениям, должны были спать без задних ног утомленные любовными утехами Ромка и Дуняша. Все примерно так и оказалось, с той лишь разницей, что Ромка действительно дрых с расплывшейся по лицу блаженной улыбкой, а Дуняша неподвижно сидела на стуле рядом с диваном и не отрываясь смотрела на рыжеволосого оперативника. Услышав, как открылась дверь комнаты, она повернула голову и солнечно улыбнулась Антону.

— Привет! Что, уже пора будить? — спросила она вполголоса.

— Конечно, — громко ответил Антон. — Труба зовет. Ужин вы вчера проманкировали, сопляки, так что с вас завтрак.

Дзюба испуганно открыл глаза, понял, что уже утро, и страшно смутился.

— Тоха, ты понимаешь, так вышло. Ну, вышло так... Ну, Тоха!..

— Ладно, вставай, герой-любовник, потом разберемся.

Антон пытался на всякий случай говорить строго, в воспитательных целях, но получалось у него плохо, и сквозь суровость тона и лица неудержимо рвалась веселая улыбка. Дуня сорвалась с места и помчалась на кухню готовить завтрак, а Антон направился вместе с Дзюбой в ванную.

— Ты чего? — удивился Ромка. — Голого мужика не видел?

— Да больно ты мне нужен! — фыркнул Антон. — Давай быстро план на день составим, не при Дуне же нам его обсуждать. У меня сегодня Журихин, брат сгоревшей девочки. По данным, которые раздобыл Кузьмич, он находится в Москве, и если не передвигается, то стабильно пребывает в точно известном микрорайоне. Я дерну туда, поговорю с участковым, мне нужно сегодня кровь из носу найти эту съемную хату, на которой Журихин окопался.

— Ты что, один его брать собрался? — испугался Роман. — Не дури, Тоха, он убийца. Вызови группу.

— Ага, щас, разбежался. Он не убийца, Ромыч, он мститель за сестру, это разные вещи. Вот они вместе с Шокиным Ефимову убили — и все, больше они никого пальцем не тронут. Нормальный он парень, я о нем справки навел по месту жительства. Спокойный и вменяемый. Я с ним просто поговорю. И привезу в отдел, запру в камеру. Но сделать я это должен до того, как Шокин вернется из рейса. А вернется он уже завтра. Так что тебе, Ромыч, сегодня придется пахать в гордом одиночестве.

— Ты и Шокина завтра один брать собираешься? — с ужасом спросил Дзюба.

— Как пойдет. Если удастся сегодня найти Журихина и получить его показания, то Шокина можно завтра и другим отдать, это уже принципиального значения иметь не будет. А вот если Журихин упрется, тогда придется с Шокиным мне самому сначала разговаривать и долго и протяжно убеждать его признаться. Хорошо бы к этому времени исследование по потожировым следам закончили.

— А когда обещали?

— Сегодня до обеда клялись сделать. Кстати, и Шокин, и Журихин всю жизнь прожили в своем родном городке, так что в местной поликлинике их медкарты имеются. У Шокина вторая группа крови положительная, у Журихина — третья отрицательная. Хорошая такая комбинация, не на каждом шагу встречается. И если окажется, что и на ноже, и на коробке от ножа есть следы и того и другого, то можно расслабиться и считать дело закрытым. Теперь, Ромыч, слушай свое задание на сегодня.

Дзюба включил душ и задернул занавеску. Антону, чтобы не кричать, перекрывая голосом шум воды, пришлось присесть на край ванны с противоположной от душа стороны и высунуть голову, прикрывая себя от брызг все той же занавесочкой. Пока Ромка тер себя мочалкой, Антон пересказал ему то, что узнал накануне от Ольги.

— Поэтому ты, Ромыч, созваниваешься с Каменской, валяешься у нее в ногах и просишь организовать встречу с Олегом Семеновичем Усиковым.

— Зачем?

— Затем, что нам с тобой позарез нужен хороший, доброжелательный контакт с Ореховым-старшим, и подвести нас к нему может только Усиков. Вадим Константинович Орехов — наша последняя надежда. Только он может знать, за что его сын мстит Владимиру Власову, поскольку, как мы уже выяснили, больше никто этого не знает. Нам нужно понять, зачем Филипп Орехов не только в интернете врет про Власова, но и папе про него гадости рассказывает. Пока мы не поймем смысла этой комбинации, мы не продвинемся ни на шаг.

— Мальчики, где вы там застряли? — послышался из-за двери голосок Дуни. — Все готово, остывает уже. И телефоны у вас обоих разрываются. Принести?

Антон приоткрыл дверь ванной и протянул руку.

— Давай.

Дуня принесла ему два мобильника, один из которых в данный момент молчал, второй надсадно выводил электронную мелодию. Пока Антон закрывал дверь, телефон умолк. На обоих дисплеях светилась надпись: «Каменская непринятых вызовов 3». Легка на помине.

— Тоша, неужели это ты сам столько еды наготовил? — спросила Дуня, когда все уселись за стол. — Ты нас прости, нам так стыдно, мы ничего не сделали...

— Я тоже ничего не сделал, — усмехнулся Антон. — Спал как сурок. А в это время добрая фея колдовала на кухне. Не парьтесь, ребята, все в порядке.

Одним из неоценимых качеств Дуняши было умение не задавать лишних вопросов. Каким-то невероятным чутьем она всегда точно угадывала, о чем спросить можно, а когда лучше и промолчать. Ну а Дзюбе он уже и так все рассказал.

* * *

— Анастасия! — Олег Семенович Усиков, широко раскинув руки, шагнул навстречу Насте Каменской, рядом с которой топтался Дзюба. — Моя не первая, но вечная любовь! Какими ветрами тебя ко мне принесло?

Он встретил их в холле, у поста охраны, проводил в свой кабинет, сразу поставил перед Настей пепельницу.

— Небось не бросила свою дурную привычку? — насмешливо спросил он.

— Не-а, — Настя помотала головой. — И не думала даже. А ты, я смотрю, бросил.

— Давно, уже седьмой год пошел. Сразу почти двадцать килограммов веса набрал, представляешь? Потом четыре года их сбрасывал. Ну так рассказывай, какая у тебя печаль, Настасьюшка-красавица?

— Нам нужно встретиться с твоим боссом. Но не просто встретиться, чтобы он нас выслушал и выпроводил, а так, чтобы он отнесся к тому, что мы скажем или спросим, максимально внимательно и серьезно. И чтобы не смотрел все время на часы и не говорил, что у него важные переговоры, миллионные контракты, а мы тут какой-то ерундой время у него отнимаем. Потому что, Олег, дело действительно серьезное.

— Суть дела? — коротко поинтересовался Ус.

— Филипп Орехов, — так же коротко ответила Настя. — Кстати, ты давно работаешь у Орехова?

— Давно, — кивнул Олег Семенович, — почти десять лет.

— Это хорошо. Тогда мы сначала с тобой поговорим, может, ты нам все и расскажешь, тогда и босса твоего дергать не придется. Ты когда-нибудь слышал о знакомстве Филиппа с неким Владимиром Власовым?

— Это бывший спортсмен, что ли? Кажется, фигурист?

— Да, он.

— Нет, — усмехнулся Ус, — слышать — не слышал, но знаю. Гадкий типчик, от такого одни неприятности могут быть.

— А если на русский перевести? — попросила Настя. — Что значит «не слышал, но знаю»?

— Это значит, что Вадим Константинович периодически дает мне задания по проверке контактов своего драгоценного сыночка. И как только сынок поведал папе о том, что у него появился новый знакомый сомнительного поведения, босс немедленно попросил меня узнать, кто он и что он. Ну, имя-то я у Филиппа выцарапал, да так, что он и не заметил, а дальше — вопрос техники. Много интересного я про этого Власова прочитал в интернете. Бездельник и сволочь. Но вроде он Филиппа пока ни во что криминальное не втягивает, они просто время вместе проводят, так что оснований бить тревогу я не вижу.

— Время, значит, вместе проводят, — задумчиво протянула Настя. — Скажи, Олег, а вот эти вопросы техники, при помощи которых ты выполняешь задания босса, они всегда одни и те же?

— Конечно. Если метод работает, зачем его менять?

— И работаешь ты обычно здесь, в кабинете?

— Само собой, — улыбнулся Ус. — Я как хороший палач: на дом работу не беру.

— И все компьютеры «Файтера» работают от одного сервера?

— Ну да, как во всех компаниях.

— Вот и чудненько. — Настя внезапно развеселилась. — А скажи мне еще вот что, Олежек: у Вадима Орехова есть другие наследники, кроме сына Филиппа?

— Нет, никого.

— Отлично! Следующий вопрос: ты в курсе, что Филипп приобретал лицензию на травматическое оружие и по этой лицензии купил два травматика?

— Разумеется.

— Он тебе сам об этом сказал?

— Ну прямо-таки, скажет он! — снова усмехнулся Усиков. — Но мне сообщили.

— И где он их хранит?

— Дома, в своей комнате. По крайней мере, я пару раз их там видел, когда осматривал комнату Филиппа в его отсутствие.

— Ты осматриваешь его комнату? Зачем?

— Ну как — зачем, любовь моя? — удивился Ус. — Босс велит бдить — я выполняю. Наркоту ищу. Пока, слава богу, ни разу не нашел ни порошка, ни шприцов, ни таблеток. Такие интимные задания босс поручает лично мне, и я сам их выполняю, никого не посвящаю.

— А оружие ты осматривал?

— Нет, даже не прикасался. Сама понимаешь, оружие — дело такое... Схвачусь рукой, а потом Филипп что-нибудь отчудит, а мне придется доказывать, что я не верблюд. Задания на оружие не было — я его и не трогал, и специально не искал. Когда попадалось на глаза — тогда фиксировал, что вот оно лежит, а когда не попадалось, тогда уж...

Олег Семенович выразительно развел руками.

— Я поняла, — кивнула Настя. — Значит, ты видел два пистолета?

— Сначала — два, первые раза два-три, они прямо рядышком на каминной полке лежали, совершенно открыто. Потом все время видел только один. Наверное, Филипп второй с собой в машине возит, ты же знаешь, сколько бандосов у нас на дорогах, и подрезают специально, чтобы на бабки выставить, и сумки воруют. Но один пистолет у него точно есть.

— Когда ты видел его в последний раз?

— Неделю назад, когда комнату в очередной раз осматривал.

— А давай устроим бартер, — предложила Настя. — Мы сейчас расскажем тебе одну интересную историю, а ты за это прямо сегодня проверишь для нас этот ствол. И в зависимости от того, что ты нам скажешь, мы будем решать, нужна нам доверительная встреча с твоим боссом или нет. Договоримся?

— Ну, это еще смотря какая история! — рассмеялся Усиков. — Может, она скучная. Или я ее и так знаю.

— Гарантирую: скучно не будет, — пообещала Настя.

* * *

Найти квартиру, которую снимал Игорь Журихин, оказалось несложно. В новых домах Антон даже и не собирался искать, понимая, что стоимость аренды такой квартиры вряд ли окажется по карману приезжему из маленького городка. Поэтому, найдя участкового, он сразу спросил про съемные квартиры в ветхом жилом фонде, то есть подешевле. Старых обветшалых домов в микрорайоне оказалось совсем немного, и все сдаваемые в аренду квартиры участковый знал наизусть.

— С тобой пойти? — предложил капитан, немолодой, но крепкий, явно в прекрасной физической форме.

— Пошли, — кивнул Антон. — А то мало ли что. Ствола у него быть не должно, как я надеюсь, а с ножом он управляется лихо.

К этому времени Сташис уже получил ответ экспертов: на коробке обнаружены следы, оставленные людьми, имеющими вторую положительную и третью отрицательную группы крови, в то время как на ноже, которым убили Инну Ефимову, следы

314

оставил только человек с третьей группой крови и отрицательным резус-фактором. Игорь Журихин.

Они вместе вошли в подъезд, поднялись на второй этаж, и участковый нажал кнопку звонка. Звонок не работал. Тогда он постучал кулаком в дверь.

Из-за двери послышались неспешные шаги, Антон ждал вопроса «Кто там?» и уже приготовился выдать одну из обычных легенд, которыми в таких случаях пользуется полиция, но никакого вопроса не последовало. Просто открылась дверь.

На пороге стоял невысокий худощавый молодой мужчина, чуть моложе самого Антона.

— Нашел, значит, — горько произнес он.

Антон узнал голос. Значит, это Игорь Журихин поджидал его тогда в подъезде. Потому и узнал сразу, ведь они с Шокиным следили за ним, наверное, не один час.

— Ну, стало быть, так, — ответил Антон.

— Да и нас..ть, — выдохнул Журихин. — Эта сука мою сестренку жизни лишила, а я с ней рассчитался по полной. Теперь и сесть не жалко. В отказ не пойду, во всем признаюсь. Чего, наручники-то прямо сейчас надевать станешь?

— Да успеем еще, — Антон махнул рукой. — Куда нам торопиться-то? Посидим, поговорим, может, ты нас даже чаем угостишь напоследок, а то потом мне тебя, конечно, придется в камеру отправить, а там уж чаю-то не дадут. Вот и капитан с нами посидит, тоже почаевничает. Мы ж мужики, нам суетиться не к лицу.

Значит, Журхин собрался брать все на себя, понял Антон. Имя своего друга Юрия Шокина он не назовет даже под пытками. А может, и бог с ним, с этим Шокиным? Конечно, соучастие в убийстве в форме пособничества — это не кот начхал. Но, с другой стороны, убийца, исполнитель — вот он, отпираться не собирается, показания давать готов, а Шокин — честный работяга, и ребенок у него вот-вот родится...

«Будь она проклята, эта моя работа! — с внезапным ожесточением подумал Сташис. — Брошу ее и пойду в дворники. Пусть меньше платят, зато и моральный выбор делать каждый день не придется».

* * *

Чтобы выполнить просьбу своей «не первой, но вечной» любви, Олегу Семеновичу Усикову пришлось наврать своим подчиненным и уехать за город, где Вадим Константинович Орехов проживал в собственном двухэтажном доме. Настя с Дзюбой ехали следом и теперь сидели в машине, нетерпеливо ожидая возвращения Уса.

Наконец ворота разъехались в разные стороны, на дорогу выехала машина Усикова и направилась в сторону выезда на шоссе. Настя двинулась следом. Автомобиль начальника службы безопасности «Файтер-трейда» съехал на обочину и остановился, не доезжая метров ста до трассы.

— Ну что, любовь моя, — начал Ус, — имею тебе сказать, что номер пистолета, который находится в комнате Филиппа, совпадает с тем номером, который указан в документе на оружие. То есть это именно тот травматик, который он приобретал законным путем. Но, как ты и предполагала, переделанный под стрельбу боевыми патронами.

— А второй ствол? — нетерпеливо спросила Настя.

— Второго нет. Я все обыскал, я ж в этой комнате уже давно каждую нычку знаю, каждую дырку, каждую щелку. Ствол только один, купленный легально.

— Значит, все правильно, — удовлетворенно констатировала она. — Но если я права, ему нужны свидетели, хотя бы человека три-четыре, для верности. Орехов никакого приема в своем доме не планирует?

Ус отрицательно покачал головой.

— Вадим Константинович вообще большие приемы дома не устраивает, если нужно — арендует ресторан, или клуб, или пансионат за городом.

— А просто гости к нему приезжают? Ну, какие-нибудь знакомые, на ужин, например, или на обед, или на шашлыки? Может, какая-нибудь семейная пара?

— Это да, — кивнул Олег Семенович. — Это бывает. В холодные месяцы не часто, а вот в теплое время года он любит на шашлычки людей позвать, но тоже не толпу, так, человека три-четыре. Ближний круг, так сказать. Кстати, вот в субботу как раз такое мероприятие планируется.

— В субботу, в субботу... — Настя поковыряла носком кроссовка землю рядом с колесом своей машины. — Сегодня понедельник. Времени вагон. Давай, Олежек, будем встречаться с твоим боссом. И чем быстрее — тем лучше. Жду от тебя звонка.

Они снова расселись по своим машинам и помчались по трассе в сторону Москвы.

— Рома, найди Ульянцева, пусть поставит ноги за маленьким Ореховым. Мы с тобой участвовать не можем, он нас видел.

— Да ладно, Анастасия Павловна, не запомнил он нас.

— Все равно рисковать нельзя. И Антона вовлекать в это тоже нельзя, потому что в любой момент рядом с Ореховым может появиться Власов, а Власов Антона знает. Короче, здесь мы Ульянцеву ничем помочь не можем, так что вся надежда только на него самого. Но если у Федора что-то не будет получаться, ты мне перезвони, ладно? Я тогда к своему шефу обращусь, у нас пара-тройка «топальщиков» в конторе есть, и если Кирган согласится платить...

— Он согласится, — горячо заверил ее Роман.

* * *

Ох, как же не любил следователь Баглаев такие разговоры! Но профессиональная честь не позволяла ему перекладывать неприятную работу на адвоката, хотя многие именно так и поступают.

Они вместе поехали в следственный изолятор, куда Баглаев предварительно позвонил, попросив организовать ему допросную к определенному часу. Это вот адвокаты пусть сидят часами в очередях, ожидая, пока освободится комната, а следователь время терять не может, он на государственной службе.

Ламзин выглядел неплохо, во всяком случае, сломленным и упавшим духом не казался.

— Валерий Петрович, — начал Баглаев без длинных предисловий, предпочитая побыстрее разделаться с неприятной частью разговора, — я в присутствии вашего адвоката приношу вам свои извинения. Я совершил ошибку, и теперь я ее признаю. У следствия появились убедительные доказательства вашей непричастности к убийству Михаила Болтенкова.

— Значит, меня выпустят? Когда? — сразу же спросил Ламзин.

Он не был сильно удивлен, даже как будто ждал чего-то подобного. Он знал о своей невиновности и был уверен, что рано или поздно правда будет доказана.

И вот тут начиналось самое неприятное.

— Вас обязательно выпустят, Валерий Петрович, — мягко сказал следователь. — Но не сейчас. Дело в том, что следствие столкнулось с очень опасным и предусмотрительным преступником, который может узнать о том, что вас освободили, и изменить свои планы. Сейчас, когда он уверен, что его никто не ищет и даже не подозревает, он составил определенный план, и если мы верно просчитали ход его мыслей, мы сможем взять его с поличным и доказать его вину. Как только он поймет, что в вашу виновность следствие не верит и начинает искать другого обвиняемого, он может затаиться, а потом изменить план, и мы уже не узнаем, каким он будет, понимаете? Он уйдет от наказания. Мы не сможем доказать его вину. И получится, что убийство вашего коллеги Болтенкова останется нераскрытым, а на вас навечно повесят ярлык человека, которого подозревали в убийстве, но не посадили просто потому, что адвокат попался опытный и дело развалил, а на самом-то деле вы, конечно, преступник и убийца. Разве вам хочется, чтобы так вышло?

Ламзин некоторое время сидел на привинченной к полу табуретке, уткнувшись глазами в пол.

Потом спросил сквозь зубы:

— Сколько мне еще сидеть?

— Еще несколько дней. До субботы. Даже если мы ошиблись и неправильно рассчитали действия преступника, то в субботу вы выйдете отсюда в любом случае. Я вам обещаю, — твердо произнес Тимур Ахмедович. — И я попрошу перевести вас в другую камеру, где поменьше народу, да и публика поприличнее. К сожалению, я мало чем могу облегчить ваше положение в оставшиеся дни, но если хотите, могу дать вам возможность повидаться с женой. Хотите?

Ламзин отрицательно покачал головой.

— Не нужно. Наташа не должна видеть меня здесь и таким. Я подожду. У меня только одна просьба: скажите ей как можно быстрее, что я ни в чем не виноват и вы меня больше не обвиняете. Пусть она успокоится.

— Это невозможно, Валерий Петрович, — вступил в разговор Кирган. — Наталья Сергеевна может кому-нибудь рассказать об этом, слухи расползутся, дойдут до настоящего преступника, и тогда весь план его поимки развалится. Мне очень жаль, но Наталья Сергеевна не должна ничего знать.

— Но вы же предлагали мне повидаться с женой! — возмущенно возразил Ламзин. — Значит, понимали, что я могу сам ей сказать...

— Валерий Петрович, если бы вы захотели повидаться с супругой, мы бы взяли с вас слово, что вы ничего ей не скажете. И свидание проходило бы в присутствии следователя, который тщательно следил бы за тем, что вы говорите своей жене.

— Но я вас уверяю, Наташа умный человек, она все поймет! Если ее предупредить, что никому нельзя говорить, она не скажет! Я вам клянусь!

— Нет, Валерий Петрович, это не обсуждается. Вы должны меня понять. Виталий Николаевич, — следователь кивком указал на адвоката, — проделал огромную работу, чтобы собрать доказательства против настоящего убийцы, и мы не можем сейчас рисковать. Да, кстати: в каждой камере есть мобильный телефон, это ни для кого не секрет. И все звонят, кто куда хочет. Так вот, телефоны вашей супруги — и домашний, и рабочий, и мобильный — контролируются. Так же, как и звонки из камер. Если вы решите нарушить слово и сказать ей обо всем по телефону, она будет иметь массу неприятностей, вплоть до задержания и административного ареста.

— Ареста? — с ужасом переспросил Ламзин. — Наташу арестовать? За что?

— Ну, мы всегда найдем, за что, — усмехнулся Баглаев. — Когда речь идет о поимке преступника, совершившего несколько убийств, вопросы морали и законности крайне редко выходят на первый план. Вы меня понимаете?

— Да. — Ламзин смотрел на следователя спокойно и твердо. — Я вас понял. Спасибо, что нашли время приехать и сказать.

Баглаев нажал кнопку, чтобы открыли дверь допросной.

— Ну, я поеду, а вы, наверное, останетесь, Виталий Николаевич?

— Останусь, с вашего позволения. Нам с Валерием Петровичем есть о чем поговорить.

На душе у Тимура Ахмедовича было паскудно. И погода еще, как назло, солнечная! Плохой день. Тяжелый. Скорей бы он закончился.

* * *

Организовать наружное наблюдение за Филиппом Ореховым и Владимиром Власовым кое-как удалось. Все-таки не профессиональный киллер, отстреливающий высокопоставленных чиновников или крупных банкиров, и не маньяк, а так, не пойми чего...

До четверга ничего не происходило. В четверг наружка сообщила, что зафиксирован контакт Орехова с Власовым, сначала по телефону, потом фигуранты встретились поздно вечером в клубе, не входящем в список постоянных мест обитания Филиппа. О чем они говорили, установить не удалось, но выпили оба немало. И, судя по выражениям их лиц, позам и жестам, знали друг друга достаточно давно.

— Похоже, ты высчитала правильно, любовь моя, — не то с одобрением, не то с удивлением заметил Олег Семенович Усиков, доставая очередной план дома и участка Ореховых.

Этих планов было распечатано штук десять, добрая половина из них, исчерканная пометками и стрелками, уже покоилась в мусорной корзине: каждый раз получалось, что чего-то не предусмотрели, и работа начиналась заново.

— Народу у нас мало, — с сожалением приговаривал Ус. — Если бы мы могли обставить все точки людьми, было бы легче.

В этом и состояла главная проблема. При большом приеме можно рассредоточить среди гостей огромное количество оперативников и прочих сотрудников под видом официантов, поваров, водителей, личных охранников приглашенных и даже их спутников или спутниц. А когда речь идет о двух супружеских парах и хозяине дома, который никому не доверяет делать свои знаменитые шашлыки и держит в собственных руках весь процесс, начиная от нарезки мяса и изготовления маринада и заканчивая подачей дымящихся шампуров на стол в беседке, ситуация принципиально иная.

— Олежек, нам главное — обеспечить наблюдение, видео- и аудиозапись всего происходящего, — убеждала его Настя Каменская. — Он не будет убегать, иначе вся затея потеряет смысл. Он должен дать себя задержать. Ты же все сделал, как мы договорились?

— Да сделал я, сделал, — сердито отмахивался Ус.

— И старший Орехов все сделает?

— Будем надеяться. Во всяком случае, он обещал. Но гарантировать не могу. Чужая душа — сама понимаешь.

— Ладно, — вздохнула Настя, — давай еще раз пройдемся по всем пунктам.

Ус взял фломастер и принялся размечать план.

— Камеры вот здесь, здесь и здесь. — Он поставил три ярко-зеленых креста. — С трех точек обзор беседки и территории вокруг нее будет полным.

— Может, еще четвертую поставим? — попросила Настя. — Ну, для верности.

— Можно, — согласился Ус. — Тогда вот сюда.

— Нет, — возразил Антон, — мне кажется, лучше сюда. Мало ли как оно пойдет. А в доме камеры будут?

— Обязательно, — кивнула Настя. — Но насчет дома мы решили, что нам нужны только две камеры в понятных местах, на лестнице и в комнате Филиппа, потому что если я права, то ничего другого там произойти не должно.

— Значит, рядом с хозяином могу находиться только я, — констатировал Ус. — Всех остальных знают в лицо.

— А я? — встрял Ульянцев. — Меня ни Орехов, ни Власов не знают. Я вполне могу попадаться им на глаза.

— В качестве кого? — насмешливо спросил Дзюба. — Там не будет ни одного постороннего человека, тебе же объяснили. Только если шашлыком прикинешься. Но нам в любом случае нужно находиться поблизости, потому что всякие неожиданности бывают. И если что-то пойдет не так, мы должны успеть быстро оказаться у беседки.

— И при этом находиться там, где вас не заметит никто из присутствующих, — добавил строгим голосом Ус. — А они, знаете ли, любят гулять по участку. Даже если вы приведете с собой еще десяток человек, я просто не смогу разместить их на участке так, чтобы было безопасно. У меня нет такого количества защищенных точек. Дай бог мне бы вас распихать так, чтобы на вас никто не наткнулся. Поэтому сидеть, в смысле — стоять, вы все будете достаточно далеко от центра событий. Давайте определимся, кто где.

Настя еще раз обвела глазами периметр. Вот здесь ворота для въезда и калитка. За ними стоит охранник. Всегда один. Значит, второго уже не поставишь — нет повода. И не заменишь: Филипп может насторожиться. Ладно, будем надеяться, что он свое дело знает.

Вот здесь калитка, через которую можно пройти на участок к соседу. Отношения у Орехова-старшего с этими соседями давние и теплые, поэтому они по обоюдной договоренности и устроили дверь, которой можно пользоваться, чтобы не ходить друг к другу в гости, выходя через главный вход и топая до следующих ворот. Замок на калитке электронный, открывается нажатием квадратной белой кнопки, над которой установлен козырек, чтобы в случае дождя электронную начинку не залило водой.

— Дохлый номер, — заметил Усиков, увидев, куда устремлен взгляд Насти. — Сейчас соседи в отъезде, а по участку бегают две огромные собаки, злые как черти и натасканные у лучших кинологов. С ними там человек, тоже кинолог, который их кормит и которого они слушаются, он у них за вожака стаи. Кроме него и своих хозяев, они никого не признают. Порвут в один момент даже без команды.

— Понятно. А вот здесь что?

— Здесь калитка для выхода в лес. Замок тоже электронный, изнутри открывается нажатием клавиши, снаружи — «таблеткой», чтобы чужие не зашли.

— Лес прямо настоящий? — с живым интересом спросил Дзюба.

— Самый настоящий, — подтвердил Олег Семенович. — В этом и прелесть участка. Поэтому босс так бился за то, чтобы его приобрести. Лес глухой, в нем затеряться за три минуты можно. Так что если пытаться уйти, то только через него. Там можно отсидеться какое-то время, хотя бы до утра, а как станет светло — потихоньку выбраться.

— А соседи с другой стороны? — задал вопрос Антон. — Тоже друзья и тоже есть калитка?

— Нет, там глухой забор.

— Итого, три пути отхода, — подытожил Ульянцев. — Главные ворота отпадают, там стоит охранник и хорошее освещение. Калитка, ведущая к соседу, тоже отпадает, там собаки, которые не пропустят и живым не выпустят. Значит, самый вероятный путь — через калитку со стороны леса.

— Правильно, — согласилась Настя. — И точки надо распределить так, чтобы мы могли быстро добраться и до беседки, и до задней калитки. Ус, ты не в счет, ты при хозяине. А нас всего трое. То есть мы можем реально прикрыть только три точки.

— Как трое? — наивно удивился Ульянцев. — Я, Антон, Ромка и вы. Четверо же получается.

Настя расхохоталась.

— Юноша, посмотрите на меня внимательно! Вы хоть понимаете, сколько мне лет? Но даже если бы мне было на двадцать пять лет меньше, я все равно была бы не в счет. Да я двух шагов быстро не пробегу. И единоборствами не владею, так что в плане задержания я — полный ноль без палочки.

— А Ромка говорил, что вы на Петровке в убойном отделе много лет работали, — растерянно проговорил Федор. — Наврал, что ли?

— Нет, — улыбнулась она. — Не наврал, так и было.

— Как же вы работали?

— А вот так, — она пожала плечами. — Даже таким неудалым, как я, всегда найдется работа. Не зря же говорят, что работа дураков любит.

Ульянцев так и не понял, что она имела в виду.

* * *

Он ненавидел тех, кто делал удивленные глаза, презрительно пожимал плечами и говорил, мол, сам виноват, нужно было больше стараться, вот кто по-настоящему старается — тот и достигает успеха. Ненавидел так, что готов был порвать на мелкие куски. Как часто он слышал эти слова сначала дома, от сестры, потом от тренеров, объяснявших, почему тот или иной спортсмен занял на соревнованиях именно то место, которое занял. Пока Володя еще был совсем юным, он свято верил словам тренеров, каждый из которых был для него, впрочем, как и для любого спортсмена на определенном этапе, царем, богом и родным отцом. Он верил, что неудача — результат недостаточного старания и усердия, и старался еще больше, еще усерднее, стоически превозмогая и боль, и страх, и любые эмоции. Он отдавал спорту все, что у него было. Время. Здоровье. Душу. Силы. Жизнь. Он верил, что если будет стараться — все получится.

А потом наступило прозрение и понимание того, что от спортсмена зависит, конечно, многое, но далеко не все. И результат не адекватен вложениям, потому что на этот результат влияет огромное число людей со своими амбициями, желаниями, стремлениями. И спортсмен для этих людей — просто пушечное мясо, разменная монета, при помощи которой они плетут свои интриги и добиваются своих целей. Спортсмена, отдавшего все, что у него было, выбрасывают на помойку, как использованный презерватив. Взять-то с него больше нечего...

Ненависть грызла его изнутри, выжигала, иссушала. Порой ему казалось, что он не может дышать. Он начал пить.

И вдруг на глаза попалась информация о гибели Коли Носуленко, разбившегося на машине в Греции. Коли, который уволил его, выгнал с тренерской работы и взял на место Власова свою любовницу, фигуристку из старшей группы, злобную и тупую дуру, готовую идти по трупам ради единственной цели: устроиться в столице.

В этот день Владимир Власов впервые за долгое время был счастлив. По-настоящему счастлив. Он смог сделать глубокий вдох, он вдруг увидел краски окружающего мира. Вспомнил свои детские занятия рисованием, съездил к матери, нашел на антресолях старые учебники, выбрал для себя технику, которая показалась одновременно и несложной, и в то же время дававшей простор многоцветности. Поехал в художественный салон, купил все минимально необходимое и сделал свою первую картину, такую неумелую, неточную, корявую, но принесшую столько радости.

Эйфория длилась несколько недель. За эти недели Владимир Власов отчетливо понял, что не сможет жить и дышать, пока такие, как Коля Носуленко, ходят по земле. Только их уничтожение позволит ему не умереть от ядовитой ненависти, огромным дикобразом ворочавшейся в его груди.

Он по-прежнему много пил, но в минуты просветления продолжал заниматься живописью. Рисунок получался плохо — руки дрожали, но в подборе красок, в их сочетаниях и смешивании он продвинулся существенно.

Когда мама Женьки Зеленова, с которой Володя продолжал поддерживать отношения, помогла ему устроиться на работу, спиртное пришлось сократить. Довольно быстро руки снова обрели твердость, рисунки стали четкими и безупречными. Женькина мать за них платила, и это стало неплохим и стимулом, и финансовым подспорьем.

А потом в его жизни возник Филипп Орехов, веселый, бесшабашный и бесхитростный. Они впервые увидели друг друга, когда Филипп вместе со своим старшим менеджером Химиным приехал к начальнице Володи, Ольге Виторт. Их не представили друг другу, но буквально через пару дней Владимир столкнулся с Филиппом возле кинотеатра, где оба собирались посмотреть новый нашумевший американский блокбастер. Филипп его не узнал, но когда Власов напомнил, где они встречались раньше, — вспомнил, радостно хлопнул Владимира по плечу и предложил сначала посмотреть вместе фильм, а потом закатиться куда-нибудь.

После кинотеатра они поехали в какое-то заведение, которое выбрал Филипп, и Владимир, давно уже привыкший к скрытности и сдержанности, только диву давался откровенности нового знакомого, на чем свет стоит поносящего своего отца и говорившего только об огромных деньгах, которые ему достанутся после папашиной смерти, ждать которую, к сожалению, придется еще очень долго.

— Хоть бы заказал его кто-нибудь, что ли! — повторял изрядно подвыпивший Филипп. — Я бы сам его убил, собственными руками, но ведь на меня же первого подумают, я единственный наследник. Я даже отсидеть готов, хрен бы с ним, все равно это получится быстрее, чем ждать, пока папаша добровольно концы отдаст. Но фишка в том, что если меня посадят, то никакого наследства я даже потом не получу, закон такой.

Идея принадлежала Владимиру. Фильм «Незнакомцы в поезде» он смотрел вместе с мамой много раз: маме нужно было для работы, она писала большую монографию по творчеству Хичкока, а он — за компанию, для удовольствия. А что? Чем плохая идея? Убийство по обмену. Сначала Филипп уберет всех тех, из-за кого Власов не может свободно дышать, на Орехова никто не подумает, даже тени подозрения не возникнет, он с фигурным катанием никогда в жизни не был связан. А потом, когда все они, разрушившие жизнь спортсмена Власова не из-за спортивной карьеры, а только лишь из-за денег, перестанут отравлять воздух на этой земле своим зловонным существованием, Владимир Власов убьет Орехова-старшего. На глазах у свидетелей. Так, чтобы всем было понятно, что Филипп невиновен. Конечно, за это придстся отсидеть. Но он, Владимир Власов, готов на все, что угодно, даже на многолетнее пребывание на зоне, потому что после смерти этих уродов он сможет дышать, а значит — жить. А пока они живы, он сам не живет, а тупо и жалко существует, мучается своей ненавистью и страдает.

Договорились они быстро, идея Филиппу понравилась. Решили больше не встречаться, не перезваниваться, не переписываться и вообще делать вид, что друг друга не замечают. Нужна была еще только одна встреча, на которой Власов должен будет передать Филиппу список.

Список тех, кто разрушил его жизнь.

На составление этого списка много времени не ушло, свою жизнь в спорте, все ее перипетии Владимир Власов прокручивал в голове множество раз. Он не имел претензий ни к кому, кто подставлял его, толкал в спину или делал гадости ради собственной карьеры, спортивной или чиновничьей, он понимал: таковы правила в этом мире, и никто не может играть по-другому. Этих людей — и судей, которые занижали оценки, и партнершу, которая его бросила, и многих других — он давно простил. Да, собственно, он и с самого начала не обижался, понимал: иначе они поступить не могли. Оказался бы он сам на их месте — поступил бы точно так же.

А вот те, кто просто так... из-за денег или еще каких-то выгод... Вот их Власов не простил.

И первым номером в этом списке стоял Михаил Валентинович Болтенков, который довел юниора Власова до золотого пьедестала на чемпионате России и бросил. Отдал молодому неопытному бездарному тренеру Людмиле Волынец. И не просто так отдал, а продал за деньги, потому что все потерял в одной из распространенных в те времена финансовых пирамид. Продал, как раба на невольничьем рынке, забирайте — кто больше даст! Это было предательство, и именно после него вся дальнейшая карьера Владимира Власова пошла наперекосяк.

Второй шла Инна Викторовна Ефимова, отвратительная толстая тетка, которую Володя, опаздывавший на тренировку и бежавший сломя голову по длинному коридору Дворца спорта, едва не сбил с ног. Ефимова в ярком цветастом платье, источавшая удушливый мерзкий запах духов, орала на него как резаная, крыла последними словами, грозила всеми карами небесными. Она хотела, чтобы Власов извинился. А тот торопился, нервничал и извиняться не собирался. Просто повернулся к ней спиной и побежал дальше, слыша доносящуюся ему вслед площадную брань.

У Инны Викторовны память оказалась не просто хорошей — отличной. Она явилась в тот день на тренировку в группу, где катался Власов, сделала вид, что интересуется успехами учеников, между делом спросила имена нескольких человек. И когда настал момент — подставила ему подножку. Да, Ефимова была жадной и не считала правильным, когда спортсменов отпускают кататься за другую Федерацию просто за спасибо. Да, она люто ненавидела Володиного тогдашнего тренера, Людмилу Волынец, а вместе с ней и всех ее спортсменов.

Но с совсем отдельной, особенной ненавистью она относилась конкретно к мастеру спорта Власову. Потому что он не извинился и повернулся к ней спиной. К ней! К могущественной Инне Ефимовой из Москомспорта, перед которой все трепетали и падали ниц, потому что с руководством Федерации фигурного катания России ее связывали давние, личные и очснь дружеские отношения, круто замешанные на деньгах.

Под третьим номером в списке Владимира Власова шел полицейский, который когда-то взял деньги, чтобы разыграть комбинацию, в результате которой на таких важных для Власова и его партнерши соревнованиях в состав судейской бригады был введен нужный судья. На судей обиды не было, Володя понимал, что они — люди зависимые, подневольные, должны делать то, что им велит Федерация, иначе им кислород перекроют. Но вот тот полицейский, в те времена еще именовавшийся милиционером, карьеру в мире спорта не делал. Он просто взял деньги. И жить он не должен.

Четвертым стояло имя Гранта Артуровича Ганджумяна, который купил Колю Носуленко, а через него — руководство и Дворца спорта, и спортшколы, чтобы его бездарного, ни на что не годящегося сына оставили в группе. Прошла команда провести сокращение, нужно было отчислить двух человек, и вместо Вардана Ганджумяна, который отлично прожил бы свою жизнь без фигурного катания, из группы отчислили талантливого мальчика, с которым Власову, начинающему тренеру, доверили заниматься.

Конечно, мальчика этого тут же подхватили тренеры другой группы, он был действительно талантливым и через несколько лет стал показывать отличные результаты, но Владимир никак не мог отделаться от мысли, что если бы ему дали возможность с ним заниматься, то эти результаты он показывал бы, будучи его учеником. Его, а не чьим-то другим. И он смог бы заявить о себе как о подающем надежды тренере. А этот чертов бизнесмен со своими невесть как заработанными деньгами все это поломал.

И, наконец, пятой шла Галка, будущая жена Коли Носуленко. О ней даже вспоминать не хочется. Стерва и гадина. Следила за каждым шагом Власова, постоянно стучала Коле на него, врала, как сивый мерин, все сделала, чтобы заставить Колю уволить своего второго тренера. И тут же заняла его место. Опять же, если бы Галка хотела делать тренерскую карьеру, Владимир бы понял и зла не держал. Каждый вырывает свой кусок, как может. Но она ведь и не собиралась становиться тренером, ей нужно было только прицепиться к Коле, женить его на себе, получить регистрацию в столице и постоянную работу. А уж там она как-нибудь прорвется дальше.

К каждому имени в списке прилагалась вся информация, которой Власов на тот момент располагал: место жительства, место работы, номер телефона. Какие-то из этих сведений давно устарели, но Филипп сказал, что это вообще ни разу не проблема, потому что в век интернет-технологий найти любого челововска — плевое дело, не стоящее даже обсуждения.

— С этого момента мы не знакомы, если сталкиваемся по работе — внимания друг на друга не обращаем, — сказал на прощание Филипп. — Когда я все сделаю — подам сигнал. Тогда наступит твоя очередь. Тебе ведь все равно, в каком порядке они будут...? Ну, это самое...

— Мне все равно, — кивнул Власов. — Я хочу, чтобы их не было.

Власов ждал, терпения ему было не занимать. С каждой новостью о смерти своих врагов-мучителей он оживал, картины становились все ярче, все насыщеннее. Жаль только, что об убийстве этой суки Ефимовой он узнал так поздно, мог бы уже два месяца радоваться. Кто-то перешел Филиппу дорогу, постарался... Ну и немудрено, такая мерзкая тварь, как Инна Викторовна, не одному Власову напакостила. Нашлось, кому с ней счеты свести. Главное — результат: ее больше нет. И можно дышать.

А то, что с Ганджумяном не все получилось, так это ничего. Урок ему преподали, а там пусть живет, как сможет.

Вот теперь настала очередь Владимира Власова выполнять свою часть договора. Уже послезавтра. В субботу.

Его поймают сразу же, осудят и посадят.

Он это понимает.

Он готов.

* * *

Гостей на шашлыки в дом Орехова ждали к 18 часам. В 17 часов, как и было договорено, Вадим Константинович пригласил в дом охранника, несущего вахту у въездных ворот, и стал неторопливо и сочувственно интересоваться здоровьем его тещи и школьной успеваемостью двух сыновей-подростков.

— Если что — сразу давай знать, — повторял Вадим Константинович, — с лечением поможем, ссуду тебе дам беспроцентную, заслужил хорошей работой. И с больницей поможем, с врачами, с лекарствами. И с пацанами своими ты построже, не упусти, а то вырастут оболтусами, как мой Филипп.

За время этой душеспасительной беседы Ус провел на территорию через выходящую в лес калитку

Настю Каменскую, Антона Сташиса, Романа Дзюбу и Федора Ульянцева, чтобы расставить их на заранее обдуманные и подготовленные позиции.

— Ну что, любовь моя, — шутливо проговорил Олег Семенович, — выбирай себе кавалера. Отдельной точки для тебя у меня нет.

Настя быстро обвела глазами оперативников. Ульянцев явно не годился ей для компании, он чужой, она его совсем не знает. Да и он будет ее стесняться. Антон давно и хорошо знаком, но ей отчего-то милее рыжий Ромчик со своей неуемной фантазией, неистощимой любознательностью и поистине нечеловеческим упрямством.

Усиков развел их по местам и каждому вручил дисплей, на который транслировалось изображение со всех установленных им камер — только кнопку переключай, а также маленькие наушники, позволяющие слышать то, что будет происходить в беседке и вокруг нее на расстоянии примерно десяти метров. Если кто-то отойдет дальше этих десяти метров, его речь слышна не будет.

— Чем богаты, — развел руками Ус. — Спасибо, хоть это раздобыли. И постарайтесь, пожалуйста, поменьше шевелиться и не трепаться, я уже говорил: наши гости любят пошататься по участку.

Ус ушел, охранник вышел из дома и занял свой привычный пост у главных ворот, оставалось только ждать. Неизвестно сколько. Потому что от наружки пока еще не поступил сигнал о том, что Филипп Орехов и Владимир Власов выдвинулись в сторону загородного дома. Они вообще даже пока не встретились. Власов находился у себя в квартире, Орехов проводил время с девушкой, с которой познакомился минувшей ночью.

В 18.15 приехали первые гости — супруги примерно одного с Ореховым-старшим возраста, еще через десять минут появилась вторая пара, постарше. Если верить Усу, то, согласно заведенному привычному порядку, вся компания проведет в доме примерно час за аперитивом, после чего Вадим Константинович приступит к действу. Он, как сказал Усиков, любит, чтобы главное блюдо — шашлык — поедался в беседке при свете фонариков, когда стемнеет, а стемнеет еще ох как нескоро. До шашлыка предполагались всеразличные закуски, разнообразная выпивка и оживленные разговоры.

Настя, стоя рядом с Дзюбой и чувствуя, как начинает невыносимо ломить спину, наблюдала на экране дисплея за хозяином дома. Он изо всех сил старался выглядеть добродушным и приветливым, шутил, поддерживал разговор, но стоило ему отвернуться от гостей, например, когда он то и дело уходил в дом, чтобы сделать те или иные приготовления, лицо его делалось тяжелым, мрачным и черным. Можно понять. Большая человеческая радость — узнать, что тебя собираются убить.

Ус — человек мудрый, он сказал Орехову, что его заказал кто-то другой, кто — неизвестно, известно только, что исполнитель заказа втерся в доверие к Филиппу и собирается при помощи сына проникнуть в дом, чтобы осуществить задуманное. Если бы начальник службы безопасности сказал своему боссу правду, то весьма вероятно, что отцовское сердце не выдержало бы. Орехов кинется спасать сына, и тогда доказывать виновность Филиппа будет куда сложнее. А уж Власова-то и подавно к делу будет никак не пристегнуть, если он сам все не расскажет, добровольно.

В 20.17 на телефон Дзюбы пришло сообщение о том, что Власов покинул квартиру. В 20.42 пришло еще одно сообщение, в котором говорилось, что Филипп Орехов сел в машину и направился в сторону от центра. В 20.58 Орехов остановился возле станции метро, в 21.06 к нему в машину сел Власов.

— Ну вот, — прошептал Дзюба, показав Насте последнее сообщение, — началось. Все, как вы и говорили. Пока доедут — будет около десяти вечера, пока то-се, разговоры всякие — уже и стемнеет. Только я все равно не понимаю, зачем Филиппу и Власову эта темнота? Им-то какая разница? Наоборот, лучше же видно, когда кругом светло.

— Пока не подан шашлык, папа Орехов будет пить весьма умеренно, и раскрутить его будет трудно, а вот когда главная работа сделана, тут и расслабиться не грех. Если я правильно просчитала, они собираются спровоцировать громкий скандал, в ходе которого Орехов-старший грубо оскорбит Власова, а Власов в ответ достанет пистолет и застрелит папу своего товарища на глазах у изумленной публики, то есть при множестве свидетелей. Для осуществления такого плана нужно папу подпоить, чтобы он разошелся и перестал себя контролировать, — объяснила Настя, подумала немножко и добавила: — Хотя все может оказаться и совсем иначе. Я не пророк.

— Наверное, вы правы. Не зря же Филипп столько гадостей про Власова и папе рассказал, и в интернет слил, чтобы Ус точно это прочитал. Сервак-то в «Файтере» один, Филиппу ничего не стоило влезть в компьютер Уса и посмотреть, куда он чаще всего ходит и где обычно ищет информацию. Он и сливал ее именно туда, где Ус станет ее искать. А когда найдет — наверняка папе передаст. На это и был расчет. Филипп должен дать отцу в руки аргументы, иначе скандала не получится. Даже очень пьяный человек не сможет назвать честного труженика бездельником и тунеядцем, правда ведь?

— Ну да, — кивнула она. — На это и расчет. Ты считаешь за Вадимом выпитое?

— Как договорились.

— И сколько уже?

— По моим прикидкам, граммов сто пятьдесят, он только рюмку поднимает, к губам прикладывает и делает крохотный глоточек.

— Смотри, какой молодец, — удивилась Настя. — А ведет себя как минимум на поллитра. Впрочем, при его габаритах и поллитра — это ерунда. Тем более он хорошо закусывает. Но то, что он не пытается напиться от страха и соблюдает договоренности, свидетельствует в его пользу.

Когда на участок въехала машина Филиппа Орехова, уже спустились сумерки. Охранник подошел к машине, дождался, когда выйдет Власов, и обыскал его. Так положено, человек незнакомый, новый. Сын хозяина досмотру, разумеется, не подлежал.

— А вот и мы! — громогласно заявил Филипп, подходя вместе с Власовым к беседке. — Всем здрасте и приятного аппетита. Знакомьтесь, Вовик Власов, мой дружбан и вообще классный чел.

— Вовик Власов? — недобрым голосом переспросил Вадим Константинович. — Ну, добро пожаловать в наш дом.

Филипп и его гость быстро опрокинули по глотку чего-то крепкого и направились в дом.

— Ты куда? — окликнул сына Орехов. — Сейчас уже шашлыки будут готовы, через пять минут.

— Мы быстро, я только Вовику одну штуку покажу на компе.

— Не задерживайтесь там! — строго наказал отец.

Настя переключила кнопку и теперь смотрела на изображение с камеры, установленной на внутренней лестнице дома. Молодые люди поднимались на второй этаж молча, лица у обоих были напряженные. Вот они подошли к двери, ведущей в комнату Филиппа, скрылись за ней, Настя тут же переключилась на другую камеру: Филипп открыл ящик стола, на котором стоял компьютер, достал оттуда пистолет, снял с предохранителя, передернул затвор и протянул Власову. Тот, не осматривая оружие (видимо, не имел такой привычки), откинул полу легкой свободной ветровки и сунул пистолет за пояс брюк, сзади.

— Пока вроде все по плану, — снова прошептал Дзюба.

Настя только молча кивнула, мечтая об одном: чтобы скорее все закончилось и можно было сесть. Теперь у нее не только ломило спину, но и ныли стопы.

Филипп и Власов вернулись в беседку как раз в тот момент, когда зажглись многочисленные фонарики и Вадим Константинович с торжественным видом нес от стоящего неподалеку под отдельным навесом мангала первую партию шампуров, унизанных мясом. Среди гостей сразу возникло оживление, смех стал громче, руки потянулись к бутылкам и бокалам. Орехов-старший налил в свой стакан изрядную порцию спиртного, выпил залпом, сунул в рот первый кусок мяса, начал медленно жевать, не спуская злых прищуренных глаз с Власова.

— Ну, как говорится, хозяин сделал свое дело, угощение обеспечил, — с угрозой в голосе проговорил он. — Теперь хорошо бы знать, кого он угощает.

Кого, так сказать, допустил к своему столу. И чем же ты, Вовик Власов, занимаешься? Чем на жизнь зарабатываешь? Какими достижениями в своей жизни можешь похвалиться?

Это было именно то, на что, как полагала Настя Каменская, и рассчитывал Филипп Орехов.

Власов попытался что-то ответить, но его голос потонул в пьяном реве Вадима Константиновича:

— Ты мошенник и бездельник, ты карточный шулер, ты умеешь только воровать и обманывать, и ты посмел явиться ко мне в дом, где каждая копейка заработана честным трудом, и жрать мою еду, и пить мой коньяк! Да я завтра же велю снести эту беседку к чертовой матери только потому, что твоя грязная задница сидела на этой скамейке!

Филипп не вмешивался, Власов молчал, остальные гости пытались как-то успокоить и остановить Орехова, но тот распалялся все больше и больше. Внезапно Владимир встал со своего места, сделал несколько шагов в сторону хозяина дома, подошел к нему вплотную.

— Вот, — прошептала Настя. — Вот оно. Сейчас. Ты готов?

— Готов, — ответил Ромка. — Но Тоха там ближе.

Власов выдернул из-за пояса пистолет, направил на Вадима Константиновича и громко и спокойно произнес:

— Я не отвечаю оскорблением на оскорбление. Я отвечаю по-другому.

И несколько раз нажал на спусковой крючок.

Глухо защелкал металл. Больше ничего не произошло. Да и что могло произойти, если Ус хорошо поработал с этим пистолетом. Он бы не выстрелил ни при каких условиях.

К беседке с двух сторон мчались Антон и Ульянцев, четверо гостей в панике создали куча-мала, через которую никак не мог пробраться Ус. Власов стоял неподвижно, держа в руках не выстреливший пистолет.

Все по плану.

И вдруг Филипп, с перекошенным от ярости лицом, схватил со стола солидных размеров нож и бросился на Власова.

И в этот момент Настя поняла окончательно, каков на самом деле был план Филиппа Орехова. Он вовсе не собирался дать Власову возможность быть арестованным. Он с самого начала собирался отнять у него пистолет и убить. Убить преступника, убийцу, только что, на глазах сына и гостей застрелившего Вадима Орехова. Аффект, необходимая оборона — ну, там адвокатам будет где разгуляться. В любом случае реальный срок лишения свободы даже не рассматривается, при самом плохом варианте — условный.

Зачем Филиппу Орехову мина замедленного действия в лице человека, который все знает? Знает и в любой момент, под влиянием любых обстоятельств может сдать. Нет, намного правильнее будет избавиться от него.

Власов все понял. Ему достаточно было увидеть глаза Филиппа, чтобы понять, как все будет на самом деле.

Все происходило мгновенно. Он сделал едва заметное движение и без всякого усилия вспрыгнул на перила беседки, схватился обеими руками за крышу, подтянулся, по крыше прозвучали быстрые шаги, потом прыжок — и Власов уже бежал через кусты именно в том направлении, где его никто не ждал. Он бежал в сторону калитки, ведущей на соседний участок. Единственное не прикрытое оперативниками место.

Настя, хорошо помнившая план, над которым просидела вместе с Усом не один час, помчалась ему наперерез, но быстро поняла, что это бесполезно. Молодой мастер спорта Власов добежит до калитки раньше, намного раньше. Может, Дзюба сумеет?

— Догонишь? — задыхаясь, спросила она.

Расстояние между бегущим Власовым и спасительной калиткой неумолимо сокращалось.

— Нет, — выдохнул Дзюба. — Далеко.

Кнопка. Настя ее хорошо видит. Если Власов нажмет на кнопку и откроет калитку, его немедленно порвут собаки. Это плохо само по себе. Но плохо еще и потому, что сыграет на руку Филиппу Орехову, избавив его от ненужного и опасного свидетеля.

— Кнопку видишь? — спросила она. — Белая, квадратная, справа от калитки.

— Вижу.

— Попадешь?

— Не уверен. Расстояние большое.

— Давай сюда ствол, — скомандовала она. — Да быстрее же!

Счет шел на секунды.

Дзюба протянул ей табельный пистолет, Настя мгновенно привела его в боевую готовность. Прицелилась. От Власова до калитки примерно семь метров. Шесть. Пять.

Она задержала дыхание и нажала на спусковой крючок. Кнопка разлетелась вдребезги. Власов от неожиданно громкого звука споткнулся, но удержался на ногах и продолжал бежать. И все равно он потерял те доли секунды, которые нужны были электронному замку, чтобы сработать на нажатие и отключиться уже окончательно. Власов дергал за ручку, из-за забора истошно и басовито-угрожающе лаяли натасканные псы.

Больше бежать было некуда. К этому времени Власова уже окружили со всех сторон, но первым до него добежал Дзюба.

Настя вытащила платок, аккуратно обтерла пистолет и положила за землю. Вот сейчас она наконец сядет на травку, обопрется спиной о ствол дерева и вытянет ноги. И будет, как верный пес, охранять оружие старшего лейтенанта Дзюбы.

* * *

Свет горел во всех окнах первого этажа, а вот на втором, в комнате Санька, его почему-то не было.

«Неужели спит? — удивилась Настя. — Вообще-то Санек раньше трех ночи компьютер не выключает, а бывает, что и до утра... Заболел, что ли? Или его просто нет дома?»

Она поставила машину в гараж и вошла в дом. Чистяков сидел за большим столом и раскладывал какой-то сложный пасьянс на четырех колодах, требующий много места. Он всегда раскладывал пасьянсы, когда ждал ее и нервничал.

Настя почувствовала, как на глаза наворачиваются слезы. Ее Лешка, ее любимый верный муж и самый близкий друг, который истратил столько нервных клеток из-за ее работы, но при этом никогда, ни разу не сказавший об этой самой работе худого слова.

— Ну как? — Алексей поднялся из-за стола и подошел к ней, внимательно вглядываясь в ее лицо и пытаясь прочитать на нем то, что Настя, вполне возможно, попытается скрыть: усталость, разочарование, огорчение от неудачи, злость на саму себя за допущенные ошибки.

Она крепко обняла мужа и звонко чмокнула в подбородок.

— Все в порядке, Лешик, все получилось. Правда, не совсем так, как я рассчитывала, но все равно все получилось. И мы все молодцы!

— Это итог, — строго произнес Чистяков. — А теперь детали.

— Ага, — кивнула она со смехом и пропела строчку из песни Галича: — «А из зала мне кричат: «Давай подробности!»

— Есть будешь?

Она бросила взгляд на закрытую раздвижную дверь, отделявшую кухню от остального пространства первого этажа, и отрицательно помотала головой.

— Не хочу. Спина разламывается. Хочу только лечь на диван и вытянуться.

— Так кто ж мешает?

Он заботливо обнял ее за плечи и довел до длинного удобного дивана.

— Ой, я кроссовки не сняла! — спохватилась Настя.

— Я сниму.

Алексей расшнуровал кроссовки, стащил их с ног и отнес в прихожую, после чего присел рядом с Настей на диван.

— Рассказывай.

— Ну чего там особенного... Ничего. Все по плану. Следователь назначил баллистические экспертизы по всем вещдокам, которые оказались доступны, и знаешь, что выплыло? Все убийства совершены из разных стволов. Ни одного повторения. То есть я правильно прочухала: Орехов каждый раз после убийства сбрасывал ствол: или в лесу закапывал, или в водоем бросал. И один пистолет, из той пары, которую он приобрел легально, он заныкал, чтобы потом с умным видом заявить: «Власов вошел ко мне в комнату и похитил оружие, когда я не видел».

— Так оно же переделанное, — удивился Чистяков. — Это незаконно. Как он собирался это объяснять?

— А никак, — улыбнулась Настя. — Ромчик правильно понял: этот мальчик Орехов не видит дальнюю цель. Ему кажется, что если папу убрать с пути и законно получить все его деньги, то все. Остальное значения не имеет, жизнь сразу станет прекрасна и удивительна. Наплевать, что второго ствола нет, скажет, что потерял или украли, а заявление об этом не написал — ну извините, забыл, что надо, или не знал, или закрутился. Наплевать, что имеющийся ствол переделан, главное же, что папы больше нет! Такой вот менталитет, что поделаешь... Но если бы Ромка не просек эту его особенность, мне бы в голову не пришло, что можно составить такой нелепый план.

— Я смотрю, твоему Ромке много чего интересного в голову приходит, — заметил Чистяков. — Достойная смена растет.

— Штучный товар. Таких, как он, единицы. К сожалению.

— Ася! — Алексей повел носом, наклонился к жене, обнюхал одежду, поднес к лицу ее руки, сначала левую, потом правую. — От тебя пахнет порохом... Или мне кажется?

Чистяков заметно побледнел. Придется признаваться.

— Леш, ничего опасного, вот честное слово, — принялась она убеждать его. — Я не в человека стреляла, я стреляла в кнопку электронного замка.

— У тебя же нет оружия!

— А я из Ромкиного стреляла. Он бы не попал, цель маленькая, расстояние большое. Ну Леш! Ну я клянусь тебе: ничего опасного не было!

— Он бы не попал, — хмыкнул Алексей, — а ты, выходит, попала?

— Я же тренируюсь, — примирительно улыбнулась она.

Алексей уже несколько раз бросал какой-то странный взгляд в сторону раздвижных дверей. Настя приподняла голову и тоже посмотрела: просвет между створками явно увеличился. Вернее, его вообще не было, когда она пришла. А теперь этот просвет был.

— Ах ты паршивец! — заорала она. — Ты что, подслушиваешь? А ну иди сюда быстро!

Просвет стал медленно увеличиваться, из него просочился худющий Санек с всклокоченными волосами. Господи, на кого он похож! Нет, не удалось Насте Каменской справиться со своей задачей, не получается у нее следить за племянником и его здоровьем. Плохая из нее нянька. И доверия брата она не оправдала.

— Насть, а ты что, правда стреляла? — спросил парень почему-то шепотом. — Из чего? Из «макарыча»?

— Что выдают на вооружение в полиции — из того и стреляла, — сердито ответила она. — Еще есть вопросы? Марш отсюда, иди спать. Еще раз замечу, что ты подслушиваешь, — уши надеру.

Санек подошел поближе и сделал умильную физиономию.

— Насть, а хочешь, я сейчас кашу съем? Вот прямо сейчас возьму и съем всю кастрюлю. Только ты дай слово, что будешь нам с Петруччо еще задания давать, ладно?

— Что, понравилось? — усмехнулась Настя.

— Ну да, прикольно. Ну че, договоримся?

— Сначала съешь кашу, а я потом подумаю, — коварно пообещала она.

Ну что ж, не мытьем — так катаньем, как говорится. Лишь бы впихнуть в ребенка правильную еду. Для этого все средства хороши.

Она взяла Чистякова за руку, повернулась на бок, сунула его ладонь себе под щеку и замерла. Ей казалось, что вот так лежать она сможет целую вечность.

* * *

«Отписаться» по задержанию Владимира Власова и Филиппа Орехова операм разрешили в понедельник, дав в воскресенье законную передышку.

— Редкий случай, когда выходной приходится на выходной, — с довольным видом говорил Ульянцев. — На все забью, ничего завтра делать не буду, посвящу этот день целиком жене и семье.

— Завтра, — хмыкнул Антон. — Хорошенькое «завтра». Уже светает.

На то, чтобы дождаться следователя, допросить всех присутствующих, осмотреть место происшествия и изъять вещдоки, ушло немало времени. Задержанных увезли. Теперь можно было с чистой совестью отправляться по домам.

— Хорошо Каменской, — с завистью проговорил Дзюба, усаживаясь в машину к Антону. — Как все закончилось — так она сразу и уехала. Уже, наверное, десятый сон видит.

— Так ведь и тебе неплохо, — рассудительно заметил Антон. — Сейчас приедешь домой, там тебе ужин мама приготовила, который ты слопаешь вместо завтрака, ляжешь спать, проснешься в кругу семьи, все тебя любят, все тебя жалеют. И на работу идти не надо. Чем плохо-то? Вот мне намного хуже: дома никого, еды нет, никто не накормит, не пожалеет, спать не уложит.

— Классно Каменская стреляет, — восхищенно вздохнул Роман. — Мне бы так научиться.

— Чтобы так научиться, нужно иметь много свободного времени, а откуда оно у опера?

— Тоже верно, — согласился Дзюба. — Да, я все забываю тебе сказать: оказывается, Баглаев коллекционирует филологические ляпы, ну, всякие там неправильности с точки зрения русского языка и здравого смысла.

— И чего? — равнодушно откликнулся Антон.

— Мне об этом Каменская сказала. И подарила парочку таких фраз из своей практики. Ну, на тот случай, если у меня с Баглаевым складываться не будет. Чтобы задобрить его.

— И чего, задобрил?

— Да нет, как-то к случаю не пришлось. И вообще, мне западло к следаку подлизываться, если я уверен, что я прав. Ты просто имей в виду на всякий случай: если с Баглаевым нужно будет контакт налаживать, то у меня товарчик в загашнике имеется.

— Ладно, — ответил Антон, — буду помнить. А может, и воспользуюсь как-нибудь, я ж не такой трепетный, как ты. Мое самолюбие изрядно истрепано и покоцано тяжелыми условиями службы.

Оба устало рассмеялись.

— Тоха, я все спросить хотел по Ефимовой... Ты с Шокиным-то что решил?

— А я, как Ульянцев, решил забить на все. Ефимову убил Журихин, он все признает, показания дает. Какая разница, кто и в чем его морально поддерживал и одобрял? Пусть сам решает. Сдаст Шокина — так тому и быть. Не сдаст — значит, не сдаст. Не возьму грех на душу.

Ромка молча кивнул, и Антон не понял, поддерживает старший лейтенант его решение или нет.

Он довез Романа до самого дома и поехал к себе. Чуда не произошло: квартира стояла пустой и неприбранной — на уборку у Антона в течение недели времени так и не нашлось. И еда из ниоткуда не появилась.

Еще полчаса назад ему казалось, что он голоден, как волк. Однако едва переступив порог своей квартиры, Антон понял, что больше всего на свете хочет спать. Он ужасно устал за последние несколько недель. И если у организма остались хоть какие-то силы, то имеет смысл потратить их на то, чтобы раздеться, принять душ и лечь в постель.

Проспал Антон Сташис до середины дня, а когда проснулся, за окном шумел ливень и бушевала гроза. Если бы дети были дома, сейчас они уже тормошили бы отца с требованием немедленно вставать и включаться в развлекательную часть воскресной программы. Хотя какие развлечения в такую погоду?

Он повернулся на другой бок, натянул одеяло на голову и снова провалился в сон.

А когда проснулся уже окончательно, обнаружил в телефоне сообщение:

«Я обещала Степану и Василисе покататься с ними на карусели. Вы можете назначать время на следующие выходные. Если вы будете заняты — ваше присутствие не обязательно. Ольга Виторт».

Ну конечно, он будет занят. Ежу понятно, что если оперу дали выходной в воскресенье, то в ближайшее время по теории вероятности свободные дни ему будут выпадать только в будни. А вот насчет того, что его присутствие не обязательно — это мы еще посмотрим!

Май 2013 — апрель 2014

БЛАГОДАРНОСТИ

Выражаю глубокую благодарность всем спортсменам, тренерам, хореографам, спортивным журналистам, судьям и техническим специалистам, которые, не жалея времени, посвящали меня в детали своей профессии. Без их квалифицированной помощи мне не удалось бы собрать столько интересной информации.

Отдельная благодарность — судебно-медицинскому эксперту, заслуженному врачу Российской Федерации Сергею Михайловичу Зосимову, за любезно предоставленную для этой книги коллекцию юридических «перлов».

Литературно-художественное издание

А. МАРИНИНА. БОЛЬШЕ ЧЕМ ДЕТЕКТИВ

Маринина Александра

АНГЕЛЫ НА ЛЬДУ НЕ ВЫЖИВАЮТ
Том 2

Ответственный редактор *Е. Соловьев*
Редактор *А. Маковцев*
Художественный редактор *А. Сауков*
Технический редактор *О. Лёвкин*
Компьютерная верстка *М. Белов*
Корректор *Г. Москаленко*

ООО «Издательство «Эксмо»
123308, Москва, ул. Зорге, д. 1. Тел. 8 (495) 411-68-86, 8 (495) 956-39-21.
Home page: **www.eksmo.ru**   E-mail: **info@eksmo.ru**

Өндіруші: «ЭКСМО» АҚБ Баспасы, 123308, Мәскеу, Ресей, Зорге көшесі, 1 үй.
Тел. 8 (495) 411-68-86, 8 (495) 956-39-21
Home page: www.eksmo.ru   E-mail: info@eksmo.ru.
Тауар белгісі: «Эксмо»
Қазақстан Республикасында дистрибьютор және өнім бойынша
арыз-талаптарды қабылдаушының
өкілі «РДЦ-Алматы» ЖШС, Алматы қ., Домбровский көш., 3«а», литер Б, офис 1.
Тел.: 8 (727) 2 51 59 89,90,91,92, факс: 8 (727) 251 58 12 вн. 107; E-mail: RDC-Almaty@eksmo.kz
Өнімнің жарамдылық мерзімі шектелмеген.
Сертификация туралы ақпарат сайтта: www.eksmo.ru/certification

Сведения о подтверждении соответствия издания согласно
законодательству РФ о техническом регулировании можно
получить по адресу: http://eksmo.ru/certification/

Өндірген мемлекет: Ресей
Сертификация қарастырылмаған

Подписано в печать 27.06.2014. Формат 84x108 ^{1}/$_{32}$.
Гарнитура «Гарамонд». Печать офсетная. Усл. печ. л. 18,48.
Тираж 100 000 экз. Заказ 4554.

Отпечатано с готовых файлов заказчика
в ОАО «Первая Образцовая типография»,
филиал «УЛЬЯНОВСКИЙ ДОМ ПЕЧАТИ»
432980, г. Ульяновск, ул. Гончарова, 14

ISBN 978-5-699-73881-6

9 785699 738816 >